OCEANUS BRITANNICUS
GALLIA
Helvetia
HISPANIA
Corsiga
Sardinia
Majorque
Carthagène
Formentera
Gagliari
Melilla
Oran
BARBARIA

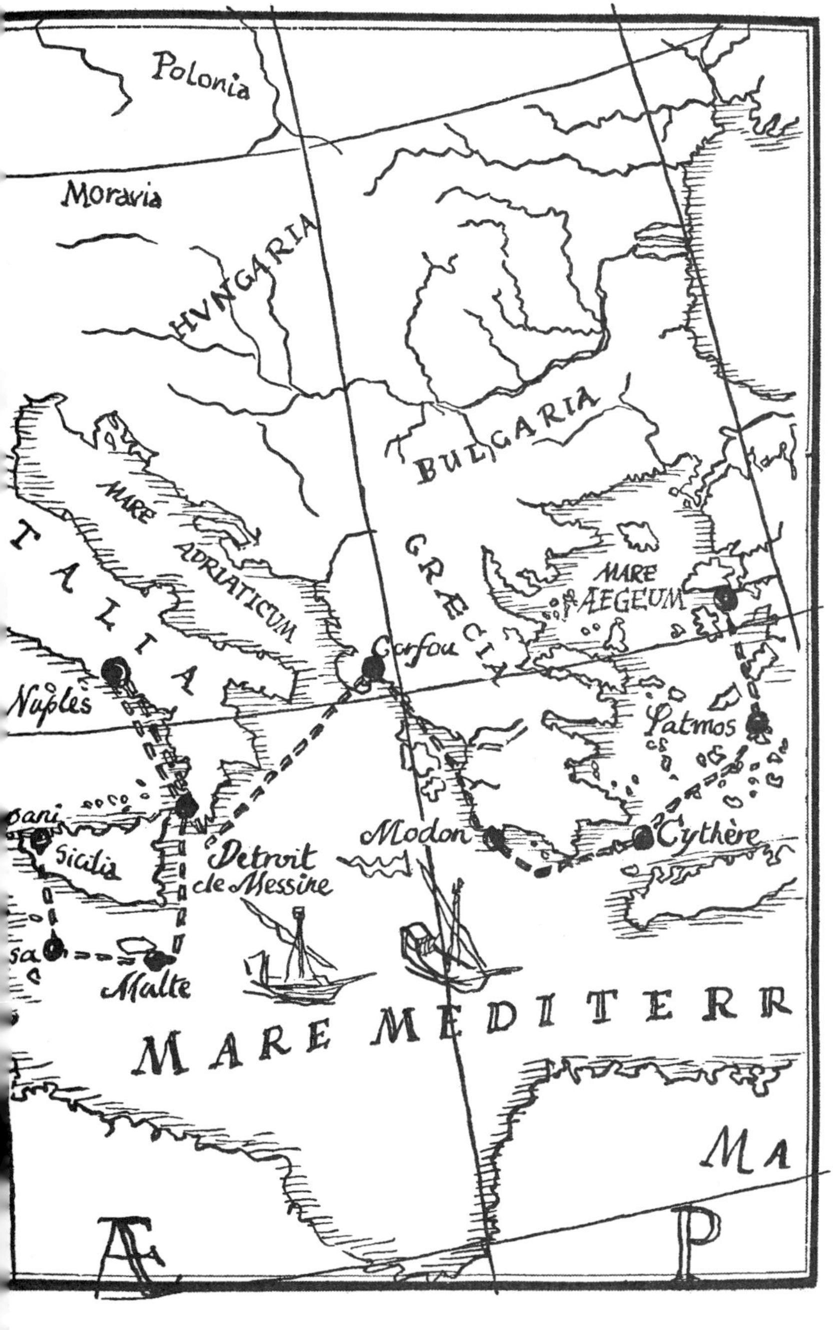

Polonia
Moravia
HVNGARIA
BULGARIA
MARE ADRIATICUM
GRÆCIA
MARE ÆGEUM
Corfou
Naples
Patmos
Modon
Cythère
Sicilia
Detroit de Messine
Malte
MARE MEDITERR
Ma

CORSAIRES
DU LEVANT

LES AVENTURES DU CAPITAINE ALATRISTE

ARTURO PÉREZ-REVERTE

CORSAIRES DU LEVANT

roman

Traduit de l'espagnol par François Maspero

ÉDITIONS DU SEUIL

Pour la carte et les dessins intérieurs : © Olivier Balez.

Titre original : *Corsarios de Levante*
© Arturo Pérez-Reverte, 2006.
Éditeur original : Alfaguara, Espagne
ISBN original : 84-204-7101-1

ISBN : 978-2-02-096129-5

www.seuil.com

À Juan Eslava Galán et Fito Cózar,
pour la Naples que nous n'avons pas connue
et les vaisseaux que nous n'avons pas pillés.

Entrer et sortir des galères
Plonger dans les flots et le feu,
Mourir en brave de cent mille manières,
Connaître passions et désespoir furieux,
Abattre et brandir les drapeaux,
Tuer, et payer de sa mort aussitôt.

Cristóbal de Virués

Note du traducteur

Le vocabulaire des galères diffère totalement de celui de la marine à voile de l'époque. Cette différence est due non seulement au fait que l'architecture particulière des galères nécessitait des appellations spécifiques, mais à celui que les marins des autres navires refusaient d'être confondus avec ceux des galères (aujourd'hui encore, dans la marine, l'emploi du mot «rame» est prohibé, comme celui du mot «corde», et «ramer» se dit «nager»). Les termes usuels des galères se retrouvent, avec des variantes, dans les langues diverses de la Méditerranée ainsi que dans la *lingua franca* parlée dans tous les ports.

C'est ainsi, par exemple, que sur les galères les matelots sont des «mariniers» et que ramer se dit de préférence «voguer». La «vogue» désigne l'ensemble des rameurs et tout ce qui concerne l'action de ramer. Le virement de bord se dit «scievogue». Ramer à toute force, «passe-vogue». Ramer avec plus de vigueur, «appuyer la vogue». Donner des coups de rames prolongés, «allonger la vogue». Ramer lentement, «voguer par quartiers», c'est-à-dire une partie des rameurs ramant pendant que l'autre se repose.

Les mâts sont des «arbres»: «arbre de mestre» pour grand mât, «arbre de trinquet» pour mât de misaine. Les vergues sont des «antennes», les câbles et filins des «gumes», le «carrosse» tient lieu de château arrière et la «conille» de gaillard d'avant. Le pont, au-dessus de la «chambre de vogue», est la «couverte», le passage central entre les rameurs est la «coursie», les passages latéraux en surplomb sur la mer sont les «couroirs». Jeter l'ancre ou mouiller se dit «donner fonde» et lever l'ancre «serper le fer».

On dit que les rames sont «fournelées» quand il n'y a pas besoin de ramer et qu'elles sont, sans être rentrées (qui se dit «conillées»), attachées au banc précédent. Quand on les détache pour ramer de nouveau, on les «défournelle». L'ensemble des rames et de ce qui les soutient s'appelle la palamente. Les rameurs, sur leurs bancs, appuient leurs pieds sur la pédagne... Et ainsi de suite.

Par ailleurs, les indications de cap sont données en suivant celles de la rose des vents telle qu'elle figure sur les boussoles de l'époque : Tramontane = Nord. Vent grec ou gregal = Nord-Est. Levant = Est. Sirocco = Sud-Est. Midi = Sud. Levèche = Sud-Ouest. Ponant = Ouest. Vent mestre = Nord-Ouest.

I

LA CÔTE DE BARBARIE

La chasse poursuite est une longue chasse et, par la barbe du Christ, celle-là ne l'avait été que trop : une après-midi, une nuit de lune et une matinée entière à courir derrière notre proie par une mer difficile, dont les coups faisaient parfois trembler la coque fragile de la galère, n'avaient rien fait pour nous mettre de bonne humeur. Les deux voiles tendues comme des cimeterres, les rames remontées, et les galériens, les gens de mer et ceux de guerre s'abritant comme ils le pouvaient du vent et des embruns, la *Mulâtre*, galère de vingt-quatre bancs, avait parcouru presque trente lieues à la poursuite de cette galiote barbaresque que nous tenions enfin à portée de tir ; et qui, si nous ne cassions pas un mât – les vieux mariniers regardaient en l'air, la mine préoccupée – serait à nous avant l'heure de l'Angélus.

– Chatouillez-leur le cul ! ordonna don Manuel Urdemalas.

Le capitaine de notre galère restait debout, à la poupe – il n'avait pratiquement pas bougé de son poste depuis vingt-quatre heures –, et, de là, il observa la gerbe d'eau que soulevait contre la galiote notre premier boulet. En voyant la précision du tir, les artilleurs et les hommes qui se tenaient à la proue autour du canon de coursie poussèrent des cris de victoire. Toute proche et sous le vent comme elle l'était, cela ne faisait guère de doute que la proie était à nous.

- Elle amène sa voile! cria quelqu'un.

L'unique voile de la galiote, un immense triangle de toile, faseya dans le vent pendant qu'ils la carguaient rapidement en affalant l'antenne. Secoué par la houle, le bateau barbaresque nous présenta d'abord l'ailette, puis la bande gauche. Pour la première fois, nous pûmes l'observer en détail: c'était une demi-galère de treize bancs, fine et longue, et nous estimâmes à une centaine le nombre d'hommes à bord. Elle semblait être de ces galères rapides et bien gréées auxquelles allaient comme un gant ces vers fort avisés de Cervantès:

Le larron qui va frapper
S'il ne veut pas être piégé
Doit savoir être léger
Pour s'enfuir et triompher...

Jusque-là, la galiote n'avait été qu'une voile qui louvoyait, dénonçant le corsaire, pour s'approcher sans vergogne du convoi de navires marchands que la *Mulâtre* escortait avec trois autres galères espagnoles entre Carthagène et Oran. Ensuite, quand nous avions mis toute la toile pour la poursuivre, elle s'était transformée en une voile en fuite et une poupe qui augmentaient peu à peu en volume à mesure que, progressant au levèche sur la rose des vents, notre chasse nous en rapprochait.

– Ils se rendent enfin, ces chiens, dit un soldat.

Le capitaine Alatriste était près de moi, observant le corsaire. Maintenant que l'antenne était affalée et la voile carguée, les rames de la galiote se déployaient sur l'eau.

– Non, murmura-t-il. Ils vont se battre.

Je me tournai vers lui. Sous le large bord de son vieux chapeau, la réverbération du soleil sur l'eau et les voiles lui faisait plisser les yeux, les rendant encore plus clairs et plus glauques. Il avait une barbe de quatre jours et sa peau était sale et grasse, comme celle de tout le monde à bord, sous l'effet de la navigation et de la veille continuelle. Son regard de soldat chevronné suivait avec une extrême attention tout ce qui se passait sur la galiote : les hommes qui couraient sur le pont vers la proue, les rames qui s'accordaient pour faire virer le bateau de bord.

– Ils veulent tenter leur chance, ajouta-t-il, impassible.

Il indiquait du doigt la flamme qui flottait au faîte de notre arbre de mestre, indiquant la direction du vent. Il était passé, durant la chasse, du vent mestre au levant quart vent grec, et, pour l'heure, il s'y maintenait. Maintenant, je comprenais, moi aussi. Le corsaire, sachant que la fuite était impossible et ne voulant pas se rendre, avait recours aux rames pour se mettre face au vent. Galiotes et galères ne portaient qu'un seul gros canon à la proue, et des pierriers de faible portée sur les bandes. Ils étaient plus mal armés que nous et moins nombreux à bord, mais prêts à jouer leur dernière carte, un tir heureux pouvant nous abattre un arbre ou causer des dégâts parmi les hommes de la couverte. Les rames leur permettaient de manœuvrer en dépit du vent contraire.

– Amène les deux… Torses nus ! Passe-vogue !

Aux ordres qu'il donnait, secs comme des coups de feu, il était clair que notre capitaine avait également compris. Les deux antennes descendirent rapidement, amenant les voiles, et le comite sauta sur la coursie, le fouet à la main – « Éh-ah, éh-ah ! » hurlait cet impitoyable enfant de putain – pour que les galériens, nus jusqu'à la ceinture, occupent leurs places, quatre par banc sur chaque bande, quarante-huit rames dans l'eau, pendant qu'il leur dessinait sur le dos un pourpoint de rouges coquelicots.

– Messieurs les soldats ! A vos postes de combat !

Le tambour battit le branle-bas tandis que les gens de guerre, au milieu des habituels jurons, blasphèmes et obscénités de l'infanterie espagnole – ce qui n'excluait nullement les prières marmonnées entre les dents, les baisers aux médailles de saints et aux scapulaires, ou les signes de la croix cinq cents fois répétés –, disposaient sur les bandes des paillasses et des couvertures en guise de pavois pour se protéger des tirs ennemis, se munissaient des armes appropriées, chargeaient arquebuses, mousquets et pierriers, et se postaient chacun à sa place, qui à la proue, qui sur les couroirs – les passages courant sur les deux bandes de la galère –, au-dessus des rames que la chiourme plongeait déjà à bonne cadence, tandis que comite et sous-comite, entre deux coups de sifflet, continuaient à cingler allègrement les dos. De l'éperon à la poupe, les mèches commençaient à fumer. Je n'avais pas encore atteint une carrure qui me permette de manier à bord l'arquebuse ou le lourd mousquet : car les Espagnols, pour tirer, visaient en portant la ligne de mire à la hauteur de l'œil ; et si, avec le mouvement de la galère, on n'avait pas les mains assez fortes, le choc du coup de feu pouvait vous disloquer l'épaule ou vous casser les dents. J'empoignai donc mon esponton et mon épée large et courte car, plus longue, elle eût été trop encombrante sur le pont d'un navire, je me ceignis les tempes d'un foulard noir, et je suivis le capitaine Alatriste transformé en saint Georges. En sa qualité de soldat expérimenté et de toute confiance, le poste de mon maître – en réalité, il ne l'était plus, mais cela ne modifiait guère mes habitudes – était le bastion de l'esquif : celui-là même qu'avait occupé le bon Miguel de Cervantès sur la *Marquise* à Lépante. Une fois là, le capitaine me regarda d'un air amusé et ses yeux semblèrent exprimer comme un sourire, tandis qu'il caressait sa moustache.

– Ton cinquième combat naval, dit-il.

Après quoi, il souffla sur la mèche allumée de son arquebuse. Son ton avait juste l'indifférence qu'il fallait ; mais je savais que, comme les quatre fois précédentes, il était inquiet pour moi. Malgré mes dix-sept ans récemment accomplis, ou précisément à cause d'eux. Dans les abordages, même Dieu ne reconnaissait pas les siens.

– Ne saute pas sur le corsaire avant que je ne l'aie fait moi-même... Compris ?

J'ouvris la bouche pour protester. A cet instant, une détonation se fit entendre à l'avant, et le premier coup de canon ennemi fit voler dans la galère des éclats de bois acérés comme des poignards.

C'était une longue route que celle qui nous avait menés, le capitaine Alatriste et moi, jusque sur la couverte de cette galère qui, en cette mi-journée de la fin de mai mil six cent vingt-sept – les dates figurent dans mes vieux papiers, parmi mes états de service jaunis –, livrait combat à la galiote corsaire, quelques milles au sud de l'île d'Alboran, face à la côte de Barbarie. Après la funeste aventure du gentilhomme au pourpoint jaune, lorsque notre jeune et très catholique monarque s'était tiré de justesse de la conspiration ourdie par l'inquisiteur Emilio Bocanegra, le capitaine Alatriste, qui avait bien failli voir sa tête livrée au bourreau pour avoir disputé une maîtresse à Philippe IV, avait réussi à préserver sa vie et sa réputation grâce à son épée – et plus modestement à la mienne et à celle du comédien Rafael de Cózar – en sauvant la gorge royale au cours d'une partie de chasse fort hasardeuse à l'Escurial. Mais les rois sont ingrats et oublieux : l'affaire ne nous rapporta nul bénéfice. Et comme s'y ajoutait cette circonstance que, du fait de certaines amours de notre monarque avec la comédienne María de Castro, le capitaine avait eu quelques échanges de mots et croisements de fers avec le comte de Guadalmedina, confident du roi, pour finir par le blesser d'abord d'une jolie boutonnière et ensuite de plusieurs coups, la vieille amitié du comte pour mon maître, qui remontait aux Flandres et à l'Italie, s'était muée en animosité. Ce qui explique que cette aventure de l'Escurial nous avait laissés avec tout juste de quoi payer nos dettes. Nous en sortîmes, pour tout dire, Gros-Jean comme devant, sans un maravédis en poche, mais avec le soulagement de ne pas avoir à tâter de la paille humide des cachots ou à bénéficier de six pieds de terre dans une fosse anonyme. Les argousins du lieutenant d'alguazils Martin Saldaña – convalescent d'une très grave blessure que lui avait infligée mon maître – nous avaient laissés en paix, et le capitaine n'avait pas eu à supporter les poursuites de la soldatesque moustachue. Ce qui ne fut pas le cas d'autres personnages impliqués dans l'affaire, sur qui s'abattit, avec la discrétion habituelle en pareils cas, la colère royale : le frère Emilio Bocanegra fut enfermé dans un hôpital pour malades mentaux – sa condition de saint homme méritait certains égards –, et d'autres conspirateurs de moindre rang furent étranglés dans le silence de la prison. De Gualterio Malatesta, le sicaire italien ennemi personnel du capitaine et de moi-même, nous n'avions rien su de certain ; on parla bien d'atroces souffrances avant son exécution dans un noir cachot, mais personne n'y ajouta foi. Quant au secrétaire royal Luis d'Alquézar, dont la complicité n'avait pu être prouvée, sa position à la Cour et ses accointances dans le Conseil d'Aragon lui sauvèrent le cou mais non la charge : un ordre foudroyant l'expédia dans les terres lointaines de la Nouvelle-Espagne. Et comme le savent bien vos seigneuries, le sort de ce sinistre personnage ne m'était pas indifférent. Car avec lui avait embarqué pour les Indes l'amour de ma vie : sa nièce Angélica d'Alquézar.

De tout cela, je parlerai plus avant en détail. Qu'il me suffise pour l'instant de préciser que notre dernière aventure avait persuadé le capitaine Alatriste de la nécessité d'assurer mon avenir en me mettant à l'abri, autant que faire se pouvait, des caprices de la Fortune. L'occasion vint de don Francisco de Quevedo – depuis mes démêlés avec l'Inquisition, le poète n'hésitait jamais à me tenir lieu de parrain – dont, comme l'écume, le prestige ne cessait de monter à la Cour et qui se montra convaincu qu'à la faveur de la sympathie que lui manifestait notre souveraine, de la bienveillance du comte et duc d'Olivares et d'un peu de chance, je pourrais, en atteignant mes dix-huit ans, entrer dans le corps des courriers royaux, ce qui était une bonne façon de commencer une carrière à la Cour. Le seul problème sérieux était que, pour me garantir un avenir d'officier, il me fallait soit une famille convenable, soit des états de service convaincants ; et là, le passage dans l'armée avait son poids. Or, même si mon expérience dans les armes n'avait rien de celle d'un flambard de taverne – j'avais passé deux années bien remplies dans les Flandres, siège de Breda compris –, ma jeunesse, qui m'avait obligé à m'enrôler comme valet et non comme soldat, m'empêchait de rien présenter. C'est là que s'imposait l'idée de passer par une période de vie militaire en bonne et due forme. La solution nous fut suggérée par notre ami le capitaine Alonso de Contreras qui, après avoir été l'hôte de Lope de Vega, s'en retournait à Naples. Le vieux soldat nous invita à l'accompagner en arguant que le régiment d'infanterie espagnole établi là-bas, dans lequel servaient nombre de ses anciens camarades qui étaient aussi ceux de mon maître, convenait parfaitement pour ces deux années de service sous les armes ; et aussi, en plus des délices que la ville du Vésuve offrait aux Espagnols, pour se faire de l'argent avec les incursions de nos galères dans les îles grecques et sur la côte africaine. Allez donc y prendre du service, nous conseilla Contreras, donnez à Mars ce que vous donniez à Vénus, et faites des choses si incroyables qu'elles glaceront d'effroi ceux qui les entendront. Et cetera. A bon entendeur salut, amen.

Ce qui est sûr, c'est que le capitaine Alatriste ne voyait aucun inconvénient à quitter Madrid. Il était sans le sou, son aventure avec María de Castro était terminée, et Caridad la Lebrijana mentionnait trop fréquemment le mot « mariage » :

aussi, après avoir beaucoup retourné la question dans sa tête, comme à son habitude, et vidé en silence maints pichets de vin, finit-il par se décider. L'été de l'an vingt-six du siècle, nous embarquâmes à Barcelone et, après avoir fait escale à Gênes, nous poursuivîmes vers le sud, jusqu'à l'antique Parthénope, où Diego Alatriste y Tenorio et Iñigo Balboa Aguirre s'engagèrent en qualité de soldats dans le régiment de Naples. Le reste de l'année, jusqu'à la Saint-Demetrios qui clôt la saison des galères, nous fîmes la course en Barbarie, dans l'Adriatique et en Morée. Puis, après le désarmement pour l'hiver, nous dépensâmes une bonne partie de notre butin dans les innombrables tentations napolitaines, nous visitâmes Rome pour que j'admire la cité la plus prodigieuse, siège majestueux de la Chrétienté, et nous réembarquâmes au début de mai, comme il était d'usage, sur les galères carénées de neuf et prêtes pour la nouvelle campagne. Notre premier voyage – pour escorter des fonds d'Italie en Espagne – nous avait menés aux Baléares et à Valence ; et maintenant, celui-là était pour protéger des navires marchands transportant des approvisionnements de Carthagène à Oran, avant de revenir à Naples. Le reste – la galiote corsaire, la poursuite en nous détachant du convoi, la chasse face à la côte africaine –, je l'ai plus ou moins raconté. J'ajouterai que l'Iñigo Balboa de dix-sept ans fort expérimenté qui, au côté du capitaine Alatriste et des autres gens de mer et de guerre embarqués sur la *Mulâtre*, livrait combat au corsaire turc – nous donnions ce nom de « turc » à tous ceux qui couraient la mer, qu'ils soient ottomans de nation, maures, morisques ou n'importe quoi d'autre – n'avait plus rien, désormais, d'un jouvenceau imberbe. Ce qu'il était, en revanche, vos seigneuries le découvriront en suivant cette nouvelle aventure dans laquelle je me propose de faire revivre le temps où le capitaine Alatriste et moi-même nous combattions de nouveau côte à côte, non plus comme maître et valet, mais en égaux et camarades. Je parlerai, sans en omettre un détail, de combats et de corsaires, de jeunesse heureuse, d'abordages, de tueries et de pillages. J'évoquerai aussi par le menu tout ce qui, dans mon siècle – ah, qu'il me paraît lointain aujourd'hui, avec mes vieilles cicatrices et mes cheveux gris ! –, a fait respecter, craindre et abhorrer le nom de ma patrie dans les mers du Levant. Je dirai que le diable n'a ni couleur, ni nation, ni drapeau. Je dirai comment, en ce temps, pour déchaîner l'enfer sur mer aussi bien que sur terre il n'était besoin que d'un Espagnol et du fil de son épée.

– Arrêtez de tuer… ! ordonna le capitaine de la *Mulâtre*. Ces gens valent de l'argent !

Don Manuel Urdemalas était un homme fort soucieux de sa bourse, et il n'aimait pas gaspiller sans raison. Nous obéîmes donc, peu à peu et de mauvaise grâce. En ce qui me concerne, le capitaine Alatriste dut me prendre le bras pour m'empêcher d'égorger un des Turcs qui essayaient de monter à bord après s'être jetés à l'eau pendant le combat. Le fait est que nous étions encore fort échauffés, et la tuerie ne suffisait pas à calmer notre ardeur. Au cours de nos manœuvres d'approche, les Turcs – nous sûmes par la suite qu'ils avaient avec eux un bon artilleur, renégat portugais – avaient eu le temps de pointer leur canon de coursie, en nous faisant deux morts. C'est pourquoi nous avions fondu furieusement sur eux, bien décidés à ne pas faire de quartier, en criant tous : « Passe-vogue ! Plus vite ! Plus vite ! », hérissés d'espontons et de demi-piques, les mèches des arquebuses allumées, tandis que dans le tintamarre des coups de fouet du comite, des hululements du sifflet et du cliquètement des chaînes, les forçats ramaient à s'en faire éclater le cœur et que la galère arrivait de biais sur la galiote en visant la proue. Le timonier, qui connaissait son métier, nous avait menés exactement là où il le fallait et, juste avant que l'éperon ne mette en morceaux les rames de la galiote et l'aborde par la bande de droite, nos trois pièces de coursie, chargées avec des clous et des lames de Milan, leur balayèrent joliment la moitié de la couverte. Ensuite, après avoir expédié une bonne volée de tirs d'arquebuses et de pierriers, la première vague d'abordage, aux cris de « *Santiago ! Cierra ! Cierra !* – Saint Jacques ! En avant ! En avant ! », passa par l'éperon et dégagea sans difficulté tout l'espace compris entre la proue et l'arbre, trucidant allègrement tout ce qui lui tombait sous la main. Les Turcs qui ne se jetèrent pas à l'eau moururent sur place, entre les bancs dégoulinants de sang, ou se replièrent vers la poupe ; là, à vrai dire, ils se battirent avec beaucoup de courage et fort convenablement, jusqu'au moment où notre seconde vague d'abordage emporta le carrosse où quelques-uns résistaient encore. Nous faisions partie de ce second groupe, le capitaine Alatriste et moi, lui avec épée et rondache, après avoir déchargé à plaisir son arquebuse, moi portant un corselet et un esponton que j'échangeai en cours de route contre une pertuisane effilée que j'arrachai des mains d'un Turc agonisant. Et ainsi, nous protégeant mutuellement, avançant, taillant, très prudents et pas à pas, de banc en banc, et prenant bien soin de ne laisser personne de vivant derrière nous, pas même ceux qui, gisant sur le plancher, imploraient notre clémence, nous arrivâmes avec nos camarades à la poupe que nous assiégeâmes jusqu'à ce que le raïs turc, vilainement blessé, et les survivants qui ne s'étaient pas jetés à la mer lâchent leurs armes et demandent grâce. Ce que, nonobstant, nous tardâmes à leur accorder ; car, à partir de là, tout fut davantage boucherie qu'autre chose ; et il fallut, comme je l'ai dit, l'ordre réitéré de notre capitaine de mer et de guerre pour que nos gens, exaspérés par la résistance des corsaires – avec les dégâts causés par le canon, le combat nous avait coûté neuf morts et douze blessés, sans compter les galériens –, cessent de besogner ; y compris contre tous ceux qui étaient dans l'eau, comme je l'ai conté, et furent tirés à l'arquebuse comme des canards, malgré leurs supplications, ou tués à coups de piques ou de rames quand ils tentaient de monter à bord.

– Arrête-toi, me dit le capitaine Alatriste.

Je me retournai pour le regarder, encore hors d'haleine après les peines du combat : il avait nettoyé son épée avec un morceau de tissu ramassé sur la couverte – un turban maure dénoué – et la rengainait en contemplant les malheureux en train de se noyer ou de nager sans oser approcher. La mer n'était pas agitée, et beaucoup pouvaient se maintenir à flot, sauf les blessés qui s'enfonçaient en poussant des gémissements et des cris d'agonie, gargouillant dans l'eau rouge de sang, aux prises avec les affres de la mort.

– Ce sang n'est pas le tien ?

Je regardai mes bras, tâtai mon corselet et mes cuisses. Pas une égratignure, constatai-je avec satisfaction. Je souris, fatigué.

– Je suis indemne. Comme vous-même.

Nous regardâmes alentour le paysage après la bataille : les deux bateaux encore collés l'un à l'autre, les corps sur les bancs, tripes à l'air, les prisonniers et les agonisants, les hommes trempés qui commençaient à monter à bord sous la menace des piques et des arquebuses, les camarades qui pillaient la galiote. La brise du levant séchait le sang turc sur nos mains et nos visages.

– Allons à l'aubaine, soupira Alatriste.

C'était ainsi qu'à bord nous nommions le butin, mais il n'y en avait guère. La galiote, frétée par des armateurs du port corsaire de Salé, n'avait encore fait aucune prise quand nous l'avions découverte en train de s'approcher du convoi ; nous ne trouvâmes que des vivres et des armes, et nous eûmes beau arracher une par une les planches du pont et, en bas, casser toutes les cloisons, nous ne pûmes mettre la main sur aucun objet de valeur. Pas même une pistole pour la maudite part du roi, que l'on appelle « le cinquième ». Je dus me contenter d'une casaque de drap fin – et encore me fallut-il la disputer presque à coups de poing à un soldat qui prétendait l'avoir vue le premier –, et le capitaine Alatriste d'un grand coutelas damasquiné, à la lame affilée et fort bien travaillé, qu'il enleva de la ceinture d'un blessé. Il retourna avec sur la *Mulâtre*, tandis que je continuais à fourrager dans la galiote turque et jetais un coup d'œil aux prisonniers. Une fois les voiles de notre prise saisies par le comite selon l'usage, la seule chose de valeur était les Turcs survivants. Par chance, il n'y avait pas de chrétiens parmi les rameurs, les corsaires se chargeant eux-mêmes de ramer ou de combattre, selon les circonstances ; et quand notre capitaine Urdemalas, avec beaucoup de bon sens, avait ordonné de cesser le massacre, il restait encore une soixantaine de survivants, entre ceux qui s'étaient rendus, les blessés et ceux qui nageaient sans oser approcher. En faisant un rapide calcul, cela supposait quatre-vingts ou cent écus pour chacun, selon l'endroit où nous les vendrions comme esclaves. Après soustraction du cinquième royal et de la part du capitaine de galère, le reste, réparti entre les cinquante mariniers et les soixante-dix soldats qui étaient à bord – la chiourme de presque deux cents galériens n'entrant pas en ligne de compte –, il n'y avait certes pas de quoi nous rendre riches, mais c'était quand même quelque chose. Voilà pourquoi il eût fallu nous faire entrer plus tôt dans la tête que plus il resterait de Turcs vivants, plus nous y gagnerions. Car chaque fois que nous éliminions un de ceux qui nageaient et voulaient monter à bord, c'étaient mille réaux d'expédiés par le fond.

– Il faut pendre le raïs, dit le capitaine Urdemalas.

Il avait parlé à voix basse, pour les seules oreilles de l'enseigne Muelas, du comite, du sergent Albaladejo, du pilote et de deux soldats de confiance ou caporaux, dont l'un était Diego Alatriste. Ils étaient réunis en conseil à l'arrière de la *Mulâtre*, près du fanal, et regardaient la galiote corsaire toujours clouée par l'éperon de la galère, les rames en mille morceaux et l'eau entrant par la brèche. Tous convenaient qu'il était inutile de la prendre en remorque : rien ne pourrait l'empêcher de couler à pic d'ici peu.

– C'est un renégat espagnol. – Urdemalas fourrageait dans sa barbe. – Il s'appelle Boix, un Majorquin. Et de son nom de forban, Yusuf Bocha.

– Il est blessé, fit remarquer le comite.

– Justement, passons-lui la corde avant qu'il ne meure de sa belle mort.

Le capitaine de galère regardait le soleil, déjà bas sur l'horizon. Il restait une heure de lumière, estima Alatriste. A ce moment-là, les prisonniers devraient se trouver enchaînés à bord de la *Mulâtre*, et celle-ci en route pour un port ami afin de les y vendre. Pour l'heure, on les interrogeait, dans le but de déterminer leur langue et leur nation, et de faire un tri : renégats, morisques, Turcs, Maures. Chaque navire corsaire était une Babel prodigue en surprises. Il n'était pas rare de rencontrer à leur bord des renégats d'origine chrétienne, comme c'était présentement le cas. Et même des Anglais ou des Hollandais. C'est pourquoi personne ne discutait la pendaison du raïs.

– Préparez la corde sans tarder.

Alatriste le savait fort bien, la chose allait de soi. Pour un renégat commandant un bateau qui avait résisté et causé des morts à la galère, mourir d'une indigestion de chanvre était naturel. Et encore plus s'il était espagnol.

– Pas seulement pour le raïs, faisait remarquer l'enseigne Muelas. Il y a aussi des morisques : le pilote et quatre autres, au moins. Ils étaient beaucoup plus nombreux, presque tous gens de Salé, ci-devant habitants d'Hornachos, mais ils sont morts... Ou mourants.

– Et les autres captifs ?

– Des Maures libres et engagés comme rameurs, de ceux que l'on appelle tagarins, également de Salé. Il y a deux blonds : on est en train d'examiner leur prépuce, pour voir s'ils sont coupés ou chrétiens.

– S'ils sont coupés, vous savez ce qu'on en fait : d'abord

aux rames, ensuite à l'Inquisition. Sinon, pendus à l'antenne… Combien de morts nous ont-ils faits ?

– Neuf, plus ceux qui ne tiendront pas jusqu'à demain. Sans compter la chiourme.

Urdemalas eut un geste exaspéré.

– Foutredieu !

C'était un vieux loup de mer, aux manières rudes, qui portait trente années de Méditerranée sur sa peau crevassée par le soleil et dans les poils de sa barbe grise. Il savait très bien comment traiter ces gens qui quittaient la Barbarie au soir pour être sur la côte d'Espagne au matin, se livraient à leurs rapines habituelles et s'en retournaient tranquillement dormir chez eux.

– La corde pour les six, et le diable en fera son souper.

Un soldat revint avec des nouvelles pour l'enseigne Muelas, et celui-ci retourna près d'Urdemalas.

– On me dit que les deux blonds sont coupés, seigneur capitaine… Un renégat français et un autre de Liorna.

– Ces deux-là, à la chiourme.

Tout cela expliquait l'acharnement désespéré de la galiote : son équipage savait ce qui l'attendait. La quasi-totalité des morisques avait préféré mourir en combattant que se rendre ; et cela démontrait – comme le fit remarquer, impartial, l'enseigne Muelas – que, tout chiens de mer qu'ils fussent, ils n'en étaient pas moins nés sur une noble terre. Après tout, chacun savait que les soldats espagnols ne respectaient pas la vie de leurs compatriotes renégats qui commandaient des navires corsaires, ni celle de leurs matelots quand ils étaient morisques, sauf si ceux-ci se rendaient sans combattre, auquel cas ils étaient livrés à l'Inquisition. Les morisques, Maures baptisés mais de foi douteuse, avaient été expulsés d'Espagne dix-huit ans auparavant, après nombre de révoltes sanglantes, de conversions fausses ou suspectes, de trahisons et de troubles divers. Maltraités, assassinés sur les routes, dépouillés de ce qu'ils emportaient avec eux, leurs femmes et leurs filles violées, ils s'étaient vu finalement jeter sur la côte africaine, où leurs frères maures ne leur avaient pas fait non plus un accueil chaleureux. Établis, enfin, dans les ports corsaires du nord de l'Afrique – Tunis, Alger et surtout Salé, le plus proche des côtes andalouses –, ils étaient maintenant les ennemis les plus féroces et les plus haïs, pour être aussi les plus cruels avec leurs proies espagnoles, tant sur la mer que dans leurs incursions sur les côtes péninsulaires. Qu'ils dévastaient sans pitié, fort de leur connaissance du pays, et avec la rancœur logique de gens soldant de vieux comptes, comme le disait le grand Lope de Vega dans *La Bonne Garde* :

Et les Maures d'Alger, pirates,
Dans les criques et cent recoins
Dont ils sortent tous soudain
Tiennent cachées leurs frégates.

– Mais pendez-les discrètement, recommanda Urdemalas. Que les captifs ne fassent pas de tapage. Et quand tous seront bien enchaînés.

– Nous allons perdre de l'argent, seigneur capitaine, protesta le comite, qui voyait s'en aller, pendus à l'antenne, plusieurs milliers de réaux.

Le comite était encore plus grippe-sou que le capitaine de galère, il avait une face atroce et une âme pire encore, et il se faisait une solde supplémentaire, de moitié avec l'alguazil du bord, en trafiquant en tapinois sur ce qu'il pouvait, par ruse, tirer des galériens.

– Je conchie votre argent, monsieur. – Urdemalas foudroyait le comite du regard. – Votre argent et tout ce qui s'ensuit.

L'autre, habitué depuis bien longtemps aux foucades du capitaine de la *Mulâtre,* haussa les épaules et s'éloigna sur la coursie pour aller demander des cordes au sous-comite et à l'alguazil. Ceux-ci étaient en train d'enlever leurs fers aux rameurs morts pendant le combat – quatre esclaves maures, un Hollandais et trois Espagnols condamnés aux galères – pour jeter leurs corps à la mer et mettre les chaînes vacantes à des corsaires. D'autres galériens, une demi-douzaine, blessés et misérables, attendaient en gémissant, couchés sur leurs bancs ensanglantés, pieds et mains toujours enchaînés, que le barbier, dont l'office à bord comprenait aussi saignées et chirurgie, veuille bien s'occuper d'eux. Il traitait toutes les blessures, même les plus terribles, avec du vinaigre et du sel, selon l'usage sur les galères.

Le regard de Diego Alatriste rencontra celui du capitaine Urdemalas.

– Deux des morisques sont jeunes, dit-il.

C'était vrai. Je les avais remarqués au moment où le raïs tombait, blessé : deux gamins recroquevillés entre les bancs de poupe, tâchant de dérober leur corps à l'acier. C'était lui-même qui les avait mis à part, en les sauvant de la tuerie.

Urdemalas fit la grimace, l'air quelque peu chagriné.

– Très jeunes ?

– Suffisamment.

– Nés en Espagne ?

– Comment savoir.

– Coupés?

– Je suppose.

Le marin marmonna d'un air fâché un foutredieu suivi de quelques autres jurons, en regardant son interlocuteur d'un air songeur. Puis il se tourna vers le sergent Albaladejo.

– Occupez-vous de ça, monsieur le sergent. Qu'on inspecte leurs poils. S'ils ont du poil au gréement, leur cou est bon pour la corde, aussi vrai que Dieu existe. Et sinon, aux rames.

Albaladejo s'en fut également par la coursie, en direction de la galiote, d'un air dégoûté. Baisser les culottes de deux garçons pour voir s'ils étaient hommes à pendre ou gibier de chiourme ne figurait pas parmi ses occupations favorites. Mais il y allait de sa solde. De son côté, le capitaine de galère continuait d'observer Alatriste. Il lui faisait de nouveau face, le regard interrogatif, comme s'il se demandait si ses réticences à propos des deux jeunes captifs répondaient à autre chose qu'au simple bon sens. Enfants ou non, nés en Espagne ou en dehors – les derniers morisques, Murciens de la vallée de Ricote, étaient partis vers l'an mil six cent quatorze –, pour Urdemalas comme pour tout bon Espagnol l'apitoiement n'était pas de mise. A peine deux mois plus tôt, lors d'une incursion sur la côte d'Almería, les corsaires avaient emmené comme esclaves soixante-quatorze hommes, femmes et enfants d'un même village, après avoir tout mis à sac et crucifié l'alcade et onze habitants dont ils avaient les noms sur une liste. Une femme qui avait pu se cacher avait affirmé ensuite que plusieurs des assaillants étaient des morisques, anciens habitants de l'endroit.

Et c'est que tout le monde avait un compte à régler, sur ces confins turbulents de la Méditerranée, carrefour de races, de langues et de haines recuites. Dans le cas des morisques, gens fort instruits en criques, aiguades et chemins d'une terre sur laquelle ils revenaient pour se venger, ils possédaient cet avantage que Miguel de Cervantès – qui en connaissait long sur les corsaires, pour avoir été soldat et captif – avait souligné, peu de temps auparavant dans *La Vie à Alger*:

Je l'ai dit: je suis né, j'ai vécu sur ces terres
Je connais leurs entrées, je connais leurs sorties
Et le meilleur endroit pour y faire la guerre.

– Ne fûtes-vous pas là-bas jadis, monsieur? s'enquit Urdemalas. En l'an mil six cent neuf, n'étiez-vous pas de l'affaire de Valence?

Alatriste acquiesça. Peu de secrets résistent à l'espace confiné d'un navire. Urdemalas et lui avaient des amis communs, il était un soldat renommé et faisait à bord fonction de caporal de la troupe. Le marin et le vétéran se respectaient, mais chacun gardait ses distances.

– On raconte, poursuivit le capitaine de galère, que vous aidâtes à réprimer cette engeance… Je parle de ceux qui se réfugièrent dans les montagnes.

– J'y ai aidé, répliqua Alatriste.

Une façon de résumer comme une autre, se dit-il. Les battues dans la montagne, dans les rochers, transpirant sous le soleil. Les partis de rebelles embusqués, les coups de main, les représailles, les massacres. Cruauté des deux côtés, et les pauvres gens, chrétiens ou morisques, pris au milieu et payant les pots cassés, comme à l'ordinaire. Viols et assassinats en toute impunité, toujours sur le compte des mêmes.

Et ensuite, ces files de malheureux marchant sur les chemins, obligés de laisser leurs maisons et de vendre à vil prix tout ce qu'ils ne pouvaient prendre avec eux, humiliés, pillés par les paysans ou par les soldats eux-mêmes – beaucoup désertèrent pour les voler –, que l'on conduisait aux bateaux et à l'exil, comme l'avait bien résumé Gaspar Aguilar :

Mandant et ordonnant, l'autorité les chasse
Des lieux dont ils avaient toute propriété
Et parfois de la vie leur fait la charité.

– Sur mon honneur – le sourire du capitaine Urdemalas cachait mal son animosité –, vous ne paraissez guère tirer fierté du service rendu à Dieu et au roi.

Alatriste posa un regard glacé sur son interlocuteur. Puis il porta deux doigts de la main gauche à sa moustache et la caressa lentement.

– Parlez-vous d'aujourd'hui, seigneur capitaine de galère, ou d'il y a dix-huit ans ?

Il avait prononcé ces mots d'une voix claire et très posée, sans hausser le ton. Urdemalas échangea un coup d'œil gêné avec l'enseigne Muelas, le pilote et l'autre caporal de la troupe.

– Je n'ai certes rien à objecter en ce qui concerne la présente affaire, répondit-il en changeant de ton et en le dévisageant comme s'il comptait les cicatrices sur son visage. Avec dix hommes comme vous, monsieur, je prenais Alger en une nuit. Néanmoins...

Sourd à l'éloge, Alatriste continuait de caresser sa moustache.

– Néanmoins quoi ?

– Eh bien… – Urdemalas haussa les épaules. – Ici, nous nous connaissons tous. On dit que vous n'avez pas été content de l'affaire de Valence… Et que vous êtes parti avec votre épée vers d'autres cieux.

– Et avez-vous quelque opinion personnelle à ce propos, seigneur capitaine ?

Les yeux du capitaine de galère avaient suivi le mouvement de la main gauche d'Alatriste, laquelle avait quitté sa moustache pour se poser sur une hanche, à deux pouces de la garde de la tolédane – couverte de marques et d'entailles laissées par d'autres lames – qui pendait à sa ceinture. Le marin était un homme résolu, nul ne l'ignorait. Mais à chacun sa réputation, et celle de Diego Alatriste était largement répandue : elle l'avait précédé quand il avait embarqué sur la *Mulâtre*. Rien que des mots, comme on dit. Mais dans un cas semblable, et après l'avoir vu à l'œuvre, il n'était pas jusqu'au plus petit mousse à bord qui n'y accordât foi. Urdemalas le savait mieux que personne.

– Nulle opinion, foutredieu, répondit-il. A chacun ses affaires… Mais on ne peut empêcher les gens de jaser.

Son ton était ferme et franc, et Alatriste considéra la question avec soin. Il en conclut qu'il n'y avait rien à objecter, ni dans la forme, ni dans le contenu. Le capitaine de galère était un homme intelligent. Et prudent.

– Si c'est là ce qu'ils racontent, concéda-t-il, ils le racontent bien.

L'enseigne Muelas crut bon de détourner la conversation.

– Je suis de Vejer, dit-il. Et je me souviens des terreurs que nous causaient les Turcs, guidés par les morisques du lieu, qui leur indiquaient quand ils pouvaient nous prendre par surprise... Le fils d'un voisin qui était descendu pour garder les chèvres ou pêcher avec son père s'est réveillé le lendemain dans un souk de Barbarie. Il doit être aujourd'hui comme ces gens-là, un renégat. Ou faire Dieu sait quoi... avec son cul, par exemple. Pour ne pas parler des femmes.

Le pilote et l'autre caporal acquiescèrent, le regard lourd. Tous connaissaient trop bien ces villages construits sur les hauteurs et loin du rivage pour se préserver des pirates barbaresques qui écumaient la mer et parcouraient la côte, l'angoisse des habitants devant l'audace de ceux-ci et la méchanceté de leurs coreligionnaires à terre, les rébellions sanglantes des morisques rétifs à accepter le baptême et l'autorité royale, leurs complicités en Barbarie, les demandes secrètes d'aide adressées à la France, aux luthériens et au Grand Turc pour un soulèvement général. Après l'échec de leur dispersion, à la suite des guerres de Grenade et des Alpujarras, et du fait de l'inefficacité de la politique de conversion tentée par Philippe III, trois cent mille morisques – chiffre énorme pour une population de neuf millions d'âmes – s'étaient installés sur les côtes vulnérables du Levant et de l'Andalousie, presque jamais sincèrement chrétiens, toujours indociles, ingouvernables et orgueilleux – ce qui prouve qu'ils n'en restaient pas moins des Espagnols –, rêvant à la liberté et à l'indépendance perdues ; refusant de s'intégrer dans cette nation catholique forgée depuis tout juste un siècle, qui livrait une guerre dure et simultanée sur tous les fronts, contre les visées jalouses de la France et de l'Angleterre, contre l'hérésie protestante et contre l'immense empire turc de l'époque. Pour ces raisons, et jusqu'à leur expulsion définitive, les derniers mahométans de la Péninsule avaient constitué un dangereux poignard pointé sur le flanc de cette Espagne qui possédait la moitié du monde et faisait la guerre à l'autre moitié.

– C'était mortel, poursuivait Muelas. De Valence à Gibraltar, les vieux chrétiens étaient pris entre les morisques des montagnes et les pirates de la mer. Ces signaux nocturnes, ces facilités pour les débarquements et les rapines, ces convertis refusant de manger du lard...

Diego Alatriste hocha la tête. Tout n'était pas si simple, et il le savait.

– Il y avait aussi des gens honorables, dit-il : des nouveaux chrétiens sincères, fidèles sujets du roi. J'en ai connu qui étaient soldats dans les Flandres. En plus, ils étaient utiles et travailleurs. Il n'y avait parmi eux ni hidalgos, ni coquins, ni moines, ni mendiants... En cela, c'est vrai, ils ne semblaient pas espagnols.

Tous le regardèrent en silence, un long moment. Puis l'enseigne se mordit un ongle et cracha la rognure par-dessus la lisse.

– L'important n'était pas là. Il fallait en finir avec toutes ces menaces et toute cette infamie. Et grâce à Dieu, c'est chose faite.

En réalité, se dit Alatriste, rien n'était terminé. Cette guerre sourde, intestine, entre Espagnols, se poursuivait par d'autres moyens et en d'autres lieux. Certains morisques, peu nombreux, avaient réussi à revenir clandestinement, aidés par leurs propres voisins, comme cela s'était passé à Campo de Calatrava. Quant aux autres, emportant avec eux leur soif de vengeance et leur nostalgie de la patrie perdue dans les villes corsaires de Barbarie, mudéjars exilés de Grenade et d'Andalousie, tagarins d'Aragon, de Catalogne et de Valence, experts en mille choses et également habiles en services utiles pour la course, ils avaient renforcé la puissance turque et africaine. Il était courant d'en rencontrer qui servaient comme arquebusiers – ils étaient une douzaine sur la galiote abordée. Et, en plus d'apporter leur connaissance des côtes et des lieux qu'ils dévastaient, ils construisaient des bateaux, fabriquaient des armes et de la poudre, et savaient comme personne faire le commerce des esclaves capturés, sans compter qu'ils étaient aussi d'adroits capitaines, pilotes et matelots de galiotes et de fustes. De sorte que leur haine et leur bravoure, leur pratique des armes à feu et leur détermination à lutter sans demander quartier les rendaient égaux aux meilleurs soldats turcs et bien supérieurs aux équipages composés uniquement de Maures. Ce qui faisait d'eux les corsaires les plus féroces, les trafiquants d'esclaves les plus impitoyables et les ennemis les plus acharnés que l'Espagne avait en Méditerranée.

– De toute manière, il faut reconnaître qu'ils ne manquent pas de courage, commenta le pilote. Ces bâtards se sont battus comme des tigres.

Alatriste regardait la mer autour de la galère et de la galiote, couverte des débris du combat. Les morts avaient déjà presque tous été engloutis. Seuls quelques-uns, vêtements et poumons gonflés d'air, flottaient encore sur l'eau calme, évoquant pour le capitaine tant d'autres vieux fantômes qui, eux aussi, flottaient dans sa mémoire. Bien peu étaient ceux qui avaient nié la nécessité de cette expulsion au moment où elle avait été exécutée, et lui-même ne faisait pas exception. Les temps étaient rudes. Ni l'Espagne, ni l'Europe, ni le monde n'étaient portés aux mièvreries et à la guimauve. Mais il avait été écœuré par les procédés – une froideur policière et une brutalité militaire, couronnées à la fin par un manque infâme d'humanité: «On pourrait éviter de les laisser emporter autant d'argent, car d'aucuns partent de fort bonne grâce», écrivait au roi don Pedro de Tolède, général des galères d'Espagne. Voilà pourquoi, en l'an mil six cent dix et à l'âge de vingt-huit ans, le soldat Alatriste, vétéran de l'ancien régiment de Carthagène – rappelé des Flandres dans le but de réprimer les morisques rebelles –, avait demandé congé à ses supérieurs et s'était enrôlé dans le régiment de Naples pour combattre les Turcs en Méditerranée orientale. Puisqu'il lui fallait égorger des infidèles, avait-il argumenté, il préférait ceux qui étaient capables de se défendre. Et vingt ans plus tard, voilà que les hasards de la vie le conduisaient à le faire de nouveau.

– Je les ai transportés comme des animaux, en mil six cent dix et onze, entre Denia et les plages d'Oran, se souvint le capitaine Urdemalas. Ces chiens!

Disant cela, il insista fortement sur le mot «chiens». Puis il posa sur Diego Alatriste un regard extrêmement attentif, comme s'il voulait pénétrer ses pensées.

– Ces chiens, répéta Alatriste, songeur.

Il se souvenait des files de rebelles enchaînés sur le chemin des mines de mercure d'Almadén dont personne ne revenait. Et du vieux morisque d'un petit village valencien, le seul qui n'avait pas été expulsé en raison de son âge et de ses infirmités, tué à coups de pierres par les gamins du pays sans qu'aucun voisin, pas même le curé, fasse un geste pour les en empêcher.

– Il y a des chiens de toutes sortes, conclut-il.

Il avait un sourire amer, l'air absent, ses yeux glauques rivés sur ceux du capitaine de galère. Et, à l'expression de ce dernier, il sut que celui-ci n'appréciait ni ce regard ni ce sourire. Mais il sut aussi – il avait appris à prendre la mesure des hommes d'un seul coup d'œil – qu'Urdemalas se garderait bien de manifester son sentiment à voix haute. En fin de compte les formes restaient sauves et nul n'avait manqué de respect à personne. Quant au reste, il ne pouvait se régler sur une galère, où la discipline militaire interdisait toute franche querelle. La vie était remplie de ports aux ruelles obscures et silencieuses, de nuits sans lune, d'endroits discrets où un capitaine de galère sans autre défense que son épée pouvait se retrouver avec un bon empan d'acier dans la poitrine sans avoir eu le temps de dire Jésus. C'est pourquoi, quand Diego Alatriste agrémenta regard et sourire d'une pointe d'insolence, le capitaine Urdemalas, après avoir observé un moment sa main posée négligemment près de la poignée de son épée, détourna les yeux pour contempler la mer.

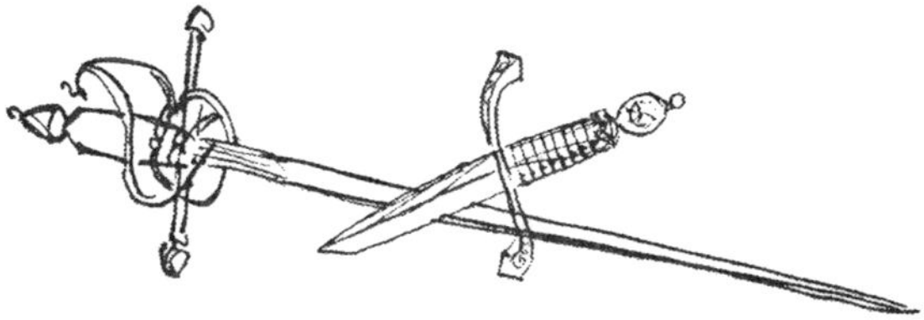

II

« METTRE CENT LANCES DANS ORAN »

Lorsque le navire corsaire eut coulé, je regardai vers l'arrière. Dans les dernières lueurs du crépuscule se découpaient, pendus à l'antenne et inclinés jusqu'à toucher la mer et être engloutis par son ombre, les corps sans vie du raïs, du pilote et de trois morisques ; parmi eux, un des garçons chez qui, pour son malheur, l'enseigne Muelas avait trouvé du poil aux parties intimes. L'autre, glabre et donc plus chanceux, avait été mis à la chiourme avec le reste des captifs qui maintenant ramaient ou gisaient dans la cale, assujettis par des chaînes. Quant au pilote morisque, qui s'était révélé valencien, il avait juré, la corde déjà au cou et en bon castillan, que, malgré son expulsion d'Espagne quand il était enfant, sa conversion avait été sincère et qu'il avait toujours vécu en bon chrétien, aussi étranger à la secte du Prophète que ce chrétien qui disait à Oran :

Je ne renie le Christ ni crois en Mahomet.
Si l'habit et la voix ont fait de moi un Maure
C'est pour gagner des biens que je n'ai pas encore.

... Et que d'être coupé n'était rien d'autre qu'une formalité destinée à faire taire les mauvaises langues dès lors qu'on vit en Alger et à Salé. A quoi le capitaine Urdemalas avait répondu qu'il s'en réjouissait grandement ; et que, puisque chrétien il avait été et en chrétien avait vécu, c'était donc comme tel qu'il allait mourir céans. Qu'en l'absence de chapelain sur la galère un Credo et un Pater Noster suffiraient, avec ce qu'il pourrait y ajouter de son propre chef, pour être en règle à son arrivée dans l'autre monde ; et que pour ce faire, il ne voyait pas d'inconvénient à lui laisser un peu de temps avant de le pendre haut et court. Chose que le pilote morisque avait fort mal prise, en blasphémant le nom de Dieu et celui de la Très Sainte Vierge, cette fois moins en parler castillan qu'en langue franque de Barbarie truffée de mozarabe de Valence ; et il n'avait cessé de le faire qu'au moment où, devant s'arrêter pour reprendre haleine, il avait expédié un crachat qui avait touché une botte du capitaine Urdemalas ; lequel, ce voyant, avait ordonné d'abréger les formalités, pas besoin de Credo et autres simagrées, avait-il dit, et le pilote était monté à l'antenne en ligne directe, mains attachées dans le dos et gigotant des jambes, sans avoir eu le temps de réconcilier son âme. Quant aux autres corsaires blessés, morisques ou non, ils avaient été ligotés et jetés à la mer sans plus de cérémonie. Néanmoins, l'un de ceux qui se tenaient sur leurs jambes et devaient être pendus ne put l'être, car il était blessé au cou. L'entaille était grande d'un demi-empan, bien que n'ayant pas atteint de vaisseau et ne répandant pas beaucoup de sang ; et selon le côté dont on le regardait, le pauvre diable paraissait soit fort pâle, soit frais comme un gardon. L'opinion de l'alguazil fut que, si on le pendait, le cou se déchirerait, ce qui ferait un bien mauvais spectacle. Après y avoir jeté un coup d'œil, notre capitaine de galère en convint ; aussi finit-il à la mer, ligoté et sans plus de cérémonie, lui aussi.

Un doux vent grec soufflait, que l'on nomme aussi gregal, la lune n'était pas sortie et le ciel était constellé d'étoiles quand j'allai, presque à tâtons, à la recherche du capitaine Alatriste. Sur la couverte encombrée de la galère – je ne dis pas malodorante, car moi-même y participais et n'étais certes pas en reste en matière d'odeurs et de puanteurs –, soldats et gens de mer se reposaient du combat après distribution de poisson salé et de vin pour reprendre des forces, tandis que la chiourme, les rames rentrées, laissant au vent favorable le soin de notre navigation, avait reçu du biscuit, de l'huile et du vinaigre, dont ils faisaient bombance allongés entre leurs bancs, dans une rumeur composée de conversations à voix basse, de quelques chansons pour passer le temps et de beaucoup de gémissements des blessés et contusionnés. On entendait le murmure d'un chant que quelqu'un accompagnait de tintements de chaînes et de coups frappés sur le cuir qui couvrait les bancs :

Les galères des chrétiens
Sachez-le si ne le saviez
Manquent toujours de pieds
Et n'ont guère plus de mains.

En somme, une nuit comme tant d'autres. La *Mulâtre* naviguait lentement dans l'obscurité, cap au sud sur une mer calme, les voiles gonflées oscillant au-dessus de la couverte comme deux grandes taches claires dont le balancement masquait et découvrait tour à tour le ciel étoilé. Je trouvai le capitaine Alatriste à la proue, près du banc de conille gauche. Il était immobile, adossé à un filaret, contemplant la mer et le ciel obscurs qui, vers le ponant, conservaient encore un rai de clarté rougeâtre. Nous échangeâmes quelques mots sur les épisodes de la journée, puis je lui demandai si, comme semblait l'indiquer la route suivie par notre bateau, nous nous dirigions sur Melilla et non sur Oran.

– Notre capitaine de galère ne veut pas rester trop longtemps en mer avec autant de captifs à bord, me répondit-il. Il préfère donc toucher terre à Melilla, qui est proche, afin d'y vendre ces gens. De la sorte, nous naviguerons moins chargés.

– Et plus riches, ajoutai-je joyeusement.

Comme tout le monde à bord, j'avais fait mes comptes, et la journée devait me rapporter au moins deux cents écus.

Mon ancien maître bougea un peu. L'air fraîchissait dans l'obscurité et, en frôlant son vêtement, je sentis qu'il fermait son justaucorps.

– Ne te fais pas d'illusions, dit-il enfin, car à Melilla les esclaves se vendent plus mal... Mais nous sommes seuls, près de la côte et à quarante lieues d'Oran. Urdemalas craint une mauvaise rencontre.

Je m'en réjouis néanmoins, car je ne connaissais pas Melilla ; mais le capitaine Alatriste ne tarda pas à me désabuser en me contant que cette ville n'était guère plus qu'une petite forteresse sur un promontoire rocheux : quelques maisons protégées par des remparts au pied de l'énorme mont Gurugu, toujours sous les armes et, comme toutes les enclaves espagnoles sur la côte d'Afrique, entourée d'Alarbes hostiles. Alarbes ou Alarabes – je le précise pour éclairer le lecteur distrait – était le nom que nous donnions aux Maures des campagnes, généralement belliqueux et de peu de confiance, les distinguant ainsi des habitants des villes que nous appelions Maures tout court, les uns comme les autres étant en fait Berbères de Barbarie, pour les différencier des Turcs de Turquie qui hantaient également ces parages en bandes serrées, allant et venant entre l'Afrique et Constantinople. Laquelle était la ville où vivait le Grand Turc, dont tous, sous une forme ou une autre, avec plus ou moins de fidélité et suivant les époques, étaient également vassaux ; et telle était la raison, pour abréger, qui nous faisait appeler Turcs tous ceux qui parcouraient nos côtes, qu'ils soient réellement ou non de cette nation. « Qui sait, disions-nous, si cette année viendront les Turcs ou s'ils ne viendront pas. » Qu'une galiote ou une fuste turque soit de Salé, de Tunis ou d'Anatolie, peu importait. A cela, nous devons ajouter le commerce intense de navires de toutes les nations avec les populeuses villes corsaires, où, en plus des habitants maures, résidaient d'innombrables esclaves chrétiens – Cervantès, Jerónimo de Pasamonte et d'autres ont subi ce sort, et j'en laisse les détails à leur autorité –, en plus des morisques, juifs, renégats, marins et négociants de toutes les rives et de toutes les nations. Vos seigneuries peuvent voir ainsi quel monde compliqué était celui de cette mer intérieure, frontière de l'Espagne au sud et au levant, eaux de personne et de tous, espace ambigu, mobile et dangereux où, entre races différentes, nous nous mélangions, faisions alliance ou nous combattions au gré des roulements de nos tambours. Mais il est juste de préciser que, tandis que la France, l'Angleterre, la Hollande et Venise commerçaient avec le Turc et même se liguaient avec lui contre d'autres nations chrétiennes – surtout contre l'Espagne quand le besoin s'en faisait sentir, ce qui était presque tout le temps le cas –, nous avons, nous, en dépit de nos nombreuses erreurs et contradictions, toujours soutenu la vraie religion sans nous dédire d'une seule syllabe. Et arrogants et puissants comme nous l'étions, nous avons employé nos épées, notre argent et notre sang jusqu'à épuisement dans le combat qui, durant un siècle et demi, a tenu en respect la secte de Luther et de Calvin en Europe, et celle de Mahomet sur les rives de la Méditerranée.

Où le Belge félon dans les bureaux conspire
Et quand le Barbaresque en son pays transpire
Cette épée et ce bras brandis et dénudés
De l'un et l'autre murs vont en forgeant les clés
Gardiennes de nos mers, maîtresses de nos flottes…

ainsi que l'a chanté, certes en son style alambiqué habituel – et que don Francisco de Quevedo me pardonne d'introduire ici son ennemi cordouan –, le poète Luis de Góngora dans ces vers précieux qu'il a consacrés en l'an dix du siècle à la prise de Larache, suivie quatre ans plus tard par celle de La Mámora. Places de Barbarie que, comme toutes leurs pareilles, nous avons conquises sur les Maures au prix de durs efforts, conservées au prix de grandes souffrances et perdues avec beaucoup de négligence, de honte et d'infortune, comme le reste. Si bien qu'en cela comme en presque tout, mieux eût valu faire ce qu'ont fait les autres, plus soucieux de leur richesse que de leur réputation, en nous ouvrant aux horizons que nous avions découverts et élargis, au lieu de nous cramponner aux sinistres soutanes des confesseurs royaux, aux privilèges du sang, au manque d'intérêt pour le travail, la croix et l'épée, tandis que nous laissions se perdre notre intelligence, notre patrie et notre âme. Mais il ne nous a pas été permis de choisir. Au moins avons-nous été, pour étonner l'Histoire, une poignée d'Espagnols qui avons su nous défendre chèrement à la face du monde, combattant jusqu'à ce qu'aucun de nous ne reste debout. Mais nous n'avons fait que notre métier, sans rien savoir de gouvernements, de philosophies ni de théologies. Pardieu ! Nous étions des soldats.

Nous vîmes s'éteindre la dernière lueur rougeoyante sur l'horizon noir. Rien ne différenciait plus le ciel de la mer, si ce n'est la voûte d'étoiles sous laquelle notre galère naviguait poussée par le vent du levant, aveugle, sans lune ni la moindre lumière, guidée par la science du pilote qui regardait l'étoile indiquant le nord, ou bien jetait un coup d'œil dans la gigeolle, où une faible lueur éclairait la boussole. Derrière nous, vers l'arbre de mestre, nous entendîmes quelqu'un demander au capitaine Urdemalas s'il devait allumer le fanal de poupe, et celui-ci répondre qu'il arracherait la cervelle à quiconque ferait une lumière, si petite fût-elle.

– Quant aux soldats riches, dit le capitaine Alatriste au bout d'un moment, comme s'il avait réfléchi à mes paroles, je n'en ai jamais connu aucun qui le soit resté longtemps. Tout finit en jeux, vins et putains… Comme tu le sais fort bien.

La pause avait été significative. Assez courte pour ne pas sonner comme un reproche, assez longue pour qu'elle en soit un. Et en effet, je savais bien à quoi il faisait allusion. Cela faisait cinq ans que nous allions ensemble, et quelque sept mois que nous étions à Naples et fréquentions les galères et le reste : l'ami de mon père avait donc eu l'occasion d'observer certains changements dans ma personne. Non seulement physiques, car j'étais désormais aussi grand que lui, mince mais gaillard, avec bonnes jambes, bras forts et visage point trop laid, mais d'autres plus complexes et plus profonds. J'étais conscient que le capitaine avait souhaité pour moi, depuis mon enfance, un avenir qui ne fût pas le métier des armes ; et, pour cela, il avait fait en sorte que je m'adonne aux bonnes lectures et aux traductions du latin et du grec avec le concours de ses amis don Francisco de Quevedo et du magister Pérez. La plume, disait-il, arrive plus loin que l'épée ; un homme versé en livres et en lois aura toujours plus d'avenir qu'un spadassin de profession et sera bien placé à la Cour. Mais mon inclination naturelle semblait irrésistible ; et bien que, grâce à ses efforts, j'eusse manifesté du goût pour les lettres – et me voici ici, tant d'années après qui paraissent des siècles, en train d'écrire notre histoire –, il était clair que l'héritage de mon père, mort dans les Flandres, joint au fait d'avoir vécu depuis l'âge de treize ans aux côtés du capitaine Alatriste, partageant les dangers et les hasards de sa vie, avaient marqué mon destin. J'avais voulu être soldat, je l'étais enfin, et je m'y appliquais avec la passion résolue de ma jeunesse et de ma fougue.

– Nous n'avons pas de putains à bord, et le vin y est mauvais et rare, répondis-je, piqué par sa remarque. Vous n'avez donc pas de raison de me réprimander. Quant au jeu, je ne compte pas confier à un pou ce que j'ai gagné en risquant ma vie.

Cette histoire de pou n'était pas une phrase en l'air. Le capitaine Urdemalas, las des querelles causées à bord par les jeux en tout genre, avait interdit cartes et dés sous peine d'être mis aux fers. Mais le cheval en sait toujours plus long que celui qui le monte ; de sorte que soldats et mariniers s'ingéniaient à tracer des cercles à la craie sur une planche et, mettant au centre un des nombreux poux qui nous dévoraient vivants – nous appelions cela avoir des habitants –, faisaient des paris sur la direction que prendrait l'insecte.

– Lorsque nous serons à Naples, dis-je en manière de conclusion, alors ce sera à la grâce de Dieu.

Je restai un moment à le guetter, dans l'attente de quelque commentaire ; mais il demeura silencieux, forme noire auprès de moi, tous deux bercés par le balancement de la galère. Depuis quelque temps, la question, entre nous, était que, malgré sa vigilance et sa protection, le capitaine Alatriste ne pouvait me tenir à l'écart des aspects les moins recommandables de notre existence militaire, risques du métier mis à part ; de même que, pendant les années écoulées depuis que ma pauvre mère m'avait envoyé à lui, il n'avait pu m'éviter d'être mêlé à plusieurs reprises – avec de graves dangers pour ma liberté et ma vie – dans quelques-unes de ses entreprises pour le moins incertaines. Aujourd'hui j'étais sinon un homme fait, du moins à un pas de le devenir. Et les conseils prudents du capitaine, quand il les donnait – et vos seigneuries savent qu'il était de ceux qui préfèrent l'épée à la parole –, ne trouvaient pas toujours chez moi l'écho désiré, car je croyais être en tout expérimenté et ne plus rien avoir à apprendre. De sorte que, comme il était vieux soldat, discret et avisé, et qu'il m'aimait beaucoup, il préférait, au lieu de me prodiguer des sermons, rester près de moi au cas où j'aurais besoin de son aide. Et il n'imposait son autorité – et Dieu sait s'il savait l'imposer! – que dans des situations extrêmes.

Concernant les femmes, la boisson et le jeu, je reconnais qu'il avait quelque motif d'irritation. Ma solde de quatre écus par mois, s'ajoutant à l'argent de précédents butins – deux karamuzals arraisonnés près du bras du Magne, une belle incursion sur la côte de Tunis, un brigantin pris devant le cap Passero et une galère sur les hauts-fonds de Leucade –, je l'avais dépensée jusqu'au dernier carlin, en soldat, comme mes camarades et aussi comme le capitaine lui-même l'avait fait dans sa jeunesse – ce qu'il reconnaissait de mauvaise grâce. Mais dans mon cas, la naïveté et le goût de la nouveauté avaient eu cet effet que je m'y étais précipité avec avidité. Pour un jeune homme comme moi, robuste et espagnol, Naples, palimpseste du monde, était le paradis : bonnes auberges, meilleures tavernes, femmes superbement parées, tout ce qu'il fallait, en somme, pour alléger le soldat de son argent. De plus, pour me donner des ailes, le hasard avait voulu que je retrouve à Naples Jaime Correas, vieux complice de mes exploits de valet dans les Flandres, qui servait maintenant en Italie, et depuis suffisamment longtemps pour que nul vice ne lui reste inconnu. J'aurai l'occasion de parler de lui plus avant, aussi me bornerai-je pour l'instant à dire qu'en sa compagnie, et devant les sourcils froncés du capitaine Alatriste, j'avais passé une partie de l'hiver, pendant que les galères étaient désarmées, en aventures de tripots et de tavernes, sans omettre – bien qu'en ce qui me concerne, sans guère d'enthousiasme – quelques bordels. Et ce n'est pas que mon ancien maître fût de ces âmes qui meurent sans confession mais ne peuvent s'empêcher de loucher, comme si de rien n'était, vers la barbe du Christ : bien au contraire. Mais je dois à la vérité de dire que le jeu, qui saigne les bourses et les soldats, ne l'a jamais tenté. Pour le reste, s'il a parfois fréquenté de ces femmes qui sont passées docteur dans l'art du vice – encore que jamais il n'eut besoin de putains, car il sut toujours chasser en terres giboyeuses –, celles-ci furent peu nombreuses et de grande confiance. Quant à la liqueur de Bacchus, certes oui, le capitaine la fréquentait, en montrant une soif d'enfer. Mais bien qu'il lui arrivât de dépasser les bornes, particulièrement quand il se sentait furieux ou mélancolique – et il devenait alors très dangereux, car le vin n'émoussait ni ses sentiments ni son adresse –, il le faisait toujours seul, sans témoins. Je crois que, plus que par plaisir ou par vice, il faisait défiler les pichets pour calmer, en les noyant en toute tranquillité, des tourments et des diables intérieurs que seul Dieu et lui connaissaient vraiment.

Aux premières lueurs de l'aube, nous mouillâmes sous les remparts de Melilla, place espagnole gagnée sur les Maures cent trente ans plus tôt ; et, pour échapper à la vue des Maures, nous le fîmes, non dans la lagune, mais dans la partie extérieure, l'anse étroite des Galápagos, avec des gumes frappées à terre, à l'abri du vent sous les hautes murailles et les tours. L'aspect imposant de la ville n'était qu'une apparence, comme je pus le constater lorsque, pendant que le capitaine de galère convenait du prix des esclaves, je me promenai dans ses rues étroites, sans un arbre, et sur les remparts, et que je vis l'état d'abandon de l'ensemble. Huit siècles de lutte contre l'Islam pour une dure reconquête venaient mourir sur cette misérable frontière. De l'or et de l'argent des Indes, pas un maravédis n'arrivait jusqu'ici. Tout allait dans les mains des banquiers génois, quand ce n'étaient pas les Hollandais et les Anglais qui s'en emparaient – que Dieu les punisse de male mort – dans les mers du Ponant. Les Flandres et les Indes étaient les enfants chéris de la Cour, et notre vieille entreprise africaine, jadis chère aux Rois catholiques et au grand empereur Charles Quint, était dédaignée par notre Philippe IV et son favori, le comte et duc d'Olivares, à tel point que circulaient, manuscrits et anonymes, des vers satiriques comme ceux-ci :

Si Melilla se perd, qu'y a-t-il de perdu ?
Et si Ceuta aussi, hélas, subit ce sort,
Et si ensuite Oran, qui l'Évangile adore
Un jour à l'Alcoran doit payer son tribut ?
Qu'importe que les plages andalouses
Soient inondées des barbares bannières
Des ennemis jurés des lois évangéliques ?
Qu'importe que ressuscitent les valeureux Moussa,
Et qu'à défaut des Vitiza et des Rodrigue
*Nous ayons avec nous des Julián à foison ?**

* Les « valeureux Moussa » : Moussa Ibn Nusayr, général arabe qui, après avoir conquis l'Afrique du Nord, a envoyé en 712 un corps de sept cents Berbères à la conquête de la péninsule Ibérique, sous le commandement de Tarik Ibn Zyad.

« Des Vitiza et des Rodrigue » : Vitiza, roi wisigoth qui a régné entre 702 et 710 ; Rodrigue a été son successeur.

« Des Julián à foison » : le comte Julián, gouverneur de Ceuta, a prêté main forte aux envahisseurs berbères. [N.d.T.]

Le fait est, vers ou pas vers, que les places africaines se maintenaient par miracle, et plus par gloriole que pour autre chose; même si elles servaient à priver les corsaires de quelques ports et bases principales, ceux-ci étaient fort à l'aise en Alger, à Tunis, Salé, Tripoli ou Bizerte. Enfermés dans d'étroites enceintes dont les casemates et les bastions tombaient en ruines par faute de moyens, nos soldats – beaucoup d'entre eux étaient des vieux et des invalides que nul ne relevait – et leurs familles vivaient mal vêtus et plus mal nourris encore, sans un arpent de terre à cultiver, avec juste ce qu'il fallait, et parfois même pas, pour se battre et résister; entourés d'ennemis, séparés de la Péninsule en cas d'appel à l'aide par une journée de navigation au moins. Et encore cette aide n'était-elle pas toujours sûre, car elle dépendait de l'état de la mer et du temps nécessaire pour la préparer en Espagne. Ainsi Melilla, comme le reste de nos possessions africaines – y compris Tanger et Ceuta, qui étaient espagnoles, puisque portugaises –, se voyait dépendre pour sa survie du courage de sa garnison et de la diplomatie avec les Maures du voisinage, dont elle devait obtenir de gré ou de force les approvisionnements indispensables. De tout cela, comme je l'ai dit, je me rendis compte en visitant la ville et ses citernes, dont, ici, toute la vie dépendait. Je jetai un coup d'œil à l'hôpital, à l'église, au souterrain de Santa Ana et à la place intra-muros où les Maures des alentours venaient vendre viande, poisson et légumes: lieu fort animé durant le jour, bien que, le soir venu, tous les Alarbes quittent la ville avant la fermeture des portes, sauf quelques-uns de confiance qui pouvaient rester et passaient la nuit enfermés dans le quartier maure sous la surveillance de l'alguazil. Chose que je ne pus voir car, cette même nuit, pour ne pas être signalée par les Alarbes de la côte voisine, la *Mulâtre* quitta Melilla en déhalant et à la rame ; puis, profitant du vent de terre, nous naviguâmes cap au levant, de manière à nous trouver au petit matin au large des îles Chafarines et à mi-chemin d'Oran ; où, le lendemain soir, après avoir reconnu la pointe de l'Aiguille, nous donnâmes fonde sans mauvaises rencontres ni autres aventures.

Oran, c'était autre chose, sans être non plus le paradis. La ville partageait la triste condition des autres places espagnoles d'Afrique, mal approvisionnée et tout aussi isolée, avec ses défenses affaiblies par l'improvisation et l'incurie. Mais ici, il ne s'agissait pas d'un promontoire aride et fortifié comme Melilla : c'était une vraie contrée, avec un fleuve, de l'eau en abondance et des cultures autour, en plus d'une garnison qui, pour être insuffisante – il y avait à l'époque mille trois cents soldats avec leurs familles, auxquels s'ajoutaient cinq cents habitants exerçant divers métiers –, n'en était pas moins capable de se défendre et même, si l'envie l'en prenait, de se fâcher. De sorte que si les places espagnoles étaient presque totalement abandonnées à leur sort, celle d'Oran, en si mauvais état qu'elle fût, ne comptait pas parmi les pires. La preuve en était le convoi d'approvisionnements mouillé dans la baie du cap Falcon, port de la ville, entre le formidable fort de Mazalquivir et la pointe de la Moune, sous le fort Saint-Grégoire ; là où mouilla notre galère entre les navires dont nous avions abandonné la conserve pour donner la chasse au corsaire. Nous donnâmes fonde, donc, près de la terre, à proximité de la tour, et nous gagnâmes le sol africain sur des felouques, pour marcher ensuite en suivant la côte à une demi-lieue de la plage vers la ville qui s'élevait sur une rive haute et escarpée formant un mauvais port – raison pour laquelle le vrai port était à Mazalquivir –, à cheval sur le fleuve, avec une agréable vue sur les vergers, les bosquets et les moulins situés des deux côtés de ce dernier, qui coulait entre la ville et le fort de Rosalcazar.

Nous étions arrivés, comme je l'ai dit, satisfaits d'être à nouveau sur la terre ferme et avec la bourse remplie ; et bien qu'Oran ne soit pas Naples, même de loin, nous pouvions y trouver assez de distractions. La ville ne manquait pas de tavernes tenues par d'anciens soldats, les trêves conclues avec les Maures alimentaient les marchés, et le blé, les tissus et la poudre que nous avions apportés de la Péninsule réjouissaient tout le monde. Comme si cela ne suffisait pas, on y trouvait quelques lupanars convenables ; car dans des garnisons telles que celles-là, même les évêques et les théologiens de notre Sainte Mère l'Église, après avoir beaucoup débattu de la question, avaient conclu, se résignant à l'inévitable, qu'un certain nombre de courtisanes courageuses, outre qu'elles soulageraient les démangeaisons de la troupe, préserveraient la vertu des demoiselles et des épouses légitimes, éviteraient les viols et diminueraient le nombre de désertions pour aller chercher des femmes dans le camp des Maures. Et c'était justement de cela que, tout juste débarqués, nous parlions entre nous, soldats et gens de mer : de visiter un bordel oranais en guise de première formalité de douane ou de paiement d'octroi, quand, à peine la porte de Canastel franchie – des deux portes que compte Oran, c'est la plus proche de la marine –, le capitaine Alatriste et moi fîmes une rencontre inattendue, heureuse et incroyable, ce qui prouve bien qu'à chacun de ses détours la vie ne cesse de nous ménager des surprises.

– Je veux bien être pendu si je ne rêve pas, dit une voix familière.

Petit, maigre et sec comme toujours, mains sur les hanches et épée à la ceinture, bavardant à l'ombre avec d'autres soldats et faisant fonction de chef de la garde de cette entrée, se tenait Sebastián Copons en personne.

– Et voilà toute l'histoire, conclut-il en vidant son pot.

Nous buvions tous les trois, assis à la table d'une taverne étroite et sale, sous la toile à voile rapiécée qui protégeait du soleil. Fidèle à son style habituel, Copons n'avait pas gaspillé beaucoup de salive pour résumer ses deux dernières années, ce qui représentait le temps écoulé depuis que nous nous étions dit adieu dans une auberge andalouse après l'hécatombe du *Niklaasbergen* et l'affaire de l'or du roi ; quand nous avions fait, avec le concours de quelques camarades, un beau carnage de Flamands et de sbires sur la barre de Sanlúcar. Après, nous raconta l'Aragonais, ses plans pour quitter l'armée et s'établir dans son pays, Huesca, avec un peu de terre, une maison et une femme, avaient échoué. Il avait joué de malchance : une mauvaise affaire à Séville et une mort à Saragosse – cette dernière entraînant une prolifération d'alguazils, avocats, juges, greffiers et autres parasites embusqués derrière leurs dossiers comme punaises dans un ourlet – l'avaient allégé de son argent et ramené, bourse et ventre vide, sur le chemin d'une caserne pour gagner sa vie. Ses tentatives pour passer dans les Indes s'étaient avérées inutiles – on n'avait plus besoin là-bas de soldats, mais de gens d'écriture, de curés et d'artisans – et, au moment où il s'apprêtait à s'enrôler pour les Flandres ou l'Italie, une querelle de taverne, se soldant par deux argousins mal en point et un alguazil marqué au visage, l'avait conduit de nouveau devant la Justice. Cette fois, toutes ses ressources épuisées, il ne lui restait plus rien pour bander les yeux de la Grande Aveugle ; de sorte que le juge, qui était lui aussi de Huesca, lui avait, pour faire une faveur à un compatriote, donné le choix entre quatre ans derrière les barreaux ou un an comme soldat à Oran pour cinquante réaux par mois. Et il était donc là, ayant fait son année et davantage, puisqu'il avait dépassé de cinq mois le terme.

– Et pourquoi ne partez-vous pas ? demandai-je ingénument.

Copons échangea un regard avec le capitaine Alatriste, comme pour dire : Il a l'air d'un brave garçon, mais il est encore un peu fruste. Puis il reversa du vin dans les pots : il s'agissait d'un caramo âpre et sec, un vin de Dieu sait où ; mais c'était du vin, nous étions en Afrique, et il faisait une chaleur de mille diables. Et surtout, nous buvions tous les trois réunis, après si longtemps : le moulin Ruyter, Breda, Terheyden, Séville, Sanlúcar…

– Parce que le sergent-major ne me donne pas mon congé.

– Et pour quelle raison ?

– Parce que lui-même ne peut obtenir son congé de monsieur le marquis de Velada, gouverneur de la place. C'est en tout cas ce qu'il dit.

Et donc, un pot succédant à un autre, il me mit au courant de ce qu'était Oran : des hommes mal approvisionnés et plus mal payés encore, pourrissant entre ces murs, sans espoir de promotion ni d'autre gloire que celle de vieillir là, seuls ou avec leur famille pour ceux qui en avaient une, jusqu'au jour où ils étaient considérés comme invalides ; réclamations, placets, suppliques, rien n'y faisait. On refusait à un vétéran qui avait quarante ans de service le droit de retourner dans la Péninsule, parce que les départs n'étaient pas remplacés et que les soldats désignés pour la Barbarie désertaient avant d'embarquer. Il suffisait de se promener dans la ville pour voir les gens mal vêtus et sans ressources ; et pour une occasion d'obtenir quelque chose, il fallait compter des semaines de faim et de manque de tout, parce que rien n'était versé des paies, pas même la moitié, pas même le tiers, alors même qu'elles étaient les plus misérables de l'armée espagnole ; car, comme l'avait décidé à la Cour quelque secrétaire des finances royales – et le roi notre maître semblait être du même avis –, puisqu'il y avait de l'eau, des cultures et des Maures à proximité, la troupe devait pouvoir s'arranger à peu de prix. Le fait est que les soldats ne parvenaient à recevoir quelques secours que dans des situations extrêmes : Copons lui-même, après avoir accompli dix-sept mois de service, n'avait pas reçu un maravédis des cent et quelques écus qu'en sa qualité de vieux soldat, expert en arquebuse et mousquet, on lui devait. La seule manière d'y remédier étant les cavalcades qui se faisaient de temps en temps pour se remettre à flot.

– Des cavalcades ? demandai-je.

Copons me regarda en clignant de l'œil. Ce fut le capitaine Alatriste qui répondit à sa place.

– Des razzias, comme celles de nos aïeux. On les appelle ainsi depuis longtemps. Cela signifie sortir dans la campagne et attaquer les douars des Maures de guerre.

– Parce qu'Oran, ajouta Copons, est une vieille maquerelle qui vit de ça.

Je le regardai, interdit.

– Je ne comprends pas.

– Tu comprendras, crénom ! Tu comprendras !

Il reversa du vin. Je trouvais notre ami sec, nerveux et fort comme toujours, mais vieilli, l'air fatigué. Et, fait étrange, plus bavard. Il semblait que son caractère taciturne – il était, comme le capitaine Alatriste, avare de mots et prodigue d'acier – avait accumulé à Oran trop de choses que la chaleur de notre vieille amitié, la rencontre inattendue, faisaient jaillir maintenant d'un seul coup, comme une libération. Et je l'écoutais attentivement, en l'observant avec affection. Il avait ouvert son vieux pourpoint de chamois sale à cause du soleil – il ne portait pas de chemise, car il ne possédait pas de linge –, et la vieille cicatrice du moulin Ruyter, au-dessus de l'oreille gauche, lui faisait sur la tempe une marque claire de deux pouces entre les cheveux courts qui comptaient quelques mèches grises de plus. Des poils blancs ornaient aussi son menton mal rasé.

– Explique-lui ce que sont les Maures de guerre, suggéra le capitaine Alatriste.

Ce qu'il fit. Les Alarbes voisins étaient de trois sortes, dit-il : Maures de paix, Maures de guerre et mogataces. Les Maures de paix étaient ceux qui concluaient des trêves avec les Espagnols, faisaient commerce de vivres et de tout le reste. Ils payaient tribut, que l'on nommait ici *garrama*, et cela en faisait des amis jusqu'au moment où ils cessaient de payer. Alors ils devenaient des Maures de guerre.

– Ça m'a l'air dangereux, remarquai-je.

– Bien sûr. Ce sont ceux qui nous coupent la gorge et les parties intimes quand ils nous attrapent… ou ceux à qui nous les coupons.

– Et comment les distingue-t-on les uns des autres ?

Le capitaine hocha la tête.

– On ne les distingue pas toujours.

– Parfois pour notre malheur, précisa Copons. Et parfois pour le leur.

Je réfléchis aux sinistres implications de cette réponse. Puis je demandai qui étaient les mogataces. C'étaient, répondit le capitaine, ceux qui, sans changer de religion, combattaient à nos côtés, comme soldats de l'Espagne.

– Ils sont fidèles ?

Copons fit une grimace.

– Certains le sont.

– Je ne crois pas que je pourrais jamais faire confiance à un Maure.

Ils m'observèrent, amusés. Je devais leur sembler diablement ignorant.

– Eh bien, tu serais surpris. Il y a Maures et Maures.

Nous commandâmes un autre pichet, que nous apporta une tenancière qui exhibait des pieds nus hideux et un visage pire encore, noir comme la poix. Songeur, je regardai Copons remplir mon pot.

– Et comment sait-on quand on peut faire confiance à un Maure ?

– Question de temps, mon garçon – l'Aragonais se toucha le nez – et de flair… Et écoute bien ce que je te dis : j'ai vu beaucoup de chrétiens abuser du jus de la treille ; mais un Maure, jamais. Ils ne jouent pas non plus, contrairement à nous, même si le nombre de cartes est le même que celui des années de Mahomet.

– Mais ils ne respectent pas leur parole, objectai-je.

– Ça dépend desquels, et avec qui. Quand les gens du

comte d'Acaudete se sont fait tailler en pièces, ses mogataces sont restés fidèles en combattant jusqu'au bout... Voilà pourquoi je te dis qu'il y a Maures et Maures.

Tandis que nous vidions le nouveau pichet de vin – atrocement baptisé –, Copons continua de nous décrire la vie à Oran. Le problème du manque d'effectifs était grave, ajouta-t-il, car aucun soldat ne voulait venir dans les places africaines, sauf contraint et forcé : y entrer, c'était prendre le risque de n'en jamais ressortir. Et donc la garnison n'était jamais au complet – certaines années, il manquait jusqu'à quatre cents hommes – et presque tout ce qui débarquait était la lie de la Péninsule, gens mauvais et indociles de nature ; engeance turbulente, gibier de galère ou recrues dont on avait trompé la bonne foi, comme le contingent arrivé à l'automne dernier : quarante-deux soldats qui, à les en croire, s'étaient engagés pour l'Italie ; et qui, une fois embarqués à Carthagène, avaient été conduits à Oran malgré leurs protestations : trois d'entre eux qui s'étaient mutinés avaient été pendus, et les autres avaient été incorporés dans la garnison locale, sans espoir d'en jamais sortir. Ce n'était pas un hasard après tout si, pour souligner la difficulté d'une entreprise, on disait « planter une pique en Flandres », mais aussi « mettre cent lances dans Oran ».

– Et voilà à quoi en sont réduits les gens. Désespérés, nus et affamés. – Copons baissa un peu la voix. – Il ne faut pas s'étonner si, quand ils le peuvent, les plus vulnérables ou les plus fatigués passent aux Maures. Tu te souviens, Diego, d'Yndurain le Basque ?... Celui qui a défendu la vieille tour, à Fleurus, avec Utrera, Barrena et les autres, dont ne sont sortis vivants que lui et un cornette ?

Le capitaine se souvenait. Et qu'était-il donc arrivé à

Yndurain ? demanda-t-il. Copons contempla son pot, tourna la tête pour cracher sous la table et le regarda de nouveau.

– Il était ici depuis cinq ans, et ça en faisait trois qu'il n'avait pas touché sa solde. Il y a deux mois, il a eu des mots avec un sergent, lui a donné un coup de couteau et s'est sauvé en sautant le mur pendant la nuit, avec un autre camarade qui était de garde… On dit qu'ils sont arrivés, après beaucoup de souffrances, à Mostaganem où ils se sont convertis. Mais personne ne sait vraiment.

Les deux camarades se regardèrent, sachant de quoi ils parlaient ; puis je vis mon ancien maître tremper sa moustache dans le vin en haussant les épaules. Résigné à tout, pour lui-même, pour son ami, pour les autres, pour la malheureuse Espagne. A ce moment je me rappelai, en comprenant enfin, ce que j'avais entendu dans une cour de comédie deux ans plus tôt, à Madrid, et qui m'avait alors scandalisé :

Je suis un soldat de métier
Qui est venu se livrer
Car je ne puis tolérer
D'être vaillant et mal payé.

– Tu t'imagines ? s'exclama soudain le capitaine. Yndurain faisant sa prière à Allah, tourné vers La Mecque ?

Il esquissa un sourire. Copons fit de même, plus brièvement. C'étaient des sourires sans joie, sceptiques, de vieux soldats qui n'ont plus d'illusions.

– Et pourtant, dit l'Aragonais, quand bat le tambour, les épées ne manquent jamais.

C'était très vrai, et le temps a continué de le prouver. Malgré l'état d'abandon, les mauvais traitements et la misère, les places d'Afrique n'ont presque jamais manqué de bras pour combattre quand il l'a fallu. Et cela sans soldes, sans secours et sans gloire ; par désespoir, orgueil et souci de la réputation. Pour ne pas être esclaves et finir debout – je sais ce que je dis, et vos seigneuries le verront au cours de cette relation. En fin de compte, à l'heure de mourir, et pour une certaine classe d'hommes, vendre cher sa peau a toujours quelque chose de consolant. Chez les Espagnols, c'était là une vieille histoire, et ça l'est resté encore jusqu'à ce qu'une bonne partie de ces contrées, oubliées de Dieu et du roi, tombent aux mains des Turcs ou des Maures. Cela s'était déjà passé en Alger au siècle dernier : quand Khayr al-Din Barberousse avait pris d'assaut le Penon tenu par cent cinquante de nos soldats qui bloquaient l'entrée du port, et que l'Espagne avait abandonné à leur sort ceux qui, attendant un secours qui n'est jamais venu – « du fait des nombreuses et grandes entreprises auxquelles l'empereur travaillait alors », écrit frère Prudencio de Sandoval –, avaient résisté, en braves qu'ils étaient, jusqu'à ce que les Turcs parviennent enfin, après seize jours d'une canonnade qui démolissait le réduit pierre par pierre, à s'emparer des derniers cinquante hommes, tous blessés et mal en point ; parmi eux le capitaine Martín de Vargas, que Barberousse, exaspéré par cette résistance farouche, avait fait occire à coups de bâton. Quant à la place de Larache, peu d'années après l'époque du présent récit, elle devait subir une terrible attaque de vingt mille ennemis, tenus en respect par cent cinquante soldats espagnols et cinquante invalides qui combattirent comme des démons – la perte et la reconquête de la tour du Juif furent acharnées – pour défendre six mille pieds de rempart au plus. Oran aussi avait soutenu plusieurs sièges de façon fort honorable, parmi lesquels celui qui a inspiré au bon Miguel de Cervantès la comédie *Le Valeureux Espagnol.* C'est d'ailleurs à Cervantès que nous devons deux beaux sonnets écrits en mémoire des milliers de soldats qui, au cours de notre Histoire, sont morts en combattant seuls et abandonnés par leur roi ; comme c'était et c'est toujours la très espagnole habitude. Ces vers, inclus dans *Don Quichotte*, évoquent les défenseurs du fort de La Goulette, devant Tunis, anéantis après avoir résisté à vingt-deux assauts turcs et tué vingt-cinq mille ennemis ; de sorte que, sur le peu d'Espagnols survivants qui furent capturés, aucun n'était sans blessures. « La vie leur a manqué avant que le courage », dit le premier sonnet. Et le second commence ainsi :

De cette terre-là, stérile et ravagée
Et de tous ces bastions aux pierres renversées
Vers un meilleur séjour les âmes sanctifiées
De trois mille soldats, vivantes sont montées.

Après avoir d'abord vainement exercé
La force de leurs bras et leur témérité,
Réduits à quelques-uns, à la fin épuisés,
Ils ont livré leur vie au tranchant des épées.

Ainsi que je l'ai dit, tant de sacrifices ont été inutiles. Après Lépante, qui avait marqué le moment extrême de l'affrontement entre les deux grandes puissances de la Méditerranée, l'intérêt du Turc s'était davantage porté sur la Perse et l'est de l'Europe, et celui de nos rois sur les Flandres et les entreprises atlantiques. Philippe IV n'avait pas failli à la règle, découragé par son ministre le comte et duc d'Olivares, peu ami des ports et des galères – jamais il n'en visita une : la puanteur, disait-il, lui donnait des migraines –, et méprisant les marins, car il considérait qu'aller sur mer était un exercice vulgaire et bas, tout juste digne des Hollandais, dont la seule justification était de rapporter des Indes l'or dont il avait besoin pour ses guerres. Si bien que du fait des rois, des favoris et pour toutes sortes de raisons encore, la Méditerranée, passé le temps des grandes flottes corsaires et des grandes parties d'échecs navales entre les empires, était devenue une manière de frontière diffuse aux mains des petits corsaires des pays riverains ; activité qui, si elle changeait le cours de bien des vies et de bien des fortunes, n'altérait pas pour autant celui de l'Histoire. Au reste, la reconquête chrétienne par laquelle, durant presque huit cents ans, nous, Espagnols, nous étions édifiés, étant achevée depuis plus d'un siècle, la politique qui consistait à rendre coup pour coup à l'Islam impulsée par le cardinal Cisneros et le vieux duc de Medina Sidonia ayant été abandonnée, l'Afrique n'offrait plus d'intérêt pour une Espagne qui se battait contre la moitié du monde. Les places et les garnisons de Barbarie n'étaient guère autre chose, désormais, que des symboles et des postes avancés ; on ne les gardait, comme je l'ai dit, que pour tenir en respect les corsaires, et aussi la France, la Hollande et l'Angleterre ; lesquelles, guettant l'arrivée de nos galions à Cadix, faisaient l'impossible pour s'établir sur ces côtes avec leurs pirates, comme dans les

Caraïbes, et nous mordre les mollets. Voilà pourquoi nous ne leur laissions pas le champ libre, chose néanmoins déjà bien engagée par les consuls et les commerçants qu'ils y entretenaient. Comme nous reviendrons sur la question, je dirai seulement pour l'instant que Tanger fut, quelques années plus tard et pour deux décennies, au roi d'Angleterre, profitant du soulèvement du Portugal ; qu'au siège de La Mamora de l'an mil six cent vingt-huit, qui a suivi celui que je raconte, lorsque les Maures tentèrent de nous prendre cette place, c'étaient des forçats anglais qui creusaient les tranchées et dirigeaient les travaux d'approche : ces enfants de putain que, comme chacun sait, Dieu a créés et le diable accouplés.

Nous partîmes promener. Copons nous guida à travers les rues étroites et blanchies à la chaux, aux maisons serrées, qui, si elles n'avaient eu des terrasses au lieu de toits, eussent rappelé celles de Tolède, avec de bonnes assises de pierres et peu de fenêtres, celles-ci basses et protégées par des nattes et des jalousies. A cause de l'humidité de la mer proche, badigeons et crépis s'en allaient par plaques, laissant des murs écaillés qui enlaidissaient tout. Ajoutez à cela des essaims de mouches, la lessive qui séchait, des enfants en haillons qui jouaient dans les cours, quelques invalides assis sur des bancs de pierre ou des marches qui nous regardaient avec curiosité, et vous aurez une image fidèle de la ville telle qu'elle m'apparut. On respirait partout un air militaire, car Oran était cela : une grande caserne urbaine habitée par des soldats et leurs familles. Mais je pus constater que l'enceinte était très étendue, échelonnée à différentes hauteurs, et que les commerces ne manquaient pas, boulangeries, boucheries ou tavernes. La casbah, où se trouvaient la résidence du gouverneur et les principaux services militaires, datait du temps des Maures – d'autres disaient des Romains –, avait une belle place d'armes et était grande, forte et bien proportionnée. Dans la ville, il y avait également une prison, un hôpital pour les soldats, une juiverie – à ma grande surprise, des Juifs continuaient de vivre ici –, des couvents de franciscains, moines de la Merci et dominicains; dans le quartier oriental de la médina, plusieurs anciennes mosquées étaient devenues des églises, parmi lesquelles la principale, transformée par le cardinal Cisneros à l'époque de la conquête en cathédrale Notre-Dame de la Victoire. Et de toutes parts, dans les rues, sur les places étroites, sous les toiles tendues comme des toits entre les maisons ou à l'abri des porches, des gens immobiles, des femmes entrevues derrière les nattes et les jalousies, des hommes – dont beaucoup de soldats vétérans et de vieillards couverts de loques et de cicatrices, parfois manchots ou unijambistes, les béquilles posées contre le mur –, le regard vide. Je pensai à cet Yndurain que je n'avais pas connu, sautant le mur dans la nuit après avoir tué le sergent, décidé à devenir un renégat plutôt que de rester là, et je ne pus éviter un frisson.

– Comment trouves-tu Oran? me demanda Copons.

– Endormie, répondis-je. Avec tous ces gens, qui regardent sans bouger.

L'Aragonais acquiesça. Il se passait une main sur la figure pour essuyer la sueur.

– Ils ne bougent que quand les Maures nous attaquent, ou quand on organise des cavalcades, dit-il. La perspective de recevoir un cimeterre dans la panse ou de remplir sa bourse opère des miracles… – Il se tourna vers le capitaine Alatriste. – D'ailleurs tu arrives à point. Quelque chose se prépare.

Le capitaine le dévisagea avec une lueur d'intérêt dans ses yeux clairs qui, sous le large bord de son chapeau, reflétaient la lumière aveuglante de la rue. Nous arrivions à ce moment à l'arc de la porte de Tlemcen, du côté de la ville opposé à la marine, où quelques maçons – Maures esclaves et forçats espagnols, devinai-je – tentaient sans conviction de réparer le mur qui s'écroulait. Copons échangea un salut avec les sentinelles assises à l'ombre, et nous sortîmes hors des murs de la ville, entre celle-ci et le village indigène – Maures de paix – d'Ifré, situé à deux tirs d'arquebuse des remparts. Toute cette partie était en mauvais état, avec des brèches qui s'élargissaient entre les moellons, et beaucoup de ceux-ci à terre. La guérite de la garde était en ruine et sans toit, et le plancher du pont-levis au-dessus de l'étroit fossé presque comblé par les décombres et les ordures était tellement vermoulu qu'il grinça sous nos pieds. Ce serait miracle, pensai-je, que tout cela puisse encore résister à des attaques.

– Une cavalcade ? s'enquit le capitaine Alatriste.

Copons eut une mimique complice.

– Ça se pourrait.

– Où cela ?

– Ils ne l'ont pas dit. Mais je présume que ce sera par là. – L'Aragonais indiqua le chemin de Tlemcen qui filait vers le sud, entre les cultures voisines. – Il y a quelques douars qui rechignent à payer la *garrama*… Des hommes et des bêtes. Un bon butin.

– Des Maures de guerre ?

– Si besoin est, ils le seront.

J'observais Copons, suspendu à ses lèvres. Cette histoire de cavalcades m'intriguait, aussi lui demandai-je des détails.

– C'est comme nos coups de main, déguisés, dans les Flandres, m'expliqua l'Aragonais. On part de nuit, on marche vite et en silence, et, à l'aube, sus aux Maures ! On ne s'éloigne jamais d'Oran de plus de huit lieues, par prudence.

– Avec des arquebuses ?

Copons fit non de la tête.

– Le moins possible. Presque tout se règle au corps à corps, pour ne pas gaspiller la poudre... Si le douar est proche, on prend les habitants et le bétail. S'il est loin, seulement les habitants et ce qu'il y a de plus précieux. Ensuite, on revient d'un bon pas, on estime tout, on vend, et on se répartit le butin.

– Abondant ?

– Ça dépend. En ramenant des esclaves, on peut se faire dans les quarante écus, ou plus. Une femme en âge d'être grosse, un nègre solide ou un Maure jeune laissent dans le pot commun trente réaux chacun. S'il s'agit d'enfants à la mamelle et s'ils sont sains, dix... La dernière cavalcade nous a embelli la vie. J'en ai tiré quatre-vingts écus, le double de ma solde d'un an.

– Voilà pourquoi le roi ne paye pas, dis-je en guise de conclusion.

– Et même, pour ce qu'il paierait !

Nous longions maintenant la rive du fleuve, fertile et boisée, avec des moulins et quelques norias. Un vieux Maure et un gamin, vêtus de djellabas déchirées, passèrent près de nous en portant sur leur dos des paniers pleins de légumes, en route pour la ville. J'admirai la jolie vue dont on jouissait de cet endroit : les champs en terrasses, verts, parsemés d'arbres, qui s'étendaient entre le fleuve et les remparts, la ville avec sa casbah qui s'échelonnait à mi-versant, et la mer en aval du fleuve, se déployant au loin comme un éventail bleu.

– Sans ces occasions et ce que donnent ces cultures, ajouta Copons, on ne pourrait pas tenir. Voyez plutôt : jusqu'à votre arrivée, nous avons vécu quatre mois avec une fanègue de grain par mois et seize réaux de secours par soldat et par famille. Vous avez vu les gens : ils vont le cul à l'air parce que leurs vêtements tombent en morceaux... C'est la vieille méthode des Flandres, pas vrai Diego ? Vous voulez toucher vos paies, messieurs ? Eh bien, vous avez là ce fort plein de Hollandais. Attaquez-le et payez-vous, si le cœur vous en dit... Maures ou hérétiques, pour le roi, c'est du pareil au même.

– On vous soustrait, ici aussi, le cinquième royal ? demandai-je.

Cela allait de soi, répondit Copons. La part du roi. Et le gouverneur aussi prélevait sa part du gâteau, comme on dit. Il choisissait pour lui les meilleurs esclaves ou la famille entière du chef du douar détruit. Après, c'était le tour des officiers, et les soldats venaient en dernier, selon ce qui restait. Ceux qui étaient demeurés dans la place avaient aussi droit à leur part. Sans oublier l'Église.

– Même les frères trempent là-dedans ?

– Parbleu, oui, ils y trempent, en plus des aumônes. Ici les cavalcades profitent à tout le monde, parce que les artisans et les commerçants s'abouchent avec les Alarbes qui viennent racheter les leurs avec de l'argent et des marchandises... Après chaque sortie, la ville tout entière ressemble à un souk.

Nous nous arrêtâmes devant un abri de planches et de

palmes où s'installaient pour la nuit les sentinelles du pont qui reliait la ville et les cultures au fort de Rozalcazar, de l'autre côté du fleuve Ouahran, et à celui de Saint-Philippe, un peu plus à l'intérieur. De ces deux forts, nous conta Copons, le premier était presque écroulé, et les fortifications du second n'avaient jamais été terminées. Oran avait beau être renommée pour ses forteresses, celles-ci n'étaient guère plus qu'une apparence, la ville elle-même ne possédant que de vieilles murailles avec des fossés très sommaires, dénuées de contrescarpes, poternes couvertes, traverses ou redoutes. De sorte que la seule vraie fortification de la place était la vigueur de ceux qui, bien malgré eux, y tenaient garnison. Comme l'avait dit un poète ou quelque homme de plume dont il ne se rappelait plus le nom : nous n'avons d'autre poudre que nos épées, et d'autres remparts que les couilles de l'Espagne. Ou à peu près.

– Pourrons-nous venir ? le questionnai-je.

Copons me regarda un instant, échangea un coup d'œil avec le capitaine Alatriste et m'observa de nouveau.

– Venir où ? me demanda-t-il d'un air indifférent.

J'adoptai la contenance virile du soldat, soutenant son regard sans sourciller.

– Et où donc, sinon avec vous, à la cavalcade... répondis-je très calmement.

Les deux vétérans se regardèrent encore une fois, et Copons se gratta la poitrine.

– Qu'en penses-tu, Diego ?

Mon ancien maître m'étudiait, songeur. Enfin, sans détourner les yeux, il haussa les épaules.

– Je suppose qu'un peu d'argent serait bienvenu.

Copons fut aussi de cet avis. Le problème, expliqua-t-il,

était qu'en de telles occasions toute la garnison voulait venir, pour le bénéfice.

– Encore que parfois, ajouta-t-il, on prenne des renforts, quand il y a des galères. Le moment vous est propice, parce que nous avons des fièvres à cause de l'eau, qui est abondante mais très saumâtre, et que beaucoup d'hommes sont affaiblis ou à l'hôpital... Je peux en parler au sergent-major Biscarrués, qui est un vétéran des Flandres, et de la même région que moi. Mais soyez discrets. Pas un mot à qui que ce soit.

En disant cela, il ne s'adressait pas au capitaine mais à moi. Je lui rendis son regard, d'abord d'un air soumis, puis avec plus d'assurance, comme un reproche. Copons me connaissait suffisamment pour que le commentaire et le regard fussent inutiles. Le vétéran perçut mon irritation et resta un moment pensif. Puis il se tourna vers le capitaine Alatriste.

– Il a beaucoup grandi, dit-il. Sacré gamin.

Puis il me toisa de nouveau de bas en haut. Ses yeux s'attardaient sur mes pouces passés dans mon ceinturon, près de la dague et de l'épée.

J'entendis le capitaine soupirer. Il le fit, je crois, avec une pointe d'ironie. Ou d'agacement.

– Tu ne sais pas à quel point, Sebastián.

III

LA CAVALCADE D'OUED-BERRUCH

Un chien aboya au loin. Couché à plat ventre entre les arbustes, Diego Alatriste cessa de sommeiller. Réveillé par son instinct de vétéran, il releva la tête, posée sur ses bras croisés, et ouvrit les yeux. Son sommeil avait été bref, à peine quelques instants; mais, par une longue habitude de soldat, il saisissait la moindre occasion pour reprendre des forces dès qu'il le pouvait. Dans ce métier, il était impossible de savoir quand on rencontrerait un autre moment pour dormir, manger ou boire. Ou pour vider sa vessie. Alentour, accroupis sur le versant de la colline semée de formes immobiles et silencieuses, plusieurs soldats profitaient de cette dernière occasion de le faire, connaissant bien le risque que l'on court à se faire étriper quand on a l'outre pleine. C'est pourquoi, dégrafant ses culottes, Alatriste les imita. «Qui a pissé et jeûné, sera bon pour la mêlée»: tel était le dicton qu'adressait à ses soldats en guise de harangue l'un des premiers sergents qu'il avait eu dans les Flandres de sa jeunesse, don Francisco de Arco – mort par la suite, passé capitaine, à ses côtés sur les dunes de Nieuport –, avec qui il avait servi à la fin du siècle précédent, dans les guerres contre les États et la France, à l'époque du coup de main d'Amiens et du joli sac de la ville ; cavalcade profitable s'il en fut – mais qu'il avait fallu payer ensuite de six mois de siège par les Français.

Tout en se soulageant, il regarda le ciel. Il voyait quelques étoiles attardées, mais la lumière grise de l'aube pointait à l'orient entre les collines dénudées qui laissaient encore dans l'ombre les tentes et les noyers du douar – il ne faisait pas encore assez clair pour que l'on puisse distinguer un fil blanc d'un fil noir – situé dans un grand ravin que les guides appelaient Oued-Berruch, à cinq lieues d'Oran. Enfin allégé, Alatriste revint se coucher après avoir bien ajusté son ceinturon et ses armes, et serré les lacets de son justaucorps. Celui-ci le gênerait plus tard, dans la journée, quand il suffoquerait sous le soleil africain à son zénith ; mais pour l'instant, il était content de l'avoir, car il faisait un froid d'hérétiques et de mille démons. De toute manière, quand le combat commencerait, il se féliciterait encore plus de porter cette vieille peau de buffle. Qu'il vienne d'un Maure, d'un Turc ou d'un luthérien, un coup de lame est toujours un coup de lame. Et il en fit le compte : arcade sourcilière, front, main, jambes, hanche, dos, etc., neuf au total si l'on comptait le tir d'arquebuse, et dix avec la brûlure au bras ; son corps avait été plutôt bien protégé.

– Putain de chien, chuchota quelqu'un près de lui.

L'animal recommençait à aboyer. Et bien vite, un autre l'imita. Mauvaise chose, pensa Alatriste, s'ils avaient flairé les maraudeurs et alertaient les habitants endormis du douar.

A cette heure, estima-t-il, le groupe chargé de passer par l'autre côté du ravin devait être déjà en position, après avoir laissé les chevaux à l'écart pour qu'un hennissement ne gâche pas l'effet de surprise. Deux cents hommes ici, autant là-bas, y compris cinquante Maures mogataces ; une troupe suffisante pour tomber sur trois centaines d'Alarbes, femmes, enfants et vieillards inclus dans ce chiffre, qui campaient là avec leurs troupeaux sans se méfier de ce qui les attendait.

On lui avait expliqué l'affaire le soir précédent à Oran, quand l'ordre était venu de se préparer, et il avait eu l'occasion d'avoir plus de détails durant les six heures de marche nocturne, hommes et chevaux cheminant péniblement dans l'obscurité, guidés par les éclaireurs mogataces, en rangs au début, en désordre ensuite, sur le chemin de Tlemcen, d'abord sur la rive du fleuve, puis, après avoir laissé derrière eux la lagune, le marabout, le puits et les champs, contournant les collines à l'ouest avant de se diviser en deux groupes et de s'embusquer silencieusement en attendant l'aube. D'après ce que l'on disait, les habitants du douar appartenaient à la tribu des Beni Gourriaran, pasteurs et agriculteurs, considérés comme des Maures de paix et respectés comme tels par la garnison espagnole qui s'était engagée à les défendre contre d'autres Kabyles hostiles, à condition qu'ils fournissent tous les ans à date fixe du blé, de l'orge et du bétail. Mais, l'année précédente, les Alarbes avaient moissonné le blé et l'orge tard et mal – ils n'en avaient livré que les deux tiers – de sorte qu'au printemps ils s'étaient fait prier pour livrer le bétail prévu. Cette obligation n'avait toujours pas été respectée ; et, selon la rumeur, les Beni Gourriaran s'apprêtaient à déplacer leur douar pour aller s'installer loin d'Oued-Berruch, hors de portée des Espagnols.

– Et donc on va les faire se lever, avait conclu le sergent-major Biscarrués, avant qu'ils n'aient eu le temps de se dire bonjour.

Le sergent-major Biscarrués, aragonais, militaire zélé et homme de confiance du gouverneur d'Oran, était une figure classique des garnisons africaines : dur comme une pierre, la peau tannée comme du cuir fendillé par le soleil, la poussière et les rigueurs de toute une vie passée à guerroyer d'abord dans les Flandres et ensuite en Afrique, acculé à la mer et oublié du roi, Dieu occupé à d'autres affaires et les Maures au bout de son épée. Il commandait une troupe de soldats sans autre espérance que le butin : gibier de potence et de galère, gens dangereux, déserteurs en puissance, toujours prêts à se mutiner et à se battre entre eux ; et il le faisait avec la sévérité nécessaire à un tel office. Un enfant de putain cruel mais accessible, et pas plus vénal que la majorité : ainsi l'avait défini Sebastián Copons avant qu'ils lui rendent visite, le soir du premier jour. Ils l'avaient trouvé dans son poste de la casbah, devant une carte du territoire dépliée sur la table et maintenue aux coins par un pichet de vin, un bougeoir allumé, une dague et un pistolet. Deux hommes étaient avec lui : un Maure de grande taille, un *alquicel* blanc – manteau à la mode de sa nation – sur les épaules, et un personnage brun et maigre, grand nez et visage glabre, vêtu à l'espagnole.

– Permettez-moi, monsieur le sergent-major... Mon ami Diego Alatriste, ancien soldat des Flandres, aujourd'hui sur les galères de Naples... Diego, voici don Lorenzo Biscarrués... Les autres sont Mustapha Chauni, chef de nos Maures mogataces, et l'interprète d'Oran, qui a pour nom Aron Cansino.

– Les Flandres?... – Le sergent-major le dévisageait avec curiosité. – Amiens? Ostende?...

– Les deux.

– Il a beaucoup plu. Là-bas, bien sûr. Sur ces bâtards d'hérétiques... Ici, ça fait des mois qu'il n'est pas tombé une goutte.

Ils avaient un peu causé, en évoquant le nom de camarades communs, vivants ou défunts; après quoi Copons avait exposé l'objet de leur visite et obtenu l'approbation du sergent-major, pendant qu'Alatriste observait Biscarrués et les deux autres. Le mogatace était un Oulad-Galeb dont la tribu servait l'Espagne depuis trois générations, et son aspect était typique de la région: barbe grise, peau brune, babouches, poignard à la ceinture, et tête rasée sauf la petite mèche que conservaient certains Maures pour éviter qu'un ennemi, en leur coupant la tête, ne leur enfonce les doigts dans la bouche ou dans les yeux. Il commandait la harka de cent cinquante guerriers de sa tribu ou de sa famille – l'une supposant l'autre –, habitants avec femmes et enfants du village d'Ifré et des douars voisins; et qui, tout en s'assurant soldes et butins, savaient se faire tuer sous la croix de Saint-André avec un courage et une fidélité que l'on eût souhaité rencontrer chez beaucoup de sujets du roi catholique. Quant à l'autre homme, Alatriste n'avait pas été surpris d'apprendre qu'un Juif officiait dans la ville en qualité de drogman. Car, nonobstant leur expulsion passée, leur présence était tolérée dans les enclaves espagnoles du nord de l'Afrique pour des raisons touchant au commerce, à l'argent et à la maîtrise de la langue arabique. Comme il le sut plus tard, parmi la vingtaine de familles qui habitaient la juiverie, les Cansino étaient interprètes attitrés depuis le milieu du siècle précédent, ayant prouvé, malgré leur observance de la loi mosaïque – Oran, cas unique, comptait une synagogue –, leur parfaite compétence et leur loyauté au roi ; de sorte que les gouverneurs de la place leur réservaient, de père en fils, distinctions et bénéfices attachés à cette charge. Cela concernait le domaine parlé et écrit du baragouin maure, de la langue hébraïque et de la turque, et aussi l'espionnage, car toutes les communautés israélites de Barbarie communiquaient entre elles. Dans cette tolérance à l'égard des Juifs oranais, l'activité marchande avait aussi son importance, car elle était très vivante en dépit des durs impôts auxquels était soumise leur religion ; étant entendu qu'en temps de pénurie c'étaient eux qui fournissaient au gouverneur le grain ou l'argent qui n'arrivaient pas. A cela s'ajoutait leur rôle dans le trafic des esclaves : d'un côté, ils servaient d'intermédiaires dans le rachat des captifs, et de l'autre ils étaient propriétaires de la plus grande partie des Turcs et des Maures vendus à Oran. En fin de compte, pour tous, qu'ils adorent la Très Sainte Vierge, Mahomet ou Moïse, une pièce d'argent rendait toujours la même musique, et le commerce était le commerce. Un puissant seigneur, eût dit don Francisco de Quevedo. Et bien sot est celui qui va allumer un cierge ailleurs. Et cetera.

Au loin, le chien aboya encore, et Alatriste tâta le pistolet bien graissé qu'il portait à la ceinture. En fait, conclut-il, ça ne lui déplairait pas que l'animal continue jusqu'à ce que les Maures du douar, ou tout au moins quelques-uns d'entre eux, soient réveillés et le cimeterre à la main quand le sergent Biscarrués donnerait le signal de l'assaut. Égorger des hommes endormis pour voler leur bétail, leurs femmes et leurs enfants était plus rapide et plus commode que les égorger éveillés ; mais ensuite, il fallait plus de pichets de vin pour laver tout ce sang de sa mémoire.

– Préparez-vous.

L'ordre courut de bouche en bouche dans un chuchotement de plus en plus fort. Je le répétai quand il me parvint, faisant circuler le mot, et je l'entendis s'éloigner parmi les ombres tapies et se perdre comme un écho qui s'éteint dans l'infini. Je passai la langue sur mes lèvres crevassées, puis je serrai les dents pour les empêcher de claquer sous l'effet du froid, tandis que j'attachais mes espadrilles. Je défis ensuite les chiffons dans lesquels j'avais enveloppé mon épée et le fer de ma demi-pique pour qu'elles ne fassent pas de bruits inopportuns, et je regardai les alentours. Dans la clarté de l'aube qui dessinait déjà des silhouettes en les découpant sur l'horizon, je ne pouvais voir le capitaine Alatriste, mais je savais qu'il était couché comme tous les autres, non loin de moi. Tout près, en revanche, se tenait Sebastían Copons : forme noire, immobile, sentant la sueur, le cuir graissé et l'acier passé à l'huile pour armes. Il y avait d'autres formes semblables groupées ou dispersées dans les environs, parmi les fourrés de lentisques, les figuiers de barbarie et les chardons que, dans ce pays, l'on nomme arracafes.

Un nouvel ordre circula :

– L'assaut dans deux Credo.

Certains se mirent à les réciter, par dévotion ou pour calculer le temps. Je les entendais autour de moi, dans la pénombre, avec toutes sortes d'accents et d'intonations : basques, valenciens, asturiens, andalous, castillans ; des Espagnols qui n'étaient solidaires que pour prier ou tuer. « *Credo in unum Deum, Patrem omnipotentem, factorem caeli et terrae…* » Ce n'était pas la première fois, bien sûr. Mais, comme toujours, cela me semblait étrange d'entendre ce pieux murmure comme prélude à la tuerie ; toutes ces voix d'hommes chuchotant des paroles saintes, demandant à Dieu de sortir vivants de l'affaire, d'obtenir de l'or et des esclaves, de retourner sans dommages à Oran et en Espagne, riches en butin et sans rencontrer d'ennemis, car tous savaient très bien – Copons et le capitaine avaient beaucoup insisté là-dessus – qu'il n'y avait rien de plus dangereux au monde que d'avoir à affronter des Maures sur leur terre au moment où l'on se retire : de se voir poursuivi au retour parmi ces ravins et cette pierraille, sans eau ou en payant une pinte de sang pour chaque goutte, sous le soleil impitoyable, ou de rester blessé ou en arrière entre les mains des Alarbes qui disposaient de tout leur temps pour vous faire mourir. « *Deum de Deo, lumen de lumine, Deum verum de Deo vero…* » Il s'en fallut de peu pour que je ne m'entende murmurer machinalement, sans y prendre garde, comme on chantonne les paroles d'une vieille rengaine qui vous poursuit. Je finis par être conscient des mots que je prononçais, et je récitai avec plus de dévotion, sincèrement : « *Et expecto resurrectionem mortuorum et vitam venturi saeculi, amen.* » En ce temps-là, j'avais l'âge où l'on croit à ce genre de choses, et à quelques autres.

– *Santiago !… Cierra !… Cierra !… España y Santiago !…* Saint Jacques !… En avant !… En avant !… Espagne et saint Jacques !

Cette fois, l'ordre jaillit dans un hurlement ponctué par de brefs appels de trompette, tandis que les hommes se levaient et couraient entre les arbustes, le guidon et la bannière du roi brandis. Je me mis debout et me lançai en avant comme les autres, entendant les coups d'arquebuse qui résonnaient de l'autre côté du douar, où l'obscurité – une bande noire sous un ciel qui rougissait entre des teintes gris-bleu – était traversée d'éclairs.

– *España!... Cierra!... Cierra!*

Il était difficile de courir dans le lit sablonneux du ravin à sec, et mes jambes me semblaient de plomb quand je parvins de l'autre côté, où une ceinture de branches et d'épineux encerclait le bétail. Je trébuchai sur un corps immobile étendu au sol, je fis, toujours courant, quelques pas de plus, et les épines me griffèrent. Corps du Christ! Maintenant les coups de feu résonnaient de notre côté, tandis que mes camarades, qui du noir étaient passés au gris, ce qui nous permettait de nous reconnaître, se répandaient comme un torrent entre les tentes du douar, où apparaissaient des lueurs sporadiques et des figures affolées qui se battaient ou s'enfuyaient. Aux cris des Espagnols et des mogataces, renforcés par le fracas de nos cavaliers qui chargeaient de l'autre côté, s'ajoutèrent bientôt ceux de dizaines de femmes et d'enfants arrachés au sommeil qui sortaient épouvantés, en se collant les uns aux autres ou en courant au milieu des hommes à demi endormis qui tentaient de les protéger, luttaient désespérément et mouraient. Je vis Sebastián Copons et d'autres se jeter parmi eux en brandissant leurs armes et je fis de même, pointant en avant ma demi-pique que je perdis à la première rencontre, car je dus la laisser plantée dans le corps d'un Alarbe à demi nu et barbu qui était sorti d'une tente un cimeterre à la main. Il tomba à mes pieds sans avoir le temps de prononcer un mot, et je ne pus récupérer la pique, car là-dessus surgit de la même tente, en chemise, un autre

Maure, encore plus jeune que moi, qui m'attaqua derechef à coups de poignard si féroces qu'un seul d'entre eux, s'il m'avait atteint, eût suffi à m'envoyer directement à Dieu ou au diable et à laisser les villageois d'Oñate avec un compatriote en moins. Je reculai en trébuchant, tandis que je tirais mon épée – une épée de galère, large, courte et très bonne, de celles dont la lame porte gravée la marque de Tolède – et, reprenant mon aplomb, je lui enlevai sans prendre beaucoup de risques la moitié du nez au premier coup et les doigts d'une main au deuxième. Je lui donnai le troisième – et ce fut la conclusion – alors qu'il était déjà à terre, en lui tranchant la gorge d'un revers de ma lame. Puis je passai prudemment la tête à l'intérieur de la tente et j'y vis un groupe confus de femmes et d'enfants pelotonnés dans un coin, qui criaient dans leur baragouin. Je laissai retomber le rideau, fis demi-tour et poursuivis mon chemin.

C'était la fin. Diego Alatriste repoussa du pied le Maure qu'il venait de tuer, retira son épée du corps et regarda autour de lui. Les Alarbes ne résistaient presque plus, et la plupart des attaquants s'occupaient davantage de faire main basse que d'autre chose, pillant tout comme des Anglais. On entendait encore quelques coups de feu dans le douar, mais les cris de rage, de désespoir et de mort cédaient la place aux plaintes des blessés, aux gémissements des prisonniers et au bourdonnement des essaims de mouches en folie sur les flaques de sang. Comme s'il s'agissait de bétail, soldats et mogataces bousculaient les femmes, les enfants, les vieillards et les hommes qui jetaient leurs armes, en les faisant sortir de force des tentes, tandis que d'autres rassemblaient les objets de valeur et s'occupaient des troupeaux. Les Mauresses, leurs petits agrippés à leurs robes ou blottis contre leur poitrine, poussaient de leurs hurlements et se frappaient le visage devant les cadavres de leurs pères, époux, frères et fils ; certaines, la raison égarée par la douleur et la rage, se précipitaient sur les soldats pour les griffer, et ceux-ci s'en débarrassaient en leur cognant dessus. Parqués à part, les hommes se pressaient dans la poussière, étourdis, contusionnés, blessés, terrifiés, sous la garde des épées, des piques et des arquebuses. Quelques adultes et quelques vieux qui tentaient de conserver une attitude digne étaient malmenés sans égards, giflés par les soldats victorieux qui se vengeaient ainsi – l'ordre étant, comme toujours, de ne pas gaspiller inutilement des vies qui valaient de l'argent – du sort de la demi-douzaine de camarades qui avaient laissé leur peau dans l'assaut. Alatriste fronça les sourcils : il considérait qu'on tue un homme mais qu'on ne l'humilie pas, et moins encore devant des amis et sa famille. Mais il n'y avait pas, en ce siècle, abondance de scrupules, si tant est qu'il y en eût jamais. Mal à l'aise, il détourna les yeux pour observer les abords du campement. Dans les collines, les cavaliers donnaient la chasse aux Maures qui avaient réussi à s'échapper pour se cacher parmi les roseaux et les figuiers de barbarie du ravin, et ils les ramenaient ligotés, attachés à la queue de leurs montures.

Déjà brûlaient des tentes mises à sac, les ustensiles, chaudrons, argent, tapis et vêtements empilés dehors, pendant que, d'une voix forte, le sergent-major Biscarrués qui allait et venait, attentif à tout, donnait des ordres pour hâter le rassemblement du butin et le départ. Diego Alatriste le vit, fermant à demi les paupières, regarder la hauteur du soleil qui avait fait son apparition et jeter ensuite un coup d'œil préoccupé sur les environs. De soldat à soldat, ce n'était pas difficile de deviner ses pensées. Une colonne d'Espagnols fourbus, emmenant avec elle quelque cent têtes de bétail et plus de deux cents captifs – tel était le résultat, calcula-t-il, de la cavalcade –, serait vulnérable à une attaque de Maures hostiles si elle n'était pas rendue dans les murs d'Oran avant le coucher du soleil.

Alatriste avait le gosier aussi sec que le sable et les pierres du sol qu'il foulait. Sacredieu ! pensa-t-il. Je ne peux même pas cracher la poussière et le sang qui me collent à la langue et au palais. Il fit un tour d'horizon et rencontra le regard, à la fois amical et farouche, d'un mogatace à barbe rousse qui, fort habilement, tranchait le chef d'un Alarbe mort. Plus loin, une vieille Mauresse accroupie soutenait dans son giron la tête d'un homme gravement blessé. La femme était toute ridée, le front et les mains couverts de tatouages bleus, et elle leva les yeux pour regarder Alatriste d'un air inexpressif quand celui-ci, l'épée encore à la main, s'arrêta devant elle.

– *Ma.* Eau. A boire. *Ma.*

La femme ne répondait pas. Puis, comme il insistait, elle tendit avec indifférence la main vers une grande tente faite de peaux de chèvre cousues ; et, de nouveau étrangère à tout ce qui passait alentour, elle continua de s'occuper du Maure qui gémissait sur le sol. Alatriste se dirigea vers la tente, écarta le rideau et entra dans l'ombre du réduit.

A peine l'avait-il fait qu'il comprit qu'il allait avoir des problèmes.

J'avais aperçu de loin le capitaine Alatriste au milieu du va-et-vient des soldats et des prisonniers, pendant que je le cherchais dans le sac du douar, et je me réjouis de le voir sain et sauf. Je voulus l'appeler, mais il ne m'entendit pas ; je me dirigeai donc vers lui en évitant les tentes qui commençaient à flamber, les tas de vêtements, les blessés et les morts gisant de toutes parts. Je le vis entrer dans une grande tente noire ; et j'observai aussi que quelqu'un, dont je ne pus distinguer clairement les traits – ce semblait être un de nos Maures, un mogatace –, entrait derrière lui. A cet instant, je fus distrait par un caporal qui m'ordonna de surveiller un groupe d'Alarbes pendant qu'on les attachait. Cela me prit un moment et, quand j'eus terminé, je repris mon chemin vers la tente. Je soulevai le rideau, baissai la tête pour entrer et demeurai interdit : dans un coin, sur un tas de nattes et de tapis en désordre, il y avait une jeune Mauresse, à demi nue, que le capitaine était en train d'aider à s'habiller. La Mauresse avait reçu un coup au visage et celui-ci était baigné de larmes ; elle sanglotait comme un animal supplicié. A ses pieds se trouvait un enfant de quelques mois qui gigotait, et près d'elle un de nos soldats, un Espagnol, le ceinturon défait, les culottes tombées sur les genoux et la tête ouverte d'un coup de pistolet. Un autre Espagnol, habillé mais la gorge fendue d'une oreille à l'autre, gisait sur le dos près de l'entrée, le sang coulant encore de l'entaille toute fraîche. Le même sang, je le déduisis tout de suite durant les quelques instants où je gardai encore ma sérénité, que celui qui souillait le poignard qu'un Maure mogatace, barbu et rébarbatif, me posa sur le cou à peine eus-je franchi le seuil. Tout cela – pardieu, mettez-vous à ma place ! – m'arracha une exclamation de surprise qui fit se retourner le capitaine.

– Il est presque mon fils, s'empressa-t-il de dire. Il saura se taire.

La respiration du mogatace, qui m'arrivait en pleine figure, s'arrêta un instant pendant qu'il me scrutait de près, de ses yeux noirs et vifs, ourlés de cils d'un velours si fin qu'ils ressemblaient à ceux d'une femme. Ces cils étaient la seule chose délicate dans ce visage sombre et tanné, dont la barbe rousse en pointe accentuait la mine féroce qui me glaça le sang. Il devait avoir trente ans et quelque, ses proportions étaient régulières mais avec des épaules et des bras puissants, et son crâne était rasé à l'exception de la classique mèche sur la nuque, un chèche entourait son cou, il portait des anneaux d'argent aux oreilles et un curieux tatouage bleu en forme de croix sur la pommette gauche. Finalement, le Maure écarta le poignard de ma gorge et l'essuya sur son burnous à raies grises avant de l'introduire dans la gaine de cuir qu'il portait à la ceinture.

– Que s'est-il passé ici ? demandai-je au capitaine.

Il se relevait lentement. La femme se couvrit d'un voile brun, tremblante de peur et de honte. Le mogatace lui adressa quelques mots dans sa langue – quelque chose comme *barra barra* – et elle, ramassant par terre le bébé qui pleurait, l'enveloppa dans le même voile, marcha d'un pas souple dans notre direction, tête baissée, et sortit de la tente.

– Il s'est passé, répondit le capitaine d'une voix tranquille, que ces deux braves et moi nous avons eu un désaccord sur le sens du mot « butin ».

Il se pencha pour prendre son pistolet qui venait de

servir et était par terre, et le passa dans son ceinturon. Puis il regarda le mogatace qui restait près du seuil, et quelque chose qui ressemblait à un sourire se dessina sous sa moustache.

– La discussion tournait mal pour moi. Et cela empirait… C'est alors que ce Maure est entré et qu'il a pris parti.

Il s'était rapproché de nous et observait maintenant le mogatace avec beaucoup d'attention, de haut en bas. Ce qu'il voyait semblait lui plaire.

– *Hablas espanioli?* lui demanda-t-il.

– Je parle espagnol, répondit l'autre en bon castillan.

Le regard du capitaine s'attarda sur l'arme passée dans la ceinture.

– Tu as une bonne lame.

– Je crois.

– Et meilleure main encore.

– *Uha!* C'est ce qu'on dit.

Ils se dévisagèrent quelques instants de près, en silence.

– Ton nom?

– Aixa Ben Gurriat.

J'espérais plus de paroles, des éclaircissements, mais je fus déçu. Sur le visage barbu du mogatace pointait un demi-sourire semblable à celui du capitaine.

– Sortons d'ici, conclut celui-ci, après avoir jeté un dernier coup d'œil aux cadavres. Mais avant, mettons le feu à la tente… Nous éviterons des explications.

La précaution s'avéra inutile: personne ne sembla regretter les deux misérables – nous sûmes ensuite qu'il s'agissait de bravaches, déchets de l'humanité, engeance sans amis, dont nul ne se souciait –, qui furent ajoutés sans plus de questions à la liste des pertes. Quant au retour, il fut pénible et dangereux, mais triomphal. Sur le chemin de Tlemcen à Oran, sous un soleil vertical qui réduisait nos ombres à un mince trait sous nos pieds, s'étendait la longue colonne des soldats – les captifs, le butin et les animaux, lesquels étaient des brebis, des chèvres et des vaches ainsi que quelques chameaux, allant devant nous, sous la garde de mogataces et de Maures d'Ifré. Certes, avant de quitter Oued-Berruch, nous avions eu un moment de brève tension, lorsque le drogman Cansino, après avoir interrogé les prisonniers, était demeuré un moment silencieux, tournant la tête de tous les côtés, puis, non sans bafouiller, avait porté à la connaissance du sergent-major Biscarrués que le lieu attaqué n'était pas celui que nous devions attaquer, et que les guides mogataces s'étaient trompés – mais peut-être l'avaient-ils fait sciemment ? – en nous conduisant à un douar de Maures de paix qui payaient ponctuellement leur *garrama*. Nous en avions tué pas moins de trente-cinq. Je jure à vos seigneuries que je n'ai jamais vu une colère pareille à celle du sergent-major, rouge comme une écrevisse, les veines du cou et du front sur le point d'éclater, jurant qu'il ferait pendre les guides, leurs ancêtres et la pute engrossée par un porc qui les avait enfantés. Mais cela ne dura pas. L'erreur ne pouvait plus être réparée ; c'est pourquoi, en homme pratique et militaire dans l'âme, fait à toutes les surprises, les pires comme les meilleures, don Lorenzo Biscarrués finit par se calmer. Vendus à Oran, conclut-il, Maures de paix ou Maures de guerre, c'était toujours du bon argent. Désormais ils étaient des Maures de guerre, et la cause était entendue.

– Ce qui est fait est fait, dit-il en guise d'oraison finale. Nous serons plus vigilants la prochaine fois… Bouche cousue ! Et celui qui ne tiendra pas sa langue, je jure par le Christ vivant que je la lui arracherai.

Et donc, après avoir soigné les blessés et mangé un morceau – pain cuit sous la cendre, quelques dattes et lait caillé que nous trouvâmes dans le douar – nous reprîmes gaillardement la route, les arquebuses prêtes et l'œil aux aguets, bien décidés à nous mettre en sûreté avant la nuit. Et ainsi, comme je l'ai dit, nous allions, sur nos gardes et surveillant l'horizon, le bétail devant, suivi par le gros de la troupe, les bagages et enfin les captifs, deux cent quarante-huit au total, hommes, femmes et enfants en âge de marcher, tous au milieu et bien surveillés. Une autre troupe choisie, avec piques et arquebuses, fermait la marche, pendant que la cavalerie allait en avant et protégeait les flancs, dans le cas où des Maures hostiles prétendraient nous couper la route ou nous priver d'eau. Il y eut, en effet, quelques rencontres et escarmouches de peu d'importance, et, avant d'arriver au puits que l'on désignait sous le nom de puits du Marabout et où poussaient beaucoup de palmiers et de caroubiers, les Alarbes, dont un grand nombre marchaient sur nos traces en quête de traînards ou d'une occasion quelconque, se livrèrent à une attaque sérieuse pour nous empêcher d'accéder à l'eau : une centaine de cavaliers, qui criaient et nous provoquaient en proférant à notre encontre les obscénités dont ils sont coutumiers, s'approchèrent de l'arrière-garde en faisant un grand tapage ; mais quand nos arquebusiers allumèrent leurs mèches et leur expédièrent une jolie grêle de plomb, ils tournèrent le dos en laissant quelques-uns des leurs sur le carreau, et ce fut fini. Nous allions en nous réjouissant de la victoire et du butin, pressés d'arriver à Oran pour en toucher le prix; et je ne pus empêcher que montent à mes jeunes lèvres, fredonnés entre les dents, ces vers bien connus :

Telles sont les mœurs de ce temps
Chevaleresque et féroce
Que lorsque l'on tue des Maures
On chante la gloire de Dieu.

Cependant deux épisodes, pendant la retraite d'Oued-Berruch, devaient jeter une ombre sur ma satisfaction. L'un fut celui du nouveau-né qui était en train de mourir dans les bras de sa mère, sans que lui fût épargnée pour autant la dureté du chemin; ce que voyant, le chapelain, frère Tomás Rebollo, qui nous accompagnait dans la cavalcade pour y faire son office, en appela au sergent-major, alléguant que, l'enfant étant moribond, sa mère perdait tout droit à l'autorité familiale, et qu'il était donc parfaitement licite de le baptiser contre la volonté de celle-ci. Comme nous n'avions pas sous la main d'assemblée de théologiens que nous puissions consulter, don Lorenzo Biscarrués, qui avait d'autres soucis en tête, répondit au frère de faire ce qu'il estimerait opportun; si bien que celui-ci arracha le bébé à sa mère, malgré ses protestations et ses cris, et, avec quelques gouttes d'eau, des huiles et du sel, lui administra sur-le-champ le saint baptême. L'enfant mourut peu de temps après, et le chapelain se félicita beaucoup de ce qu'en une journée comme celle-là, où tant d'ennemis du nom de Dieu appartenant à la pernicieuse secte de Mahomet s'étaient damnés, un ange eût été envoyé au Ciel pour une meilleure connaissance de ses arrêts secrets, la confusion de ses ennemis, etc. Nous sûmes par la suite que la marquise de Velada, épouse du gouverneur, très pieuse et charitable, qui récitait constamment son rosaire et allait à la messe tous les jours, loua grandement la décision de frère Tomás et envoya chercher la mère pour la consoler et la convaincre par de saintes raisons qu'elle serait un jour réunie à son fils si elle se convertissait à la vraie foi. Mais ce ne fut pas possible. La nuit même de notre arrivée, la Mauresse se pendit, de désespoir et de honte.

L'autre souvenir que je garde présent est celui du Maurillon de six ou sept ans qui marchait juste à côté des bêtes de somme chargées des têtes des Alarbes morts. En ce temps-là, le gouverneur d'Oran récompensait – ou, pour être plus exact, promettait une récompense – pour chaque Maure tué dans une action de guerre, et l'affaire d'Oued-Berruch, je l'ai dit, était donnée pour telle. C'est pourquoi, afin de fournir des preuves irréfutables, rapportions-nous trente-six têtes de Maures adultes, dont le décompte fait à la ville augmenterait notre part de butin de quelques maravédis. Cet enfant cheminait donc près d'une mule qui portait une douzaine de têtes pendues en grappes sur chaque flanc. Bref... si la vie de tout homme lucide est peuplée de fantômes qui s'approchent dans l'obscurité et le forcent à garder les yeux ouverts, dans la mienne perdure – et je jure par le Christ que je la vois très clairement – l'image de ce gamin sale et pieds nus, qui, reniflant, les yeux rougis versant des flots de larmes sur son visage souillé de poussière, marchait contre la mule, sans s'en écarter, revenant toujours quand, de temps à autre, les gardiens l'obligeaient à s'éloigner, pour faire fuir les mouches qui se posaient sur la tête coupée de son père.

La maison de la Salka était un lupanar et une fumerie, et c'est là que nous prîmes nos quartiers le lendemain, dès que fut achevée la vente du butin. Tout Oran était en fête depuis la nuit précédente, quand, aux dernières lueurs du jour, et après avoir laissé le bétail à proximité du lieudit « Les Bénitiers », sur la source du fleuve, nous avions effectué une entrée triomphale par la porte de Tlemcen, en fort bon ordre et faisant marcher devant les captifs encadrés par des soldats, armes à l'épaule. Nous avions suivi ainsi la rue éclairée par des torches pour aller droit à la cathédrale, où les esclaves étaient passés, mains liées, devant le saint sacrement que le vicaire avait disposé sous le portail en compagnie de force clercs, crucifix et eau bénite ; et une fois chanté le Te Deum laudamus en reconnaissance de notre victoire, chacun était allé vaquer à ses affaires jusqu'au lendemain, qui avait été le jour de la vraie fête, car la vente aux enchères des esclaves avait été très brillante, rapportant au total la jolie somme de quarante-neuf mille six cents ducats. Après déduction de la part du gouverneur et du cinquième du roi qui, à Oran, était destiné aux approvisionnements en vivres et munitions, une fois soustrait ce qui était dû aux officiers, à l'Église, à l'hôpital des vétérans et aux mogataces, et la répartition faite entre le reste de la troupe, nous nous étions vus, le capitaine et moi, plus riches de cinq cents réaux chacun, ce qui supposait dans nos poches respectives l'agréable poids de soixante-dix beaux doublons de huit. Sebastián Copons, du fait de son grade et de sa position, en avait reçu un peu plus. De sorte que, ayant touché notre argent dans la maison d'un coreligionnaire d'Aron Cansino – il nous avait presque fallu porter la main à la dague, car il voulait nous donner des pièces rognées sans les avoir pesées –, nous avions décidé d'en dépenser sur-le-champ une petite partie. Et voilà pourquoi nous étions tous les trois chez la Salka à nous donner du bon temps.

La patronne du lupanar était une Mauresse d'âge mûr, baptisée et veuve d'un soldat, vieille connaissance de Sebastián Copons ; et, selon ce que nous assura ce dernier, tout à fait de confiance, dans les limites du raisonnable. Son repaire se trouvait près de la porte de la Marine, parmi les maisons qui s'étageaient derrière la Tour vieille. Elle avait une terrasse d'où l'on jouissait d'un joli paysage, avec le fort Saint-Grégoire sur la gauche, dominant la baie couverte de galères et autres navires ; et au loin, enfoncé comme un coin sombre entre le port et l'immensité bleue de la Méditerranée, le fort de Mazalquivir, avec la gigantesque croix qui se dressait devant. A l'heure où se situe mon récit, le soleil descendait déjà sur la mer et ses chauds rayons nous éclairaient, le capitaine Alatriste, Copons et moi, assis sur de moelleux coussins de cuir dans un coin couvert de la petite terrasse : que pouvions-nous demander de plus, bien pourvus en boissons, mets et tout ce qui est habituel en de telles circonstances ? Nous étions en compagnie de trois pupilles de la Salka avec lesquelles, un moment plus tôt, nous n'avions pas fait que converser, quoique sans aller jusqu'aux ultimes tranchées : car le capitaine et Copons, avec beaucoup de bon sens, avaient réussi à me convaincre que c'était une chose de se divertir en charmante société, et une autre de se laisser aller sans retenue au risque d'attraper le mal français ou quelque autre maladie par laquelle les femmes publiques – extrêmement publiques, s'agissant d'Oran – pouvaient ruiner la santé et la vie d'un imprudent. Les courtisanes étaient convenables : deux chrétiennes, andalouses et de commerce agréable, qui gagnaient leur vie dans la place où elles avaient échoué après avoir connu les pires vicissitudes – elles venaient des bordels du Sahara, qui étaient l'ultime cul-de-sac de leur métier –, la troisième étant une Mauresse renégate, trop brune de peau pour le goût espagnol, mais fort bien constituée et très attirante, experte en ouvrages de précision qui ne sont pas dans les livres. La Salka, au tintement de notre argent tout neuf, nous avait présenté les trois avec force louanges sur leur propreté, la douceur de leurs manières, les disant bachelières dans l'art de faire la bête à deux dos ; encore que, comme je l'ai dit, nous ayons préféré nous abstenir de ce dernier chapitre. Même dans ces conditions, foi de Basque, vu la part qui m'avait été attribuée – la Mauresse, puisque j'étais le plus jeune –, ce n'était pas moi qui aurais apporté un démenti à la maquerelle.

J'ai dit que nous buvions et mangions, mais pas seulement. Outre certaines épices qui assaisonnaient les plats, trop fortes à mon goût, c'était la première fois que je fumais de l'herbe maure, que la renégate avait préparée avec beaucoup de dextérité en la mélangeant à du tabac dans de longues pipes en bois avec un fourneau en métal. A la vérité, je n'étais pas habitué à fumer, et je n'ai jamais eu la passion du tabac, pas même sous la forme de poudre moulue que don Francisco de Quevedo aimait tant aspirer. Mais j'étais novice en Barbarie ; et c'était là nouveauté notoire. Et donc, bien que le capitaine n'ait pas voulu essayer et que Copons se soit contenté de quelques bouffées, j'avais fumé une pipe et j'étais engourdi et souriant, la tête floconneuse et le verbe pâteux, comme si mon corps flottait au-dessus de la mer et de la ville. Ce qui ne m'empêcha pas de participer à la conversation qui, pour l'heure, en dépit de l'agrément de la situation et de l'argent engrangé, n'était pas joyeuse. Copons, qui aurait voulu se rendre à Naples ou n'importe où ailleurs – nous savions que notre galère levait le fer dans deux jours –, allait rester à Oran, puisqu'on lui refusait toujours son congé.

– Et donc, conclut-il, l'air sombre, je continuerai à pourrir ici jusqu'au jour du Jugement dernier.

Sur ces mots, il engloutit une énorme mesure de vin de Malaga, un peu piqué mais savoureux et fort, et fit claquer sa langue d'un air résigné. Je regardais distraitement les trois putains qui, nous voyant en pleine discussion, nous laissaient tranquilles et bavardaient à l'autre bout de la terrasse, d'où elles faisaient des signes aux soldats qui passaient dans la rue. La Salka, convaincue qu'en temps de cavalcade l'argent coule à flots, avait bien dressé ses filles à ne pas négliger le commerce.

– Il y a peut-être un moyen, dit le capitaine Alatriste.

Nous le regardâmes avec beaucoup d'attention, particulièrement Copons. Sur le visage impassible de ce dernier, cela se traduisait par une lueur d'espoir dans le regard. Il connaissait trop bien son vieux camarade pour ignorer qu'il ne parlait jamais pour ne rien dire.

– Vous voulez dire, demandai-je, un moyen pour que Sebastián quitte Oran ?

– Oui.

Copons posa la main sur le bras du capitaine. Exactement sur la cicatrice de la brûlure que celui-ci s'était faite deux ans plus tôt en interrogeant le Génois Garaffa.

– Crénom, Diego !... Pas question de déserter. Je ne l'ai jamais fait de ma vie, je ne commencerai pas maintenant.

Le capitaine, qui passait ses doigts sur sa moustache, sourit à son ami. D'un de ces sourires qu'il faisait rarement, affectueux et franc.

– Je parle de t'en aller honorablement, avec ton congé dans un étui de fer-blanc... Comme c'est la règle.

L'Aragonais semblait déconcerté.

– Je t'ai déjà dit que le sergent-major Biscarrués ne me donne pas mon congé. Personne ne sort d'Oran, et tu le sais. Seulement ceux qui sont de passage.

Alatriste jeta un rapide coup d'œil en direction des trois femmes de la terrasse et baissa la voix.

– Combien d'argent as-tu ?

Copons fronça les sourcils, en se demandant d'où diable venait cette question. Puis il comprit et fit non de la tête.

– N'y pense pas, répondit-il. Ce que j'ai gagné avec la cavalcade n'y suffira pas.

– Combien ? insista le capitaine.

– En décomptant ce que j'aurai dépensé ici, environ quatre-vingts écus. Avec peut-être quelques maravédis de plus. Mais je viens de te dire...

– Supposons un coup de chance. Que ferais-tu, arrivé à Naples ?

Copons éclata de rire.

– Quelle question ! L'Italie sans un maravédis en poche ?... Je m'engagerais de nouveau, bien sûr. Avec vous, si c'est possible.

Ils restèrent un moment à se dévisager en silence. De mon côté, redescendant peu à peu de mes nuages, je les observais avec intérêt. La seule idée que Copons nous accompagne à Naples me donnait envie de crier de joie.

– Diego…

Malgré le scepticisme avec lequel Copons avait prononcé le nom de son vieil ami, la lueur d'espoir persistait dans ses yeux. Le capitaine trempa sa moustache dans le vin, réfléchit un instant, puis eut un hochement de tête affirmatif.

– En additionnant tes quatre-vingts écus aux soixante et quelques qui me restent de la cavalcade, ça fait…

Il comptait avec ses doigts sur le plateau de cuivre qui servait de table, et, au bout d'un instant, il se tourna vers moi ; la rapidité d'exécution dont le capitaine faisait preuve avec son épée ne s'étendait pas aux quatre opérations. Je fis un effort pour éloigner les dernières vapeurs du brouillard. Je me frottai le front.

– Cent quarante, dis-je.

– Une somme ridicule, dit Copons. Pour me licencier, Biscarrués en exigerait cinq fois plus.

– Tablons donc sur cinq fois plus. Pour le moment, en tout cas. Iñigo, fais le calcul… Cent quarante, plus mes deux cents de la galiote que nous avons vendue à Melilla.

– Tu as cet argent ? demanda Copons, étonné.

– Oui. Dans la pédagne de l'espalier* de ma galère, un gitan du Perchel qui purge ses dix ans de chiourme, plus redouté encore que le comite, et qui, pour ce service, prélève un réal d'intérêt par semaine. Iñigo ?

* L'espalier – ou voguavant – est le rameur qui, assis au dernier banc, faisant face aux autres galériens, donne l'exemple en suivant la cadence.

– Trois cent quarante, dis-je.

– Bien. Ajoute maintenant tes soixante écus.

– Quoi ?

– Ajoute-les, par la barbe du Christ ! – Les yeux clairs me perçaient comme des dagues biscayennes. – Ça fait combien ?

– Quatre cents.

– Ce n'est pas suffisant… Ajoute tes deux cents de la galiote.

J'ouvris la bouche pour protester, mais le regard que m'adressa le capitaine me fit comprendre que c'était inutile. Les derniers flocons de nuage cotonneux disparurent d'un coup. Adieu, mes économies, pensai-je, parfaitement lucide. C'était beau de s'être senti riche, le temps que ça avait duré.

– Six cents écus juste, calculai-je tout haut, résigné.

Radieux, le capitaine Alatriste s'était tourné vers Copons.

– Avec les soldes impayées, que ton sergent-major encaissera quand elles arriveront, ça fait plus que le compte.

L'Aragonais avala sa salive, nous regardant tous les deux comme si les mots lui restaient dans la gorge. Je ne pus empêcher, une fois de plus, les souvenirs de remonter dans ma mémoire : je le voyais en première ligne au moulin Ruyter, pataugeant dans la boue des tranchées de Breda, couvert de poussière et de sang dans le réduit de Terheyden, le fer à la main sur la promenade de Séville, ou montant à l'assaut du *Niklaasbergen* sur la barre de Sanlúcar. Toujours taciturne, sec, petit et dur.

– Crénom de crénom ! dit-il.

IV

LE MOGATACE

Nous sortîmes du lupanar à la lumière mourante du crépuscule, chapeau sur la tête et épée à la ceinture, tandis que les premières ombres envahissaient les recoins les plus reculés des rues en pente d'Oran. A cette heure la température était agréable et la ville invitait à la promenade, avec ses habitants assis sur des chaises et des tabourets à la porte des maisons et quelques boutiques encore ouvertes, éclairées de l'intérieur par des chandelles et des bougies en suif. Les venelles étaient pleines de soldats des galères et de la garnison, ces derniers fêtant encore le succès de la cavalcade. Nous nous arrêtâmes pour nous humecter la luette, debout, adossés au mur, devant une petite taverne faite de quatre tables et installée sous un porche, tenue par un vieil invalide. Là – le vin était cette fois un clairet frais et convenable –, nous vîmes passer dans la rue, précédée d'un alguazil, une file de cinq captifs enchaînés, trois hommes et deux femmes, de ceux qui avaient été vendus le matin, conduits sous bonne garde à son domicile par leur nouveau maître, un quidam portant costume noir à rabat et épée au côté, l'aspect d'un homme de loi devenu riche en volant la solde de ceux qui jouaient leur peau pour capturer ces gens. Tous, femmes comprises, avaient déjà le visage marqué d'un S au fer rouge et marchaient en baissant la tête, résignés à leur sort. Ce signe n'était pas nécessaire, et certains le considéraient comme un usage archaïque et cruel; mais la Justice permettait encore aux propriétaires de marquer ainsi les esclaves afin de les identifier en cas de fuite. Je remarquai que le capitaine détournait la tête avec une expression de dégoût; et moi-même je pensai à la marque, non au fer rouge mais à l'acier bien froid, que je ferais à la pointe de ma dague au maître de ces malheureux si j'en avais l'occasion. Je souhaitai que lors d'un de ses voyages à la Péninsule il soit capturé par un corsaire barbaresque et finisse dans les bagnes d'Alger, roué de coups. Encore que ce genre de personnage, pensai-je ensuite amèrement, jouisse d'assez de ressources pour se faire racheter sur-le-champ. Seuls les pauvres soldats et les humbles restaient à pourrir là-bas, à Tunis, Bizerte, Tripoli ou Constantinople, comme tant de milliers d'infortunés capturés sur la mer ou les côtes espagnoles, sans que personne ne verse un maravédis pour leur liberté.

Distrait par ces réflexions, je m'aperçus que quelqu'un, après être passé près de nous, s'arrêtait un peu plus loin et nous regardait. Plus attentif, je reconnus le mogatace qui avait aidé le capitaine Alatriste lors de l'incident avec les deux misérables à Oued-Berruch. Il portait le même vêtement, un burnous à raies grises, avec la tête nue rasée, sa mèche de guerrier sur la nuque, et le chèche, l'habituelle écharpe alarbe, négligemment enroulé autour du cou. Le long poignard qu'il m'avait un instant posé sur la gorge – rien qu'à me rappeler son tranchant j'avais encore la chair de poule – était à sa ceinture, dans sa gaine de cuir. Je me tournai vers le capitaine Alatriste pour attirer son attention, et je vis qu'il l'avait déjà remarqué, mais il ne dit rien. A six ou sept pas de distance, ils s'observèrent ainsi tous les deux; le mogatace restait planté calmement dans la rue au milieu des passants, maintien et regard très fermes, comme s'il attendait quelque chose. Finalement, le capitaine leva une main pour toucher son chapeau et inclina légèrement la tête. Ce qui, pour le soldat et l'homme qu'il était, constituait beaucoup plus que de la politesse, surtout s'agissant d'un Maure, même mogatace et ami de l'Espagne. Cependant l'autre accepta le salut comme s'il lui était naturellement dû, puis répondit par un mouvement affirmatif de la tête et, toujours avec le même aplomb, parut reprendre son chemin; mais je crus le voir s'arrêter de nouveau plus loin, au bout de la rue, dans l'ombre d'une voûte.

– Allons chez Fermín Malacalza, suggéra Copons au capitaine. Il sera content de te voir.

Ce Malacalza que je ne connaissais pas était un ancien camarade des deux vétérans: un vieux soldat de la garnison oranaise, avec qui ils avaient partagé dangers et misère dans les Flandres, alors qu'il était caporal, sorti du rang, de l'escouade dans laquelle Alatriste, Copons et Lope Balboa, mon père, avaient fini par se trouver réunis. Selon ce que nous avait raconté Copons, Malacalza, très atteint par l'âge, mal en point et congédié pour invalidité, était resté à Oran, où il avait de la famille. Victime de la pénurie générale, le vétéran survivait grâce à l'aide de quelques compagnons, dont Copons ; lequel, quand par hasard sa poche n'était pas complètement vide, passait chez lui pour lui apporter le secours de quelques maravédis. Et c'était justement le cas, ce qui s'ajoutait ainsi à l'heureuse circonstance que Malacalza, en qualité de vieux soldat de la garnison, même s'il n'était plus en activité, avait droit à un petit subside prélevé sur le butin d'Oued-Berruch. L'Aragonais était chargé de le lui remettre, mais je soupçonne qu'il y ajoutait quelques pièces de sa propre bourse.

– Le Maure nous suit, dis-je au capitaine Alatriste.

Nous marchions près de la maison de Malacalza, dans une rue étroite et sordide du quartier haut, où les hommes étaient assis aux portes et les enfants jouaient dans les ordures et les décombres. Et en effet : le mogatace, qui était resté dans les environs après être passé devant la taverne, nous suivait à vingt pas, sans trop s'approcher mais sans faire mine de se cacher. A ces mots, le capitaine jeta un coup d'œil par-dessus son épaule.

– La rue est libre, conclut-il, après l'avoir observé un instant.

C'était singulier, pensai-je, qu'un Maure se promène seul après le coucher du soleil. A Oran comme à Melilla, on était très strict là-dessus, pour éviter les mauvaises surprises ; et à la fermeture des portes, tous, sauf quelques rares privilégiés, quittaient la ville pour regagner leurs foyers dans le vallon d'Ifré ou leurs douars, pour ceux qui venaient vendre légumes, viande et fruits. Le reste était enfermé dans le quartier réservé des Maures, près de la casbah, et y restait en sûreté jusqu'au matin. Cependant ce personnage semblait agir en toute liberté, ce qui me donna à penser qu'il était connu et possédait les sauf-conduits nécessaires. Cela aiguisa ma curiosité, mais je cessai de m'en occuper car nous étions arrivés devant la maison de Fermín Malacalza, et je ne pouvais oublier que celui-ci avait été, comme le capitaine et Copons, un ami de mon père. Si Lope Balboa avait survécu au tir d'arquebuse qui l'avait tué sous les murs de Julich, il eût peut-être suivi la triste destinée de l'homme que son fils avait aujourd'hui devant lui : une épave aux cheveux blancs, décharnée, minée par les pénuries, qui, à cinquante ans – dont dix-sept passés à Oran –, paraissait en avoir soixante-dix, estropiée d'une jambe et couverte de rides et de cicatrices sur une peau couleur de parchemin sale. Seuls les yeux restaient vifs dans ce visage où même la moustache de vieux soldat avait l'aspect terne de la cendre. Et ces yeux brillèrent de plaisir quand l'homme, assis sur une chaise à la porte de sa maison, les leva et vit devant lui le sourire du capitaine Alatriste.

– Par Belzébuth, la chienne qui l'a enfanté et tous les diables luthériens de l'enfer !

Il insista pour que nous entrions afin de lui conter ce qui nous amenait et de faire la connaissance de sa famille. Le logis, petit, obscur, mal éclairé par une chandelle à demi consumée, sentait le moisi et le ragoût rance. Une épée de soldat à large coquille et grands quillons était accrochée au mur. Deux poules picoraient des miettes de pain par terre, et un chat dévorait d'un air méfiant une souris près de la jarre d'eau. Après beaucoup d'années passées en Barbarie, ayant perdu tout espoir d'en sortir tant qu'il serait soldat, Malacalza s'était marié avec une Mauresse achetée après une cavalcade, qu'il avait fait baptiser et qui lui avait donné cinq enfants, lesquels menaient pour l'heure grand tapage en entrant et sortant de tous côtés, pieds nus et en haillons.

– Holà ! cria-t-il à son épouse. Apporte-nous du vin !

Nous protestâmes, car nous nous sentions déjà quelque peu éméchés après la Salka et la taverne de la rue ; mais le vétéran ne voulut rien savoir. On pouvait manquer de tout dans cette maison, dit-il en boitillant à travers l'unique pièce pour étendre une natte en sparte qui était enroulée par terre et disposer des tabourets autour de la table, mais jamais d'un verre de vin pour que deux vieux camarades se rafraîchissent la gargamelle. Ou trois, rectifia-t-il quand ils lui dirent que j'étais le fils de Lope Balboa. La femme apparut au bout d'un moment, encore jeune mais abîmée par les grossesses et le travail, brune et grosse, les cheveux rassemblés en une tresse, vêtue à l'espagnole quoique chaussée de babouches, avec des bracelets d'argent et des tatouages bleus sur le dos des mains. Nous quittâmes nos couvre-chefs, assis autour d'une table bancale en simple bois de pin, sur laquelle la Mauresse nous servit le vin d'un pichet dans des verres dépareillés et ébréchés, avant de se retirer dans un coin de la cuisine sans prononcer un mot.

– C'est une bonne épouse que tu sembles avoir là, commenta poliment le capitaine.

Malacalza fit un bref geste affirmatif.

– Elle est propre et honnête, confirma-t-il avec simplicité. Un peu vive de caractère, mais obéissante. Les femmes de sa race font facilement de bonnes épouses, pour peu qu'on les tienne à l'œil... Elles pourraient en remontrer à beaucoup d'Espagnoles, qui sont toujours à se donner de grands airs.

– C'est vrai, acquiesça gravement le capitaine.

Un enfant de trois ou quatre ans, maigrelet, cheveux noirs et bouclés, s'approcha timidement de nous et se colla contre son père qui l'embrassa tendrement avant de l'asseoir sur ses genoux. Quatre autres, dont l'aîné ne devait pas avoir plus de douze ans, nous observaient depuis le seuil. Ils étaient pieds nus et leurs genoux étaient sales. Copons posa des pièces de monnaie sur la table et le vétéran resta à les regarder, sans rien dire. Au bout d'un moment, il dirigea son regard vers le capitaine Alatriste et lui fit un clin d'œil.

– Tu vois, Diego... – Il prit son verre de vin et le porta à ses lèvres, tout en désignant la salle d'un geste large de l'autre main. – Un vétéran du roi. Trente-cinq années à l'armée, quatre blessures, perclus de rhumatismes – il tapa sur sa cuisse estropiée – et cette jambe abîmée... Ce n'est pas mal comme états de service pour quelqu'un qui a commencé, rappelle-toi, dans les Flandres à l'époque où ni toi, ni moi, ni Sebastián, ni le pauvre Lope, qu'il repose en paix, ne nous rasions encore.

Il avait parlé sans amertume particulière, avec la résignation propre à son métier. Comme quelqu'un qui se borne à constater ce que tout le monde sait. Le capitaine se pencha vers lui au-dessus de la table.

– Pourquoi ne rentres-tu pas dans la Péninsule ? Tu peux le faire, maintenant.

– Rentrer ? Pour quoi faire ? – Malacalza caressait les boucles noires de son fils. – Pour faire semblant de boiter encore plus fort à la porte des églises en demandant l'aumône comme tant d'autres ?

– Dans ton village. Tu es Navarrais, n'est-ce pas ?... De la vallée de Baztán, si je me souviens bien.

– D'Alzate, oui. Mais qu'est-ce que j'irais faire là-bas ?... Si quelqu'un se souvient de moi, ce dont je doute, tu imagines les voisins me montrant du doigt en disant : encore un qui avait juré de revenir riche et hidalgo, et qui revient pauvre et infirme pour manger la soupe des couvents ?... Ici, au moins, il y a toujours une ou deux cavalcades, et un vétéran qui a une famille ne manque jamais de secours, pour mince qu'il soit. Et puis tu as vu ma femme. – Il caressa le visage de son fils et désigna les enfants qui nous regardaient depuis le seuil. – Et ces petits drôles... Je ne vais pas emmener ma famille là-bas, avec les mouchards du Saint-Office qui chuchoteront derrière mon dos et les inquisiteurs qui me colleront aux fesses. Non, je préfère rester. Tout est plus clair... Tu comprends ?

– Je comprends.

– En plus, il y a les camarades. Des gens comme toi, comme Sebastián et comme moi, avec qui on peut parler... Une descente à la marine pour voir les galères ou aux portes de la ville quand entrent ou sortent des soldats... Parfois tu vas à la caserne et ceux qui se souviennent encore de toi t'invitent à prendre un verre, tu assistes aux revues et aux messes en plein air, tu salues les drapeaux, comme quand tu servais. Ça aide à digérer les nostalgies.

Il regarda Copons pour solliciter son assentiment, et l'Aragonais fit brièvement oui de la tête mais ne dit rien. Malacalza but encore quelques gorgées et esquissa un sourire. Un de ces sourires forcés qui exigent un certain courage.

– Et puis, poursuivit-il, à la différence de ce qui se passe dans la Péninsule, ici personne n'est jamais tout à fait à la retraite. C'est comme si on était dans la réserve, tu sais ?... De temps en temps les Maures nous réservent une surprise, nous devons soutenir un siège en règle, et les renforts que nous réclamons n'arrivent pas toujours à point. Alors chacun doit donner un coup de main, sur les remparts et les bastions, et nous, les invalides, on nous y emploie aussi.

Il fit une pause pour lisser sa moustache grise en fermant à demi les yeux comme s'il évoquait des images heureuses. Puis, mélancolique, il regarda la rapière pendue au mur.

– Et donc, reprit-il, durant quelques jours tout redevient comme avant. Il y a même la possibilité, encore une fois, que les Maures insistent et qu'on meure comme ce qu'on est... ou ce qu'on a été.

Sa voix avait changé. S'il n'y avait pas eu l'enfant qu'il tenait dans ses bras et ceux qui étaient à la porte, on eût dit qu'une telle éventualité ne lui déplaisait pas.

– Ce n'est pas une mauvaise sortie, concéda le capitaine.

Malacalza le contempla de nouveau en prenant son temps, comme s'il revenait de loin.

– Je suis vieux, Diego... Je sais ce qu'on peut attendre de l'Espagne et des Espagnols. Avoir été soldat signifie encore quelque chose à Oran. Mais là-haut ils se moquent bien de nos états de service, pleins de noms qu'ils ont oubliés, s'ils les ont jamais connus : le réduit du Cheval, le fortin de Durango... Dis-moi ce que ça peut faire à un scribouillard, à un juge, à un agent du roi, à un boutiquier, à un curé que, sur les dunes de Nieuport, nous nous soyons retirés impassibles et drapeaux déployés, sans que le régiment rompe les rangs, ou sans courir comme des lapins...

Il s'interrompit pour servir le peu de vin qui restait dans le pichet.

– Regarde Sebastián. Il se tait, comme toujours, mais il est de mon avis. Regarde comme il est de mon avis.

Il posa la main droite sur la table, près du pichet, et l'observa avec soin : décharnée, osseuse, avec de vieilles cicatrices aux phalanges et sur le poignet, semblables à celles de Copons et du capitaine.

– Ah, la réputation ! murmura-t-il.

Il y eut un long silence. Puis Malacalza porta de nouveau le verre à ses lèvres et eut un rire contenu.

– Voilà ce que je suis. Je vous l'ai dit : un vétéran du roi d'Espagne.

Il regarda de nouveau les pièces de monnaie sur la table.

– Nous avons fini le vin, dit-il soudain, l'air sombre. Et vous devez avoir des choses à faire.

Nous nous levâmes en ramassant nos chapeaux, sans savoir quoi dire. Malacalza restait assis.

– Avant que vous partiez, ajouta-t-il, je voudrais récapituler avec vous ces états de service qui n'intéressent personne : Calais... Amiens... Bomel... Nieuport... Ostende... Oldensen... Linghen... Julich... Oran... Amen !

A chaque nom, il prenait une des pièces du maigre tas : l'air absorbé, comme s'il ne les voyait pas. Après quoi, il sembla revenir à lui, les soupesa et les glissa dans sa poche. Ensuite, il donna un baiser à l'enfant qu'il tenait encore sur ses genoux, le déposa à terre et se mit debout, son verre à la main, sur sa jambe estropiée.

– Pour le roi, et que Dieu le garde !

Comme il disait cela, je m'étonnai de ne lire aucune restriction ni aucune ironie dans ses paroles.

– Pour le roi ! répéta le capitaine Alatriste. Et malgré le roi ou ceux qui mènent le royaume.

Et nous bûmes tous les quatre, tournés vers la vieille épée accrochée au mur.

Il faisait nuit quand nous sortîmes de la maison de Fermín Malacalza. Nous redescendîmes la rue, éclairés par les seules lumières qui sortaient des portes ouvertes des maisons où se découpaient les formes obscures des habitants assis dans l'ombre, et par les veilleuses et les bougeoirs posés dans la niche d'un saint. Sur ces entrefaites, une silhouette se leva dans l'obscurité où elle attendait, accroupie. Cette fois, le capitaine ne se borna pas à jeter un coup d'œil pardessus son épaule, mais il défit les lacets de son justaucorps pour libérer les poignées de son épée et de sa dague. Cela fait, nous ayant derrière lui, Copons et moi, il alla vers la silhouette noire sans autre protocole.

– Que cherches-tu ? lui demanda-t-il à brûle-pourpoint.

L'autre, qui était resté immobile, se déplaça un peu vers la lumière. Il le fit délibérément, comme s'il voulait que nous le voyions mieux, pour dissiper notre méfiance.

– Je ne sais pas, dit-il.

Il fit cette réponse plutôt déconcertante dans un castillan aussi pur que celui du capitaine, de Copons et de moi-même.

– C'est que tu prends des risques, à nous suivre ainsi.

– *Ouar.* Je ne crois pas.

Il avait dit cela sûr de lui, impavide, en regardant le capitaine sans sourciller. Celui-ci passa deux doigts sur sa moustache.

– Et pourquoi ?

– Je t'ai sauvé la vie.

J'observai à la dérobée mon ancien maître, pour voir si le tutoiement l'irritait. Je le savais capable de tuer quelqu'un pour un «tu» ou même un simple vouvoiement en place d'un «monsieur». Pourtant, je constatai, surpris, qu'il soutenait le regard du mogatace et ne paraissait pas en colère. Il porta la main à sa bourse et, à ce moment, l'autre fit un pas en arrière, comme s'il venait de recevoir une insulte.

– C'est là ce que vaut ta vie?... *Zienaashin?* De l'argent?

C'était un Maure de bon lignage, assurément. Quelqu'un qui avait derrière lui une histoire, et non un Alarbe quelconque. Maintenant nous pouvions voir sa figure, à demi éclairée par la lumière de la niche qui faisait reluire les anneaux en argent de ses oreilles: la peau pas très sombre, des reflets roux dans la barbe, et ces longs cils, presque féminins. On voyait la croix tatouée sur sa joue gauche, avec de petites flèches sur les pointes. Il portait un bracelet également en argent au poignet d'une main ouverte, la paume vers le haut, comme pour montrer qu'il n'avait rien dedans et qu'il la maintenait loin de la lame qu'il portait à la ceinture.

– Dans ce cas, poursuis ton chemin et nous poursuivrons le nôtre.

Nous lui tournâmes le dos, continuant à descendre la rue jusqu'au coin suivant. Là, je me retournai, pour voir si l'autre nous suivait. Je tirai légèrement le justaucorps du capitaine Alatriste, et il regarda aussi. Copons avait mis la main à sa dague, mais le capitaine retint son bras. Puis il alla lentement jusqu'au mogatace, comme s'il réfléchissait à ce qu'il allait dire.

– Écoute-moi bien, Maure...

– Je me nomme Aixa Ben Gurriat.

– Je le sais. Tu me l'as dit à Oued-Berruch.

Ils demeurèrent immobiles, en s'étudiant dans la pénombre, Copons et moi, un peu en retrait, ne les quittant pas des yeux. Les mains du Maure restaient ostensiblement éloignées de son poignard. Moi, une main sur le pommeau de mon épée, j'étais prêt, au moindre geste suspect, à le clouer au mur. Mais le capitaine ne paraissait pas partager mon inquiétude. Il passa ses pouces dans son ceinturon, regarda d'un côté puis de l'autre, se tourna vers Copons et moi, et enfin s'adossa au mur, près du Maure.

– Pourquoi es-tu entré dans cette tente? questionna-t-il.

L'autre tarda à répondre.

– J'ai entendu le coup de feu. Je t'avais vu te battre avant, et tu m'avais paru très *imyahad*... Bon guerrier... Oui, sur mon âme.

– Je n'ai pas l'habitude de me mêler des affaires des autres.

– Moi non plus. Mais je suis entré et j'ai vu que tu défendais une femme maure.

– Maure ou non, c'est la même chose. Ces deux-là étaient peu ragoûtants, et ils se sont montrés arrogants et d'une rare insolence... Ce n'était pas tellement pour la femme.

L'autre fit claquer sa langue.

– *Tidt.* Vraiment... Mais tu aurais pu regarder ailleurs, ou te joindre à la fête.

– Et toi aussi. Tuer un Espagnol, c'était la bonne carte pour te faire passer une jolie corde au cou, si cela s'était su.

– Mais cela ne s'est pas su... La chance.

Ils restèrent un moment sans parler, continuant à se regarder, comme s'ils calculaient en silence lequel des deux avait contracté la plus grande dette: le mogatace envers le capitaine pour avoir défendu une femme de sa race, ou le capitaine envers le mogatace qui lui avait sauvé la vie. Pendant ce temps, nous avions, Copons et moi, échangé un discret coup d'œil, pris de court par la situation et le dialogue.

– *Saad*, murmura le capitaine, dans le jargon commun des ports.

Il le fit d'un air pensif, comme s'il répétait le dernier mot prononcé par le mogatace. Celui-ci eut un léger sourire, en acquiesçant.

– Dans ma langue, ça se dit *al khadar*, commenta-t-il. Chance et destin sont la même chose.

– D'où es-tu?

L'autre fit un geste vague de la main, qui signifiait nulle part.

– De là-bas... Des montagnes.

– Loin?

– *Uah.* Très loin et très haut.

– Y a-t-il quelque chose que je puisse faire pour toi? demanda le capitaine.

L'autre haussa les épaules. Il semblait réfléchir.

– Je suis un Zaouaoui, dit-il enfin. De la tribu des Beni Barrani.

– Mais tu parles bien castillan.

– Ma mère est née *roumia*: chrétienne. Elle était espagnole de Cadix... Elle a été capturée enfant et vendue sur la plage d'Arzew, une ville abandonnée près de la mer qui est à sept lieues au levant, sur la route de Mostaganem... C'est là que mon grand-père l'a achetée pour mon père.

– Elle est étrange, cette croix que tu portes tatouée au visage. Étrange pour un Maure.

– C'est une vieille histoire… Les Zaouaoui descendent des chrétiens, du temps où les Goths étaient encore ici; et pour nous, c'est une question de *hisba*… D'honneur… Voilà pourquoi mon grand-père est allé chercher une Espagnole pour ma mère.

– Et c'est pour cela que tu te bats à nos côtés contre les autres Maures?

Le Maure haussa les épaules, stoïque.

– *Al khadar.* Le destin.

Ayant dit cela, il resta silencieux un instant et se caressa la barbe. Puis je crus voir qu'il souriait de nouveau, l'air absent.

– Beni Barrani signifie fils d'étranger, comprends-tu? Une tribu d'hommes qui n'ont pas de patrie.

Et ce fut ainsi qu'à Oran, après la cavalcade d'Oued-Berruch, en l'an vingt-sept du siècle, le capitaine Alatriste et moi avons fait la connaissance du mercenaire Aixa Ben Gurriat, que les Espagnols d'Oran appelaient le Maure Gurriato; personnage important dont ce n'est pas la dernière fois que je mentionne le nom. Car cette nuit-là, même si aucun de nous ne pouvait l'imaginer, commençait une longue relation de sept années: celles qui se sont écoulées entre cette rencontre oranaise et ce jour sanglant de septembre de l'an trente-quatre du siècle qui vit le Maure Gurriato, le capitaine et moi-même, aux côtés de nombreux camarades, combattre au coude à coude sur la colline maudite de Nordlingen. Après avoir partagé nombre de voyages, périls et aventures, et tandis que le régiment d'Idiáquez, impassible comme un roc, essuyait quinze charges des Suédois en six heures sans céder un pouce de terrain, le vétéran mogatace devait mourir sous nos yeux, comme un bon soldat de l'Espagne. En défendant une religion et une patrie qui n'étaient pas les siennes, à supposer qu'il ait jamais eu l'une ou l'autre. Tombé enfin, comme tant d'autres, pour une Espagne ingrate et avare qui ne lui a jamais rien donné en échange mais que, pour d'étranges raisons qu'il était seul à connaître, Aixa Ben Gurriat, Zaouaoui de la tribu des Beni Barrani, avait choisi de servir avec une loyauté inébranlable de loup meurtrier et fidèle jusqu'à la mort. Et il l'avait fait de la manière la plus singulière du monde : en choisissant le capitaine Alatriste pour compagnon.

Deux jours plus tard, quand la *Mulâtre* laissa derrière elle la côte de Barbarie et mit le cap à la tramontane quart mestre, en direction de Carthagène, Diego Alatriste eut tout le temps d'observer le Maure Gurriato, car celui-ci ramait au cinquième banc de la bande droite, à côté de l'espalier. Il ne portait pas de chaînes, car il était là en qualité de ce que, sur les galères, on appelait les rameurs de bonne vogue, ou bonnevoglies, mot emprunté à l'italien *buonavoglia* : volontaires, lie des ports ou gens désespérés et fugitifs qui s'engageaient pour servir dans la chiourme contre une paie – sur les galères turques, on les nommait morlaques ou chacals –, se réfugiant sur les galères comme d'autres, en terre ferme, cherchent asile dans les églises. Tel avait été le moyen auquel avait recouru le mogatace pour embarquer, résolu comme il l'était à accompagner le capitaine Alatriste et à chercher fortune partout où celui-ci s'arrêterait. Une fois réglée la question du congé de Sebastián Copons – le sergent-major Biscarrués s'était considéré satisfait avec cinq cents ducats tout ronds, plus les soldes en retard –, quelques écus tintaient encore dans la bourse d'Alatriste ; de sorte qu'il n'eût pas été difficile, en cas de besoin, de graisser quelques pattes pour faciliter les choses. Mais ce fut inutile. Le mogatace avait ses propres ressources, sur l'origine desquelles il ne nous donna pas d'explications, et après avoir dénoué un mouchoir qu'il portait enroulé sous sa ceinture, il libéra une certaine quantité de pièces de monnaie qui, pour avoir été frappées à Alger, Fez ou Tlemcen, n'en convainquirent pas moins le comite et l'alguazil de la galère de l'accueillir à bord avec les bénédictions d'usage en pareil cas ; lesquelles furent facilitées par un acte de baptême sorti d'on ne sait où, auquel personne ne put rien objecter, bien qu'il fût plus faux que le baiser de Judas. Cela fut suffisant pour inscrire son nom – Gurriato d'Oran – sur le livre du comite, avec une solde de onze réaux par mois. Ainsi fut-il établi que dorénavant le mogatace, bien que nouveau chrétien et homme de la chiourme, était bon catholique et fidèle volontaire du roi d'Espagne ; ce que l'intéressé fit en sorte de ne pas démentir : prudent et subtil, il avait adapté son apparence à la nouvelle situation, coupant sa mèche de guerrier pour présenter un crâne rasé comme celui de n'importe quel galérien, et substituant aux chèche, sandales, tunique maure et saroual, des culottes, chemise, bonnet et casaque rouge ; de sorte qu'il ne conservait de son ancienne mise que le poignard, passé comme toujours dans la ceinture, et le burnous à raies grises, dans lequel il dormait enveloppé ou s'abritait par temps frais quand, comme maintenant, le vent favorable le libérait de la rame. Quant au tatouage sur la figure et aux anneaux d'argent aux oreilles, le mogatace n'était pas le seul à arborer ce genre de marques.

– Quel Maure étrange ! commenta Sebastián Copons.

Il était assis à l'ombre de la voile du trinquet, fou de joie de quitter Oran. L'arbre qui portait l'antenne et l'énorme toile gonflée par le levant grinçait dans son dos sous l'effet de la force du vent et du mouvement de la mer.

– Pas plus que toi et moi, répondit Alatriste.

Il passait sa journée à observer le mogatace pour en prendre la mesure. Vu de là, celui-ci se différenciait à peine du reste de la chiourme : forçats, esclaves, toutes gens obligées de ramer fers au pied ou manille au poignet. Les volontaires qui ramaient par nécessité ou par goût étaient peu nombreux : à peine une demi-douzaine sur les deux cents rameurs de la *Mulâtre*. A ce chiffre, il fallait ajouter celui des volontaires forcés : la contradiction du terme venant de ce que, vu le manque de bras sur les galères du roi, égal à celui du manque de soldats dans les garnisons de Barbarie, certains galériens qui avaient purgé leur peine étaient empêchés de partir et recevaient dès lors la paie d'un rameur libre. En principe, cela ne devait durer que le temps de leur trouver des remplaçants ; mais comme ceux-ci étaient rares, il arrivait que d'anciens forçats, une fois terminée leur peine de deux, cinq, voire huit ans de galère – ceux qui avaient fait dix ans étaient rares, car ils mouraient avant –, restent là, sans recours, pour encore des mois ou des années.

– Regarde, dit Copons. Il ne bouge pas quand les autres récitent la prière... Comme s'il n'était vraiment pas des leurs.

A ce moment, avec le vent favorable, les rames fournelées puisque inutiles, forçats et bonnevoglies restaient oisifs. Ils étaient couchés sur les bancs, faisaient leurs besoins pardessus bord ou sur les poulaines de la proue, s'épouillaient entre eux, raccommodaient leur vêtement ou exécutaient quelques travaux pour des mariniers ou des soldats. Les esclaves de confiance, détachés, étaient autorisés à aller et venir dans la galère, lavant leur linge dans de l'eau de mer ou aidant le cuisinier à préparer les fèves bouillies du repas qui fumait dans le fougon situé à bâbord, entre l'arbre de mestre et l'estanterol. Deux douzaines de galériens – Turcs et Maures – en profitaient pour faire une de leurs cinq prières quotidiennes, agenouillés face au levant, se dressant et se courbant sur leurs bancs. *La ilah illallah u Mohammed rasul Allah*... récitaient-ils en chœur. Des couroirs, des arbalestrières et de la coursie, soldats et mariniers les laissaient faire sans histoires. De leur côté, les forçats musulmans ne faisaient pas non plus d'histoires lorsqu'une voile apparaissait à l'horizon ou que le vent tournait, qu'on leur donnait l'ordre de caler la palamente et que les coups de fouet du comite interrompaient la prière pour les renvoyer à la vogue jusqu'à ce que s'accordent les tintements de leurs chaînes. Sur les galères, tout le monde connaissait les règles du métier.

– Il n'est pas des leurs, rétorqua Alatriste. En vérité, je crois qu'il n'est de nulle part, comme il le dit.

– Et ce conte qu'il nous a fait, que, dans sa tribu, ils étaient chrétiens ?

– C'est possible. Tu as vu la croix sur sa figure. Et, la nuit dernière, il m'a parlé d'une cloche qu'ils cachaient dans une grotte... Les Maures n'ont pas de cloches. Et il est exact qu'au temps des Goths, quand les Sarrasins sont arrivés, des habitants ont refusé de renier leur foi et se sont réfugiés dans les montagnes… Il est possible qu'au bout de tant de siècles la religion se soit perdue, mais il peut rester des choses comme celle-là. Des traditions, des souvenirs… Tu as vu sa barbe rousse.

– Ça pourrait venir de sa mère chrétienne.

– Oui… Mais regarde-le. C'est clair qu'il ne se sent pas maure.

– Ni chrétien, crénom !

– Tu me fatigues, Sebastián. Combien de fois es-tu allé à la messe dans les vingt dernières années ?

– Autant de fois que je n'ai pu l'éviter, admit l'Aragonais.

– Et combien de commandements de l'Église as-tu enfreints depuis que tu es soldat ?

L'autre compta sur ses doigts.

– Tous, conclut-il, l'air sombre.

– Et cela t'empêche-t-il d'être bon soldat de ton roi ?

– Par Dieu, non !

– Tu vois.

Diego Alatriste continua d'observer le Maure Gurriato qui contemplait la mer, assis sur l'apostis de sa bande, les pieds pendant au-dessus de l'eau. C'était la première fois que le mogatace embarquait, d'après ce qu'il avait dit ; mais malgré le mal de mer causé par la chute du vent quand la galère avait laissé derrière elle la croix du Mazalquivir, il n'avait pas, comme d'autres, délesté son estomac. Chose qu'il devait, semble-t-il, à une recette achetée à un Maure tagarin : poser un papier de safran sur son cœur.

– En tout cas, dit Alatriste, c'est un homme solide. Il s'adapte bien.

Copons émit un grognement.

– A qui le dis-tu. Moi-même, tout à l'heure, j'ai rendu de la bile. – Il eut un sourire sans joie. – Même ça, je n'ai pas voulu l'emporter d'Oran.

Alatriste acquiesça. Jadis, il avait eu du mal, lui aussi, à se faire à la rude vie des galères : le manque d'espace et d'intimité, le biscuit rongé par les vers et les rats, dur et insuffisamment trempé, l'eau fangeuse et écœurante, les cris des mariniers et l'odeur de la chiourme, les démangeaisons causées par les vêtements lavés à l'eau salée, le sommeil inquiet sur une planche avec une rondache pour oreiller, le corps toujours livré au soleil, à la chaleur, à la pluie et au froid des nuits fraîches en pleine mer, qui, avec la tête exposée au serein, étaient causes de congestion ou de surdité. Sans compter les nausées par mauvais temps, la fureur des tempêtes et les dangers de la guerre, en combattant sur de frêles charpentes instables sous vos pieds, menaçant à chaque instant de vous jeter à la mer. Et tout cela en compagnie de galériens qui formaient la pire des confréries possibles : esclaves, hérétiques, faussaires, repris de justice condamnés au fouet, faux témoins, renégats, tricheurs, parjures, ruffians, brigands des grands chemins, tueurs à gages, adultères, blasphémateurs, assassins et voleurs, qui ne laissaient jamais passer l'occasion d'une partie de dés pipés ou de cartes graisseuses. Sans que les mariniers et les soldats fussent meilleurs, car chaque fois qu'ils descendaient à terre – à Oran, il avait fallu en pendre un pour faire un exemple –, il n'était pas de poulailler qu'ils ne dévastent, de verger qu'ils ne ravagent, de tonneau qu'ils ne mettent en perce, de pitance et d'habit qu'ils ne s'attribuent, de femme dont ils n'abusent, ni de paysan qu'ils ne maltraitent ou ne trucident. Comme disait le vieil adage : Mon Dieu, donnez la galère à qui en voudra.

– Vraiment, tu crois qu'il fera un bon soldat ?

Copons regardait toujours le Maure Gurriato, et Alatriste aussi. Ce dernier eut un geste d'indifférence.

– A lui de voir. Pour l'heure, il connaît le monde, comme il le voulait.

L'Aragonais désigna, méprisant, la chambre de vogue puis ses narines, avec une expression éloquente. S'il n'y avait pas eu le vent qui gonflait les voiles, la puanteur des hommes entassés entre les rames, les rouleaux de câbles et les ballots, jointe à celle qui montait des sentines aurait presque empêché de respirer.

– Tu exagères, en parlant de connaître le monde, Diego.

– Chaque chose en son temps.

Copons appuyait ses coudes sur le plat-bord, encore soupçonneux.

– Pourquoi l'avons-nous emmené ? demanda-t-il enfin.

Alatriste haussa les épaules.

– Personne ne l'emmène. Il est libre d'aller où ça lui plaît.

– Et tu ne trouves pas étrange qu'il nous ait choisis pour camarades, comme par hasard ?

– Ce n'a pas été tellement un hasard... Et penses-y un peu, pardieu. On ne choisit pas ses camarades, ce sont eux qui te choisissent.

Il se tut, en regardant encore un peu le mogatace, puis fit une moue.

– De toute manière, ajouta-t-il, songeur, c'est prématuré de l'appeler ainsi.

Copons considéra un moment la question. Finalement, il grogna encore et n'ouvrit plus la bouche pendant un moment.

– Sais-tu ce que je pense, Sebastián? s'enquit Alatriste.

– Non, je ne sais pas, crénom!

– Qu'il y a quelque chose de changé en toi... Tu parles davantage qu'autrefois.

– Vraiment?

– C'est comme je te dis.

– Ça doit être Oran. J'ai passé trop de temps là-bas.

– Possible.

L'Aragonais fronça les sourcils. Puis il enleva le foulard qui lui ceignait la tête pour essuyer la sueur qui coulait sur son visage et son cou.

– Est-ce bon ou mauvais? demanda-t-il au bout d'un instant.

– Je ne sais pas. Mais c'est différent.

– Ah, bien.

Copons contemplait son foulard comme s'il pouvait y trouver l'explication d'un problème compliqué.

– Je suppose que je me fais vieux, murmura-t-il à la fin. Ce sont les années, Diego. Tu as vu Fermín Malacalza, non?... Rappelle-toi comment il était, avant.

– C'est vrai. Son sac est devenu trop lourd, je suppose... Ce doit être ça.

– C'est ça.

J'étais à l'autre bout du navire, près de l'estanterol, observant le pilote qui mesurait la hauteur avec l'arbalète et l'accordait à la boussole. A dix-sept ans, j'étais un garçon éveillé et curieux, s'intéressant à toute science qui pouvait lui apporter quelques connaissances. Cela s'est prolongé pendant la plus grande partie de ma vie, et c'est à cette curiosité que je dois d'avoir pu profiter ensuite de quelques heureuses fortunes. Outre l'art de la navigation dont, tant que j'ai été embarqué, j'ai acquis d'utiles rudiments, j'ai eu, dans cet univers clos, l'occasion de connaître bien des choses : depuis la manière dont le barbier traitait les blessures – sur mer, compte tenu de l'humidité de l'air et du sel, on ne les soignait pas comme à terre – jusqu'à l'étude – écolier à Madrid, bachelier dans les Flandres et licencié sur les galères du roi – de la redoutable variété d'espèces dont Dieu et le diable ont fait don au genre humain. Y compris de ces gens qui pourraient dire, comme le forçat du quatrain de don Francisco de Quevedo :

Ès-sardines licencié
Je ne sais que ramer
Par la prison diplômé
Maudite université.

Je contemplai de loin, parmi les galériens, les mariniers et les soldats, le Maure Gurriato qui regardait la mer, assis, impassible, sur l'apostis, et le capitaine Alatriste et Copons qui discutaient sous la voile du trinquet, au bout de la coursie. Je dois dire que j'étais encore impressionné par notre visite à Fermín Malacalza. Ce n'était pas, naturellement, le premier vétéran que je rencontrais ; mais l'avoir vu dans la misère à Oran, pauvre et invalide après une vie de service, avec une famille, et sans espoir que sa vie puisse changer ni d'autre avenir que de pourrir comme viande au soleil ou d'être réduits en esclavage, lui et les siens, si les Maures prenaient la place, me faisait profondément réfléchir. Et il est des métiers où mieux vaut s'abstenir de réfléchir. Durant un temps, quand j'étais plus jeune, j'avais souvent récité certain poème martial de Juan Bautista de Vivar qui me plaisait beaucoup :

Cette vie militaire heureuse et fortunée
Riche du sang, du feu et des armes de guerre
Nous enseigne par Dieu et par toute la terre
A savoir employer notre vie bien-aimée.

Et parfois, tandis que je déclamais avec enthousiasme ces vers devant le capitaine Alatriste, je surprenais une moue ironique sous la moustache de mon ancien maître – même si celui-ci s'est toujours abstenu de commentaires, car il considérait que des paroles n'amendent personne. Que vos seigneuries considèrent qu'à Oudkerk ou Breda j'étais encore un gamin étourdi et fantasque ; ce qui, pour d'autres, signifiait tragédie et extrême cruauté de la vie était pour moi, endurci comme tant d'Espagnols à supporter le dénuement depuis le berceau, une aventure fascinante qui tenait beaucoup du jeu. Mais à dix-sept ans, le caractère plus formé, vif d'esprit et possédant quelque instruction, certaines questions inquiétantes se glissaient en moi comme une bonne dague par les failles d'un corselet. La moue ironique du capitaine commençait à avoir un sens, et j'en veux pour preuve qu'après la visite au vétéran Malacalza je n'ai plus jamais récité ces vers. J'avais les lumières et l'âge suffisants pour reconnaître dans cette épave l'ombre de mon père, et aussi, tôt ou tard, celle du capitaine Alatriste, celle de Sebastián Copons ou la mienne. Rien de cela ne modifia mes intentions : je continuais de vouloir être soldat. Mais il est certain qu'après Oran je me suis demandé s'il ne serait pas opportun de considérer l'armée davantage comme un moyen que comme une fin; une manière efficace de me mesurer, soutenu par la rigueur d'une discipline – d'une règle –, à un monde hostile que je ne connaissais pas encore mais face auquel, devinais-je, j'aurais besoin de ce que l'exercice des armes, ou son résultat, mettrait à ma disposition. Et, par le sang du Christ, j'ai eu raison! Tout cela me fut utile ensuite, à l'heure d'affronter les temps qui sont venus, aussi durs en tristesses, absences, pertes et douleurs pour la malheureuse Espagne que pour moi-même. Et aujourd'hui encore, toujours de ce côté de la frontière de la vie, moi qui ai été ce que j'ai été et qui le suis resté pour une part, je m'enorgueillis de résumer mon existence, comme celle de quelques hommes courageux et loyaux que j'ai connus, par le mot «soldat». Car ce n'est pas pour rien que, même si j'ai pu, les années passant, commander une compagnie, faire fortune, être récompensé par le grade de lieutenant puis de capitaine de la garde du roi notre seigneur – ce qui n'est pas une vilaine carrière, sacrebleu, pour un orphelin basque d'Oñate –, j'ai toujours signé tous les papiers particuliers qui me sont passés par les mains de ces mots, *enseigne Balboa*: l'humble grade qui était le mien le dix-neuf mai mil six cent quarante-trois, quand, aux côtés du capitaine Alatriste et des restes du dernier carré de l'infanterie espagnole, j'ai porté notre vieux drapeau déchiqueté dans la plaine de Rocroi.

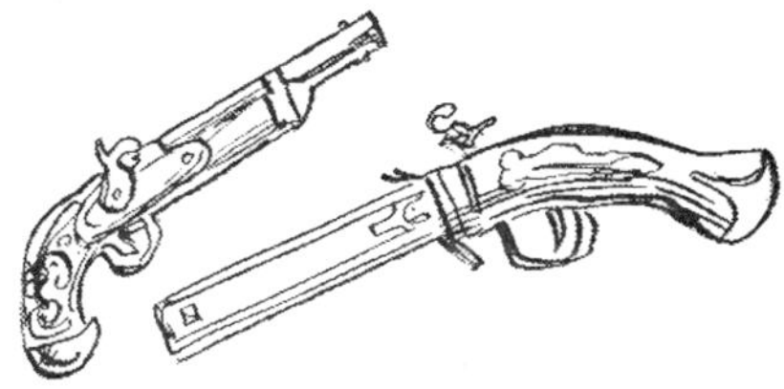

V

LA SAËTTE ANGLAISE

Nous naviguions vers le levant, jour après jour, sur la mer que ceux de l'autre rive appellent *Al-Bahr al-Abyad al-Mutawassit,* en suivant le chemin inverse de celui qu'avaient parcouru pour arriver à notre vieille Espagne les anciennes nefs phéniciennes et grecques, les dieux de l'Antiquité et les légions romaines. Chaque matin, le soleil naissant à l'avant de notre galère nous éclairait et, à la tombée de la nuit, il plongeait dans son sillage, en m'emplissant d'une singulière jouissance ; non seulement parce que la destination du voyage était de nouveau Naples, paradis du soldat et dépositaire inépuisable des délices de l'Italie, mais parce que cette mer bleue, ses crépuscules rouges, ses matins calmes sans un souffle de brise, dans lesquels la galère propulsée par la vogue rythmée de la chiourme se glissait sans dévier, telle une lame de métal polie, tissaient des liens occultes avec quelque chose qui paraissait lové dans ma mémoire comme une sensation ou un souvenir endormis. « C'est de là que nous venons », entendis-je murmurer un jour le capitaine Alatriste, alors que nous passions près d'une île rocheuse et dénudée, sur la crête de laquelle on devinait les antiques colonnes d'un temple païen ; un paysage très différent des montagnes du León de son enfance, ou des vertes campagnes de mon Guipuzcoa, ou encore des pics barbares où avait grandi, sautant de roche en roche, la lignée d'Almogavars de Sebastián Copons – soldats éprouvés et farouches –, lequel, en l'entendant, le regarda, déconcerté. Mais moi, en revanche, je compris ce dont parlait mon ancien maître : l'impulsion bénéfique, qui, se servant de langues civilisées, avec les oliviers, les vignes, les voiles blanches, le marbre et la mémoire, était arrivée de très loin, comme les ondes que produit une pierre précieuse dans l'eau calme d'une lagune, jusqu'aux rivages reculés et insoupçonnés d'autres mers et d'autres terres.

Nous étions remontés d'Oran à Carthagène avec tous les navires du convoi ; et après nous être avitaillés dans la ville que Cervantès a chantée dans son *Voyage du Parnasse* – « C'est ainsi, peu à peu, que je parvins au port / Qui a reçu son nom des marins de Carthage » –, nous levâmes le fer de conserve avec deux galères de Sicile ; et après avoir doublé le cap de Palos, nous gagnâmes le large en mettant le cap au gregal quart levant, ce qui nous mena en deux jours au bassin de Formentera. De là, laissant à main gauche Majorque et Minorque, nous nous dirigeâmes sur Cagliari, au sud de la Sardaigne, où nous arrivâmes sans autres aventures huit jours après avoir quitté la côte espagnole, et donnâmes fonde devant les salines. Ensuite, à la voile, après nous être avitaillés de nouveau en eau et salaisons, nous laissâmes sous notre poupe le cap Carbonara et, prenant la direction du levant quart sirocco, nous gagnâmes en deux jours Trapani de Sicile. Cette fois, la route se fit l'œil aux aguets, avec de bonnes vigies dans les gabies des arbres de trinquet et de mestre, s'agissant d'eaux sillonnées par de nombreux navires circulant entre Barbarie, Europe et Levant ; car formant un étroit passage, c'est l'entonnoir naturel de la Méditerranée que toutes les nations fréquentent. Nous devions être sur nos gardes, tant pour nous garantir de nos ennemis que pour guetter l'apparition de possibles navires turcs, barbaresques, anglais et hollandais qui pourraient être des proies éventuelles ; mais en cette occasion, ni le Christ ni nos bourses ne furent bien servis, car nous n'en rencontrâmes aucun. A Trapani, ville qui s'étend le long d'un cap étroit et est bâtie directement sur sa marine, jouissant d'un port convenable – bien que comportant de nombreux récifs et bancs de sable que le pilote affronta le blasphème à la bouche et la sonde à la main –, nous nous séparâmes de notre conserve et poursuivîmes le voyage seuls, en remontant le vent à la rame, car celui-ci nous était défavorable, pour prendre la route de Malte où nous devions délivrer des dépêches au vice-roi de Sicile et débarquer quatre passagers, chevaliers de l'ordre de Saint-Jean qui se rendaient dans leur île.

Je m'intéressais toujours beaucoup au Maure Gurriato qui semblait désormais s'être fait à la vie des galères comme s'il avait ramé sur elles dès qu'il avait quitté le sein de sa mère. Patient, endurci, la tête rasée et le dos musculeux à découvert quand le comite ordonnait de se mettre torse nu, on l'eût pris, s'il n'y avait eu l'absence de fers aux chevilles – nous les appelions les bottes biscayennes –, pour un forçat parmi d'autres. Il mangeait avec tous dans l'écuelle en bois, la *sabeta*, et buvait la même eau trouble ou le même vin coupé dans le gobelet également en bois, *le chipichape*, de son banc. Il était aussi respectueux et discipliné : il s'appliquait à son rude métier en ramant avec vigueur, obéissant au sifflet et au fouet du comite qui ne faisait pas de différence entre dos volontaires et dos forcés, sans protestations ni subterfuges pour éluder ses obligations. Debout à l'ordre d'appuyer la vogue jusqu'à s'en briser les reins, ou assis et se laissant aller en arrière pour la cadence allongée, il faisait chœur avec les autres quand ils chantaient pour accorder le mouvement des rames ; et tout en ne se montrant jamais familier, il n'était pas mauvais camarade ; de sorte que ses compagnons de chiourme – il était le seul bonnevoglie de son banc où étaient enchaînés un forçat espagnol et deux esclaves turcs – le regardaient d'un bon œil. Le fait de se comporter pareillement avec l'espalier chrétien et avec les Turcs était significatif, car il était évident que si nous tombions un jour entre les mains de Barbaresques ou de sujets de la Sublime Porte, le témoignage des deux susdits le dénonçant comme rameur volontaire, renégat de sa religion mahométane ou tout ce qu'ils voudraient ajouter, serait une charge qui suffirait à le faire empaler sans graisse ni suif pour faciliter les formalités. Mais de cela, le Maure semblait n'avoir cure : il dormait comme ses voisins de rame entre deux bancs, s'épouillait avec eux en bonne harmonie et quand, par mauvais temps, un soldat ou un marinier, pour ne pas se mouiller sur les poulaines de proue, venait sans vergogne se soulager du haut des baccalats de l'apostis, comme le faisaient les forçats – ceux de chaque banc faisaient leurs besoins à côté du rameur le plus voisin de la mer, ce qui était la pire place –, le mogatace profitait de sa liberté de mouvements pour prendre un baquet attaché à une corde, le remplir d'eau de mer et laver les planches. Il traitait ses compagnons avec la même considération que tous les autres, faisant la conversation si cela se présentait, bien que peu bavard. Nous découvrîmes ainsi que, en plus de la langue castillane et du baragouin maure, il connaissait le parler des Turcs – nous sûmes plus tard qu'il l'avait appris des janissaires d'Alger – et la langue franque, faite d'un peu de tout, qui se pratiquait d'un bout à l'autre de la Méditerranée.

Plusieurs fois je m'approchai de lui, poussé par la curiosité, et nous discutâmes. J'appris ainsi des détails de sa vie, et aussi son désir de voir le monde et de rester auprès du capitaine Alatriste. Je ne pus faire qu'il m'explique vraiment la raison d'un si étrange attachement, car il ne se montrait jamais explicite, comme si une pudeur singulière le retenait ; mais ce qui est sûr, c'est que dans les temps qui ont suivi, jamais ses actes n'ont démenti ses intentions, au contraire. Je m'émerveillais, je l'ai dit, de sa facilité à s'adapter à cette vie – j'ai vu aussi par la suite tout ce que le sort devait lui réserver à nos côtés –, surtout en sachant ce que moi-même, pourtant jeune et plein de bonne volonté, j'avais dû faire de durs efforts pour m'habituer aux galères :

L'année où je me fis novice, je tremblai ;
Je voulus tout quitter, mais il n'est de métier
Que l'usage et le temps ne fassent maîtriser.

Ce que je ne parvenais pas à dominer, c'était l'ennui. Bien qu'entraîné à supporter la promiscuité de notre troupe, la puanteur, l'incommodité et les inquiétudes, je ne pouvais me faire à tout ce temps mort à bord qui, dans l'espace confiné de cette charpente flottante, était complètement perdu, au point que j'en arrivai à saluer avec allégresse n'importe quelle voile à l'horizon comme la possibilité d'une poursuite et d'un combat, ou à me réjouir quand le ciel s'assombrissait, que le vent augmentait ses hurlements dans le gréement et que la mer tournait au gris, la proue donnant de grands coups de soc et la tempête nous menaçant : en ces moments où tous à bord priaient, se signaient ou confiaient leur âme à Dieu, et faisaient des promesses pieuses qu'ensuite, une fois sains et saufs à terre, ils se gardaient bien de tenir.

Pour me distraire de cet abattement, je continuais d'entretenir l'habitude de la lecture que le capitaine Alatriste m'avait inculquée avec tant de ténacité et dont il donnait de fréquents exemples ; car, à part les conversations avec moi, Sebastián Copons ou les camarades, le capitaine s'installait souvent à une arbalestrière avec un des deux ou trois livres que, comme toujours, il gardait dans son sac. L'un d'eux, dont je me souviens avec gratitude car je l'ai lu et relu pendant cette traversée, était l'épais volume des *Nouvelles exemplaires* de don Miguel de Cervantès – le colloque des chiens Scipion et Berganza ou les personnages de *Rinconete et Cortadillo* me faisaient rire aux éclats, à l'étonnement des mariniers, des soldats et de la chiourme en général. Un autre que je lus aussi avec plaisir, bien qu'il me parût moins raffiné de style et plus avare d'idées, était un vieux volume défraîchi, imprimé à Venise au siècle précédent, intitulé *Portrait de la gaillarde Andalouse* ; lequel, vu son caractère scabreux, le capitaine tarda quelque temps à me mettre entre les mains ; et encore le fit-il à contrecœur, après avoir vu que je le feuilletais en cachette.

– Après tout, conclut-il, résigné, si tu as l'âge de tuer et d'être tué, tu as aussi celui de lire ce qui te plaît.

– Amen, approuva Copons qui n'avait pas lu ces livres et ne les lirait jamais, pas plus que d'autres, de toute sa vie.

Six ou sept lieues avant d'arriver au cap Passero, notre galère, voguant par quartiers, changea de cap. Nous avions croisé une tartane dalmate qui transportait des dattes, de la cire et des cuirs des îles Kerkennah à Raguse. Et ses matelots, quand ils furent à portée de voix, nous dirent qu'une saëtte corsaire de trois mâts et une autre embarcation plus petite étaient en train de caréner sur l'île de Lampedusa, qu'ils les avaient aperçues la veille au matin alors qu'ils s'approchaient pour faire de l'eau, et que la saëtte avait bien l'air d'être certain navire anglais qui courait la mer depuis un mois entre le cap Bon et le cap Blanc, pillant tout ce qu'il rencontrait, sans que les galères de Malte ni celles de Sicile n'eussent pu encore le trouver. La tartane poursuivit sa route, il y eut conseil de guerre dans le carrosse de notre navire et, puisqu'un vent de levant propice s'affirmait, venant à point pour que la *Mulâtre* établisse les deux grandes voiles latines et fasse une bonne lieue par heure, nous mîmes le cap au midi quart levèche, qui était la route de Lampedusa, prêts à donner une jolie leçon à ces enfants du diable s'ils y étaient toujours.

Il n'y avait, je l'ai dit, rien d'étonnant à voir en ce temps-là Anglais et Hollandais s'aventurer toujours davantage dans les eaux méditerranéennes, en fréquentant les ports de Barbarie et même du Turc, dès lors qu'il s'agissait de harceler l'Espagne et les nations catholiques. Besogne que la blonde Albion exécutait avec avidité en se livrant à la contrebande et à la piraterie, mises à part quelques brèves trêves, depuis l'époque de sa reine vierge Élisabeth – je dis vierge parce que c'est l'épithète usuelle et non parce que le fait est avéré. Je parle ici de cette garce rousse que tous nos poètes ont vue comme la pire de nos ennemis, et parmi eux le Cordouan Góngora :

Femelle de beaucoup, et de beaucoup la bru,
Moins reine que louve, ô reine hideuse
Féroce et libidineuse !

Celle à qui Cristóbal de Virués a dédié une éloquente évocation :

Ingrate reine, d'un tel nom indigne
Maudite Jézabel excommuniée.
Pourquoi troubles-tu la divine paix armée ?
Pourquoi troubles-tu la chrétienne paix divine ?

Et celle dont le grand Lope de Vega, notre Phénix des esprits, a salué la mort – puisque, le Ciel en soit loué, l'heure en vient pour chacun – par cette épitaphe fort appropriée :

C'est ici que gît Jézabel
Qui fut la nouvelle Athalie
De l'or atlantique harpie,
De la mer incendie cruel.

Et puisque nous parlons des Anglais, je dois préciser que ceux qui se conduisaient en Méditerranée avec le moins d'honneur et le plus de traîtrise n'étaient pas les Turcs ou les Barbaresques, qui savaient être ponctuels et respecter les accords entre nations, mais ces chiens de mer venus du froid, ivrognes dépourvus d'âme qui, sous le prétexte hypocrite de faire la guerre aux papistes, se comportaient non comme des corsaires mais comme des pirates, achetant des complicités dans des ports tels qu'Alger ou Salé. Engeance si détestable que même les Turcs ne leur accordaient guère leur sympathie, car ces êtres sournois pillaient tout le monde quels que soient les cargaisons et les pavillons, forts de la protection de leurs rois et de leurs commerçants; lesquels, faisant les bons apôtres en public, organisaient les incursions en privé et empochaient les bénéfices. J'ai dit pirates, et c'est bien le mot qui convient; car, selon l'usage consacré, la course est une occupation ancienne, traditionnelle et respectable: quelques particuliers associés et nantis de leurs lettres patentes – la permission royale de piller les ennemis de la couronne – armaient un navire pour leurs intérêts privés, s'engageant à payer son cinquième au roi et à se comporter selon les lois concertées entre les nations. A cet égard, les Espagnols, à part quelques corsaires majorquins, de Cantabrique et des Flandres, ne pratiquaient guère que la course militaire: cruelle et impitoyable, certes, mais toujours sous le pavillon du roi catholique et selon les ordonnances; toute violation des traités, excès ou abus contre les nations neutres étant sévèrement punis. En Espagne, pour des questions de réputation et de forme, et parce que cela faisait des siècles que nous la subissions sur nos côtes, la course était mal vue; on la trouvait acceptable – la guerre, en fin de compte, par d'autres moyens – quand elle était faite par des soldats et des marins, mais douteuse et peu noble quand c'était par des particuliers. Avec ce triste résultat que, tandis que les ennemis recouraient à tous les expédients pour nous saigner sur mer et sur terre, les corsaires espagnols – excepté nos intrépides catholiques de Dunkerque, fléau des Anglais et des Hollandais – ont périclité jusqu'à presque disparaître à cause du manque d'équipages, de la difficulté d'obtenir des lettres de course royales, ou parce que, quand celles-ci arrivaient, le bénéfice était minime, rogné par une profusion de prélèvements, impôts, agents royaux corrompus et parasites divers. Sans oublier la triste fin du duc d'Osuna, vice-roi de Sicile puis de Naples – ami intime de don Francisco de Quevedo, et sur qui nous reviendrons plus loin –, terreur des Turcs et des Vénitiens, père des corsaires espagnols et écumeur implacable des ennemis, dont les victoires et la fortune ont éveillé des jalousies qui lui ont valu le discrédit, la prison et la mort. Voilà pourquoi, quand, obligés par la guerre et la politique, notre Philippe IV et le comte et duc d'Olivares ont voulu armer de nouveau des corsaires – y compris en attribuant une part du butin au régiment de Biscaye, le roi renonçant à son cinquième –, beaucoup de particuliers échaudés, sceptiques ou ruinés, ont tout fait pour éviter de se mettre dans ce pétrin.

Lampedusa est une île de basse terre, dépeuplée et couverte de broussailles, située à quinze ou seize lieues au ponant quart levèche de Malte. Nos hommes de vigie dont la vue, de leurs gabies, portait à vingt milles, la découvrirent au milieu de l'après-midi ; et pour éviter que les corsaires, s'ils étaient toujours là, ne nous voient aussi – le pilote nous dit qu'il s'y trouvait au midi une tour de guet –, le capitaine Urdemalas ordonna de désarborer, de coucher les deux arbres sur la couverte et de poursuivre notre route ainsi, sans voiles et à vogue lente afin de passer inaperçus et de ne pas arriver avant la nuit. Pendant que nous prenions nos dispositions pour tomber sur la saëtte sans risque qu'elle nous échappe, le pilote qui était familier de ces eaux nous raconta que cette île était un point de relâche tant pour les musulmans que pour les chrétiens, car les esclaves fugitifs des deux bords avaient l'habitude de s'y réfugier, et qu'on y rencontrait certaine petite grotte où l'on entrait de plain-pied, avec une antique effigie de Notre Dame tenant l'Enfant dans ses bras, peinte sur une toile collée à du bois, devant laquelle les gens déposaient des offrandes de biscuit, fromage, lard, huile, ainsi que quelque monnaie. La chose remarquable était que près de cette grotte s'élevait le tombeau d'un marabout tenu par les Turcs pour un grand saint, où ceux-ci déposaient les mêmes offrandes que les nôtres à la Vierge, à part le lard. Tout cela pour que les esclaves fugitifs qui arrivaient dans l'île trouvent de quoi manger, l'eau leur étant fournie par un puits qui, quoique saumâtre et peu engageant, était suffisant. Avec cette particularité que, chrétien ou mahométan, aucun de ceux qui débarquaient ne détruisait ou ne touchait ce qui appartenait à l'autre religion et que chacun respectait au plus haut point la foi et le culte opposés. Car en Méditerranée, en fin de compte ce qui m'arrive aujourd'hui peut t'arriver demain, et ces vers de Lope de Vega s'adressent à tous :

Car pour la chose, de nos pères
Nous devons toujours nous méfier.

Adam nous a tous engendrés
Mais seul est sûr le Notre Père.

Quoi qu'il en soit, ainsi désarborés et à vogue lente, nous arrivâmes à Lampedusa par la partie nord tournée vers le levant, tandis que le soleil se couchait par le travers de la bande de tribord et que la nuit favorisait notre entreprise. La dernière chose que nous vîmes, avant que l'horizon ne se ferme, fut une colonne de fumée, indice, saëtte ou pas, d'une présence sur l'île. Et la nuit presque tombée, la clarté réduite à une fine ligne rougeâtre, nous réussîmes à distinguer un feu sur la terre. Cela nous encouragea beaucoup, et nous commençâmes à nous préparer pour l'action, à tâtons, car nous n'avions pas de lumière et le capitaine avait ordonné de n'en faire aucune à bord, pas plus qu'aucun bruit de voix; même le comite avait fait taire son sifflet. Ainsi allions-nous, en silence et dans l'obscurité sur la mer noire où la lune ne se reflétait pas encore, et les seuls sons étaient la respiration rauque, gutturale – une sorte de oooh! oooh! oooh! prolongé – de nos galériens voguant à bonne cadence, et le clapot de quarante-huit rames battant l'eau.

– La compagnie de débarquement, à vos postes! Armes déchargées et malheur à qui laisse échapper un coup!

Dès que l'ordre parvint, dans un murmure, les vingt hommes qui attendaient accroupis sur le couroir de chaque bande gagnèrent la poupe, vers les échelles. Là les attendaient les deux embarcations légères – l'esquif et le canot – qui devaient les mener à terre. Nous avions approché le rivage dans le noir avec force précautions, en vogue lente et silencieuse, arbres et antennes arrimés sur la couverte pour ne pas nous découper sur le ciel nocturne, le pilote à plat ventre sur l'éperon à côté du marinier psalmodiant la profondeur que donnaient les nœuds de la sonde. Les galères espagnoles, de peu de tirant d'eau, fines et légères comme le vent, pouvaient s'approcher assez près pour débarquer leurs hommes sans qu'ils mouillent plus que leurs culottes, bien que cette fois ce ne fût pas le cas. Car, par précaution, les nôtres devaient faire la dernière partie du trajet avec l'esquif et le canot. Le lieu de débarquement était étroit et, de plus, il n'était pas question que des faux pas viennent à mouiller les mèches des arquebuses et la poudre.

– Fais bien attention, Iñigo, chuchota le capitaine Alatriste. Et bonne chance.

Je sentis sa main se poser sur mon épaule et celle de Copons me donner une légère tape, avant qu'ils ne s'écartent et descendent dans l'esquif par la bande de tribord. Occupé à ajuster mon corselet d'acier, je balbutiai un tardif «bonne chance» qu'ils ne purent entendre. Le détachement, entièrement composé d'arquebusiers, était réparti en deux groupes, l'un sous le commandement de l'enseigne Muelas et l'autre sous celui du capitaine Alatriste; le sergent Albaladejo demeurant à bord pour commander les soixante soldats restants. A mesure que les hommes s'installaient dans les embarcations, nous entendions leurs paroles à voix basse, leurs jurons étouffés quand ils se bousculaient ou se marchaient sur les pieds, le bruit des rames s'engageant dans les tolets et le froissement métallique des armes amorti par les chiffons qui les enveloppaient. Le plan était que les arquebusiers débarquent sur la petite plage d'une crique minuscule qui, selon le pilote, se trouvait exactement droit devant notre proue, sur la partie au levant de l'île, et dont l'accès mesurait à peine cent cinquante pas de largeur, mais dont le fond était dégagé, sans récifs ni rochers isolés qui fassent obstacle dans l'obscurité. Le détachement devait y prendre pied pour traverser ensuite l'île en direction du sud-ouest, se déployer autour de l'endroit où se trouvaient les corsaires afin de les prendre sous leur tir et de les empêcher non seulement de fuir vers l'intérieur mais d'accéder à la tour et à l'unique puits quand, aux premières lueurs du jour, la *Mulâtre*, contournant silencieusement l'île à la rame, fermerait la sortie par la mer et, après une brève canonnade, donnerait l'abordage. Entre le premier quart et celui de minuit, profitant du mince croissant de lune et de la présence à bord de deux mariniers excellents nageurs – l'un d'eux étant un certain Ramiro Feijoo, remarquable plongeur de galère, plus tard célèbre pour avoir foré une voie d'eau sur un navire turc au siège de La Mamora –, on avait effectué avec le canot une reconnaissance de la grande baie, ou port, située au midi de l'île. En allant jusqu'à sa pointe au levant, nos hommes confirmèrent qu'il y avait là deux navires, l'un étant une saëtte et l'autre, plus petit, probablement une tartane ou une felouque, et que la saëtte ne semblait pas en condition de reprendre la mer, car elle était sur le flanc, comme si elle s'était échouée ou si son équipage l'espalmait.

– Tous aux rames ! dit le capitaine Urdemalas, quand l'esquif et le canot eurent disparu dans l'obscurité. Branlebas de combat, sans un bruit ni un cri... Préparez et garnissez les batayoles !

Les rames plongèrent dans l'eau tandis que nous installions entre les filarets des deux bandes matelas, pavois et pierriers, et que le maître artilleur et ses aides s'occupaient sur la proue des trois pièces de la conille. Ensuite, quand les embarcations furent rentrées et mises en remorque, notre capitaine de mer et de guerre donna de nouveaux ordres, le timonier mit la barre sur une bande et, toujours sourdement, sans une parole ni un coup de sifflet, la *Mulâtre* vira de bord en scievoguant, ramant d'un côté et freinant de l'autre. Ainsi, avec tout le silence possible, nous fîmes se déplacer très lentement l'étoile polaire jusqu'à la laisser dans notre dos, mettant notre proue face à une pointe rocheuse, pas très haute, dont la masse obscure se profilait non loin. Et de la sorte, au plus près de l'île, le pilote surveillant la sonde et gardant un œil sur le rivage pour ne pas rencontrer un banc de sable ou un rocher imprévus, nous longeâmes Lampedusa en direction du sud.

Il y avait un lapin à six ou sept pas. Il passait la tête par l'entrée du terrier, oreilles dressées, inspectant les alentours. Et pendant qu'il observait le lapin à la lueur indécise du petit jour, Diego Alatriste posa son menton sur la culasse de son arquebuse chargée, poudre et balle dans le canon. L'arme était mouillée, comme les arbustes, les pierres et la terre sur laquelle il était couché depuis plus d'une heure, tandis que l'ultime fraîcheur de la nuit s'abattait sur lui, imprégnant ses vêtements. Seuls demeuraient secs le bassinet et la platine couverts d'une toile cirée, de même que la mèche qu'il gardait enroulée dans sa giberne. Alatriste remua un peu pour se dégourdir les jambes et serra les dents de douleur. Sa blessure à la hanche vieille de quatre ans – Gualterio Malatesta, près de la Plaza Mayor de Madrid – se faisait sentir quand il restait longtemps immobile et dans l'humidité. Un instant il agita cette idée qu'il n'était plus d'âge à endurer la rosée et l'aube en plein air ; et que, ces derniers temps, il en avait connu plus que de raison. Sale métier, eut-il la tentation de penser, mais il l'écarta aussitôt. Une telle pensée n'eût eu de sens que s'il avait eu l'occasion d'en connaître un autre. Mais ce n'était pas le cas.

Il regarda les camarades embusqués tout près, aussi calmes que lui – de Sebastián Copons, tapi au milieu d'arbustes, il voyait seulement les espadrilles –, et observa ensuite la tour de pierre qui se découpait sur le ciel gris aux nuages bas. Ils étaient arrivés là après le débarquement en franchissant un mille avec beaucoup de précautions, sans être entendus. Deux sentinelles gardaient la tour, une qui dormait et l'autre qui somnolait ; mais il n'avait pu vérifier si c'étaient des Anglais, car Sebastián Copons et l'enseigne Muelas les avaient discrètement égorgées dans le noir, zip, zap, le temps pour elles d'ouvrir la bouche et de ne rien prononcer, ni en anglais ni en aucune autre langue. Après quoi, avec interdiction de bouger, de parler ou d'allumer les mèches des arquebuses avant le moment décisif – la brise de terre pouvait porter leur odeur jusqu'à la plage –, les vingt hommes s'étaient déployés autour de la baie servant de port à l'île et que la clarté qui précède le jour permettait maintenant de voir : un havre capable d'accueillir facilement huit ou dix galères, avec une entrée large de presque un demi-mille, et dont le fond se divisait à la manière d'un trèfle en trois larges criques. Et dans celle du centre, qui était la plus grande et sablonneuse, il y avait une saëtte à demi échouée et immobilisée par des câbles fixés par trois ancres sur la plage même et sur les rochers côté levant. Elle avait un pont découvert, grand, sans bancs, et relevé à la poupe, étant de celles qui n'utilisent pas de rames mais se fient entièrement à leurs voiles, laissant de la place pour l'artillerie sur les côtés. Elle portait trois mâts, le grand mât à voile carrée à la manière d'un brigantin et les deux autres à voiles latines, avec les vergues amenées et attachées sur le pont. Elle était également armée de quatre canons sur chaque bord, mais tous étaient pour l'heure arrimés sur la partie inclinée vers la terre. De toute évidence, ils étaient en train d'espalmer le côté de la coque regardant le ciel afin de réparer les virures à cause d'avaries, défaut de calfatage ou pourrissement, ou pour les débarrasser des bernacles qui y adhéraient : détail capital sur un navire corsaire qui avait besoin de rapidité et de lignes parfaitement lisses pour attaquer et fuir sans entraves.

La saëtte n'était pas seule. Près d'elle, et au ponant de cette même crique, une felouque était mouillée, la proue face à la faible brise qui soufflait de la terre. Elle était plus petite que la saëtte et portait des voiles latines, le mât de misaine classiquement incliné vers l'avant. Elle n'avait pas l'aspect d'un navire corsaire et était dépourvue d'artillerie : il s'agissait peut-être d'une prise. Les ponts des deux bateaux étaient déserts, mais sur la plage fumait un petit foyer autour duquel s'agitaient quelques hommes. Grossière insouciance, pensa Alatriste, que cette fumée et ce feu visibles dans la nuit. Arrogance caractéristique des Anglais, s'ils étaient vraiment de cette nation. Ils se trouvaient tout près, mais la brise contraire ne permettait pas vraiment de les entendre. Il les distinguait bien, ainsi que les quatre qui se tenaient à l'extrémité de la crique, sur une pointe rocheuse peu élevée, près d'un sacre ou d'une moyenne faisant partie des canons de la saëtte qui avaient été débarqués pour se défendre contre l'arrivée de visiteurs inopportuns. Mais la mer était déserte jusqu'à l'horizon, et la *Mulâtre,* quel que fût l'endroit où elle se trouvait – le plus proche possible de la baie, espérait Alatriste pour son bien et celui de ses dix-neuf compagnons –, ne donnait pas encore signe de vie.

Le lapin sortit du terrier, s'immobilisa devant une tortue terrestre qui se traînait, impavide, puis poursuivit son chemin et, d'un bond, disparut sous les arbustes. Diego Alatriste changea de position en se frottant la hanche endolorie. C'était bien dommage d'avoir laissé ce lapin s'enfuir, pensa-t-il, au lieu de le mettre à la broche. Il avait froid, avec une faim de mille démons, conclut-il de mauvaise humeur, en voyant les corsaires déjeuner tranquillement. Il regarda sur sa droite, là où l'enseigne Muelas se tenait caché, près de la margelle de l'unique puits de l'île, et échangea avec lui un coup d'œil silencieux. L'enseigne haussa les épaules et regarda la mer vide. Un moment, Alatriste considéra la possibilité que la galère n'apparaisse pas et que le détachement reste là, livré à son sort. A cette perspective, il tordit sa moustache. Cela n'eût pas été la première fois. Il compta les corsaires qu'il pouvait voir sur la plage : quinze au total, mais il y en avait probablement d'autres hors de son champ de vision, sans compter les quatre des canons et ceux qui devaient être sur les navires. C'était trop pour qu'ils puissent les tenir en respect très longtemps avec les arquebuses : ils avaient débarqué avec six charges par homme, juste ce qu'il fallait pour un combat rapide. Une fois celles-ci déchargées, tout serait affaire de conversation à coups d'épées et de dagues. C'est pourquoi, décida-t-il, mieux valait que le capitaine Urdemalas fût exact au rendez-vous.

Son regard s'arrêta avec inquiétude sur deux hommes qui se détachaient du groupe entourant le feu et gravissaient la pente qui menait à la tour et au puits. Mauvaise affaire, constata-t-il. Relève des sentinelles égorgées ou corvée d'eau, cela revenait au même : ils venaient droit sur lui. Voilà qui compliquait les choses, ou les précipitait. Et la galère qui n'apparaissait toujours pas. Sacredieu ! Il regarda l'enseigne Muelas, en quête d'instructions. Celui-ci, qui avait également vu les deux hommes, frotta un de ses poings serrés sur le dos de l'autre, puis dirigea un doigt en forme de crochet vers son arquebuse : le signal d'allumer et de placer les mèches. Alatriste plongea donc une main dans sa giberne, en sortit pierre, briquet et mèche, et alluma celle-ci. Tandis qu'il enlevait la toile cirée, soufflait sur le cordon et le fixait dans le serpentin en le vissant avec son écrou, il constata que ses compagnons faisaient de même et que la brise portait les filets de fumée âcre vers les corsaires qui montaient la côte. Au point où l'on en était, cela n'avait plus d'importance. Il mit un peu de poudre dans le bassinet et épaula avec calme, appuyé sur une grande pierre plate, en pointant le canon entre les deux hommes qui s'approchaient sans en viser un en particulier. Du coin de l'œil, il vit que Muelas faisait de même : c'était à ce dernier, en tant que chef du détachement, de choisir par qui étrenner le bal. Il attendit donc, le doigt hors du pontet, en respirant lentement pour ne pas modifier les battements de son cœur, que les deux corsaires fussent assez près pour qu'il voie leurs visages. L'un avait les cheveux longs et une barbe léonine, l'autre était très grand, avec un morion doublé de cuir sur le crâne. Celui qui portait la barbe avait bien l'air d'un Anglais et portait des culottes fermées aux chevilles à la mode de cette nation. Ils avaient un mousquet et des cimeterres, et bavardaient avec insouciance. Quelques mots dans une langue étrangère parvinrent aux oreilles d'Alatriste ; mais la conversation cessa brusquement, car l'homme à la barbe s'était arrêté à quinze pas, alarmé, flairant l'air et scrutant les alentours. Là-dessus, l'enseigne Muelas lui expédia une balle qui lui arracha la moitié de la tête, et Alatriste, les choses étant désormais claires, déplaça le canon de son arquebuse vers la gauche, visa l'escogriffe qui avait fait demi-tour pour se mettre à courir et l'abattit d'une balle.

Les dix-huit autres Espagnols étaient des hommes d'élite, connaissant leur métier. C'était pour cela qu'ils étaient là. Sans que l'enseigne eût à donner des ordres ni faire des signes, pendant qu'Alatriste et lui rechargeaient leurs arquebuses – l'opération prenait le temps de deux Ave Maria ou deux Pater Noster, et il y en avait qui les récitaient –, Copons et les autres firent retentir la baie et les environs d'un chapelet de décharges bien ajustées, tant sur les hommes qui étaient sur la plage que sur ceux du canon situé sur la pointe. De ces derniers, trois tombèrent sur-le-champ et le quatrième se jeta à l'eau. Quant à ceux de la plage, vu la distance, Alatriste n'en vit tomber que deux, tandis que les autres couraient se mettre à couvert. Très vite, ils réagirent et tirèrent à leur tour avec des arquebuses et des mousquets, bientôt imités par des hommes qui apparurent sur le pont de la saëtte ; mais ces tirs arrivaient sans force et, par chance, les canons étaient arrimés sur le côté du pont incliné sur le flanc, de sorte qu'ils ne pouvaient servir ni côté terre, ni côté mer. A l'instar de ses camarades qui n'embrasaient pas leur bassinet avant d'être sûrs de leur tir, Alatriste s'efforça de bien employer les cinq balles de plomb qui lui restaient, en les expédiant à mesure que les corsaires déployés sur la plage – un canot chargé d'hommes arrivait de la saëtte –, après avoir sans doute calculé le nombre des assaillants embusqués, s'aventuraient sur la pente en progressant par bonds à l'abri des rochers et des arbustes. Alatriste en compta plus de trente : c'était peu si la galère se présentait à temps, beaucoup si les tirs d'arquebuse s'épuisaient et s'il fallait se battre à l'arme blanche. Aussi espaça-t-il le plus possible ses coups ; il abattit un autre corsaire qui tomba hors de sa vue et, enfin, arrivé à la dernière balle, dirigea celle-ci sur un ennemi qui s'était approché à huit ou dix pas, lui brisa une jambe – cela fit le bruit d'une branche cassée –, posa son arquebuse par terre, tira son épée et attendit, résigné, que les autres montent jusqu'à lui. Un bref coup d'œil lui permit de constater que l'enseigne Muelas gisait, mort, à côté de la margelle du puits. Et ce n'était pas le seul. Il vit aussi que les arbustes derrière lesquels se trouvait Sebastián Copons s'agitaient frénétiquement, tandis que montait et descendait, au milieu de coups sonores, craquements et imprécations, la crosse de son arquebuse : tout en se lamentant, peut-être, de ne pas être resté à Oran, l'Aragonais vendait cher sa peau. On entendait des cris proches, et presque tous en anglais. Il n'y avait guère de quartier à espérer, de sorte qu'Alatriste regarda le ciel gris, respira profondément trois ou quatre fois et serra les dents. Putain de galère, je te conchie, conclut-il en se redressant, l'épée dans une main, la dague biscayenne dans l'autre. C'est alors qu'il vit apparaître à la pointe est de la baie l'éperon de la *Mulâtre*, faisant force rames.

La galère glissait rapidement sur les eaux calmes de la baie en direction de la saëtte. Les coups de sifflet du comite accompagnaient le rythme des galériens qui, torses luisants de sueur, se rompaient l'échine à ramer, tantôt debout, s'arc-boutant sur la pédagne, tantôt se laissant retomber sur leur banc, se donnant corps et âme à la rame, leur cadence ponctuée par le cliquètement métallique des fers et des manilles et les coups de fouet qui zébraient les dos sans faire la différence entre Maures, Turcs, hérétiques ou chrétiens. Le grondement rauque des gorges, mêlé aux gémissements et aux ahans des forçats, semblait venir de gens qui laissaient échapper leur âme par la bouche. Et pendant ce temps, soixante soldats et cinquante mariniers armés jusqu'aux dents se pressaient à l'avant sur les rambates et sur la conille, impatients d'en venir aux mains. Tant il était vrai que, bien que la journée dût apporter davantage d'honneur que de profit, les plus pusillanimes refusaient de rester en arrière. Même les quatre chevaliers de Malte que nous avions pour passagers – l'un de la langue française, l'autre de la langue italienne et les deux derniers de la castillane – avaient demandé permission au capitaine Urdemalas de s'unir à la troupe, et ils étaient là, armés de pied en cap, portant la croix sur les élégantes tuniques de taffetas rouge qu'ils revêtaient par-dessus leur armure pour aller au combat : parfaitement ridicules, s'ils n'eussent été réputés dans toute la Chrétienté pour être de si redoutables guerriers.

– Vogue, vogue, vogue ! – criions-nous à l'unisson, surexcités, en joignant nos voix aux coups de sifflet et de fouet. – Accoste ! Accoste !

Notre ardeur se nourrissait de fortes raisons, dont la moindre n'était pas la probabilité que les ennemis fussent anglais, engeance cruelle et insolente; car, non contents d'être pirates dans les Indes, ils prétendaient se jeter, pleins de mépris et de férocité, dans la cour même de notre maison. Nous entendions aussi les coups de feu sur terre, sachant que chaque balle pouvait coûter la vie d'un camarade. C'est pourquoi nous pressions la chiourme en poussant jusqu'au ciel mille cris éclatants, et moi-même – que Dieu me pardonne s'il s'en offense – j'eusse volontiers saisi un fouet pour zébrer le dos de forçats et les obliger à ramer encore plus fort.

– Accoste!... Accoste!

Nous filâmes de la sorte vers la saëtte corsaire, sans manœuvrer davantage, droit devant depuis que nous avions doublé la pointe et que le timonier avait mis le cap sur le flanc du navire ennemi, tandis que, collé à sa nuque, le capitaine Urdemalas hurlait des ordres et des malédictions. A mesure que nous progressions dans la baie, nous voyions mieux la saëtte qui restait dans le travers du vent à cause de ses amarres; et, un peu plus loin, derrière sa poupe, la felouque ancrée perpendiculairement, sa proue orientée naturellement vers la plage. Il faut dire que, pendant que nous nous rapprochions ainsi de biais, la saëtte n'eût pas manqué de nous causer quelque dommage si elle avait pu disposer ses canons du bord tourné vers la mer; mais sa gîte qui découvrait les virures de ses œuvres vives et le fait d'être à la fois retenue par des ancres mouillées et des câbles frappés à terre l'empêchaient, par chance, d'utiliser son artillerie. Ainsi immobilisée et sans défense, nous la voyions grossir sous notre proue, au-delà de la mince fumée des boutefeux de notre maître artilleur et de ses aides accroupis derrière le canon et les moyennes de proue, et des mariniers qui servaient les pierriers disposés sur la conille et le long des bandes. Il ne restait guère d'arquebuses à bord, car presque toutes étaient sur la terre ferme ; mais nous étions hérissés de pistolets, d'espontons, de demi-piques et d'épées. Et, comme je l'ai dit, bien résolus à ne pas les ménager. Comme beaucoup de soldats, j'avais pris l'habitude de me nouer un foulard autour de la tête pour ne pas être gêné par mes cheveux dans la mêlée et pouvoir éventuellement me coiffer d'un morion, je portais mon corselet simple attaché sur les côtés par des lacets qui permettaient de m'en débarrasser si je tombais à la mer, et j'avais une petite rondache en bois doublée de cuir, ma dague en travers du ceinturon et mon épée à lame large et courte de Tolède dans sa gaine : que pouvais-je demander de plus ? Ainsi paré, près de la proue – personne ne devait passer l'éperon avant que le canon et les autres pièces n'eussent tiré –, serré entre mes compagnons sur le couroir de la bande droite, je pensai à Angélica d'Alquézar, comme toujours quand j'entrais dans la danse, après quoi je me signai comme tous les autres, prêt pour l'abordage.

– Les voilà qui se montrent, ces chiens !

En effet. Sur le bord de la saëtte apparurent une douzaine d'hommes, qui, le temps de dire Jésus, nous arrosèrent d'une jolie décharge de mousquets. Les balles, tirées avec précipitation, bourdonnèrent au-dessus de nos têtes, claquèrent contre les charpentes ou s'en furent à la mer ; mais avant que les ennemis ne s'abritent pour recharger, notre artilleur et ses aides pointèrent sur eux, en tir rasant, le coursier chargé d'une bonne ration de clous, maillons de vieilles chaînes et balles ; de sorte que le bord vola en éclats dans un effroyable fracas de haubans fauchés et de craquements de bois cassé, faisant d'importants dégâts parmi les tireurs au mousquet qui étaient en train de s'accroupir. Et ils ne s'étaient pas encore remis de leur surprise, quand leur tomba dessus ce que les Anglais, bons manœuvriers et excellents canonniers, craignaient toujours comme le diable : l'abordage de l'infanterie espagnole, qui, une fois les navires accolés l'un à l'autre, réglait l'affaire à l'arme blanche avec une telle férocité qu'on l'eût crue sur la terre ferme. C'est exactement ainsi que nous les abordâmes dès que notre comite et notre timonier, la chiourme exécutant parfaitement la manœuvre, eurent placé l'éperon de la galère contre la coque de la saëtte avec une telle douceur que ce fut à peine s'ils endommagèrent quelques virures. Et la moitié des hommes, une cinquantaine dont moi-même, se précipitèrent pour passer sur les deux pieds de large de l'étroit éperon, avant que, effectuant une autre manœuvre parfaite, la *Mulâtre* ne recule en quelques coups de rames, et, contournant la poupe de la saëtte, passe entre celle-ci et la felouque – dont, à tout hasard, elle balaya le pont avec les pierriers de la bande gauche –, puis, arrivant devant la plage, vire prestement de bord pour décharger les pierriers de l'autre bande sur les corsaires qui se tenaient là, avant de déverser sur la terre ferme le restant des nôtres ; lesquels, pataugeant dans l'eau jusqu'à la ceinture, se précipitèrent aux cris de « *Santiago, España, cierra, cierra !* », faisant leur le vieux dicton :

Épée, ou dague, estoc ou biscayenne,
Simple couteau, qu'importe, ils me conviennent.

Il est vrai que cette partie de la manœuvre m'échappa car, à ce moment-là, j'avais déjà sauté de l'éperon sur la coque inclinée de la saëtte et, après une mauvaise glissade sur la graisse, souillant mon habit avec le calfatage des virures, j'étais passé sur le pont. Là, je tirai mon épée et, mêlé à mes camarades, je me battis du mieux que je pus. En tout cas, c'étaient bien des Anglais, ou du moins ils en avaient l'allure. Trois ou quatre blonds avaient été hachés menu par notre mitraille, et quelques blessés se traînaient en pissant du sang que la gîte faisait couler en ruisseaux vers l'autre bord. Quelques-uns, se regroupant, tentèrent de se retrancher derrière le mât d'artimon, au pied duquel se trouvaient un tas de voiles et des rouleaux de filins. Ils déchargèrent leurs pistolets sur nous, touchant plusieurs de nos camarades, mais nous leur tombâmes furieusement dessus, sans tenir compte de leurs cris et de leurs bravades, car ils agitaient leurs armes avec beaucoup d'arrogance en nous défiant d'arriver jusqu'à eux. Et, en effet, nous y arrivâmes, rendus fous de colère par leur impudence, les chassant du mât et les clouant sans pitié au couronnement de poupe, par-dessus lequel quelques-uns réussirent à sauter, voyant qu'on ne faisait guère de quartier. Nous étions si assoiffés de sang qu'il n'y avait pas assez de chair pour tant de crocs ; de sorte que je ne pus affronter personne en particulier, sauf un individu à longs favoris et aux yeux bleus, armé d'une hache de charpentier, qui, d'un coup, coupa la moitié de ma rondache sur mon bras gauche comme si c'était du beurre et me fit, en prime, une bosse au corselet et un gros bleu aux côtes. Je jetai la rondache et me remis d'aplomb du mieux que je pus, me baissant pour lui percer les tripes – il était malaisé de combattre sur ce pont en pente –, mais un des chevaliers de

Malte qui passait par là lui fendit le crâne d'un coup d'épée entre les sourcils, me laissant sans adversaire et l'homme aux favoris sans cervelle, ou plutôt celle-ci à l'air, l'âme en enfer et le corps à la mer. Je jetai un coup d'œil en quête d'un autre à enfiler sur ma lame, mais le travail était déjà accompli ; de sorte que je descendis avec quelques camarades qui fouillaient les cales en allant à l'aubaine tout en faisant la chasse à ceux qui s'y cachaient. Et j'eus la noire satisfaction qu'un de ces chiens de mer, un grand Anglais au long nez et couvert de taches de rousseur, que je découvris recroquevillé derrière des pipes d'eau, sorte, blafard, et s'effondre comme si les jambes lui manquaient, en suppliant *nô, nô*, et en demandant *quarter, quarter*. Car nombreux sont ceux de cette nation qui, privés de la force que leur donne le nombre et de l'esprit grégaire que leur procurent le vin ou la bière, ravalent leur suffisance avec une humilité franciscaine quand les choses tournent au vinaigre ; tandis que l'Espagnol, au contraire, s'il se trouve isolé, traqué et sobre, sait faire face aux plus grands dangers, car, tel un animal furieux, il est pris de démence et attaque aveuglément, sans raison ni espoir, ne se souciant ni de saint Antoine ni de l'Immaculée Conception. Mais pour revenir à l'Anglais, vos seigneuries peuvent imaginer que je n'étais pas d'humeur à lui administrer du sirop de réglisse ; je m'apprêtai donc à lui enfoncer mon épée dans la gorge, et bon voyage ! Je levai déjà ma lame de Tolède, bien décidé à expédier ce scélérat rejoindre Satan et la truie anglaise qui l'avait enfanté, quand je me souvins de ce que m'avait dit en certaine occasion le capitaine Alatriste : ne demande jamais la vie à celui qui t'a vaincu, mais ne la refuse pas à celui qui te la demande. C'est vrai : nul n'est obligé de ressembler à son ennemi. De sorte que, me contenant comme un bon chrétien, je me bornai à frapper l'Anglais d'un coup de pied bien appliqué sur la figure qui lui brisa le nez. Cela fit «crac!». Puis je le poussai sur l'échelle, en direction du pont.

Je trouvai le capitaine Alatriste sur la plage, avec ceux qui restaient du détachement et, parmi eux, Copons: sales, épuisés, mal en point, mais vivants. Ce qui n'était pas gagné d'avance, car, outre l'enseigne Muelas et quatre autres morts, ils avaient eu cinq blessés – deux moururent plus tard sur la galère –, preuve de l'acharnement du combat à terre. A ces pertes, il fallait ajouter cinq morts et cinq blessés dans l'abordage, dont notre maître artilleur, auquel un coup d'arquebuse avait enlevé la moitié de la mâchoire, et le sergent Albaladejo, rendu aveugle par un coup de mousquet à bout portant. C'était payer le prix fort pour une saëtte qui ne valait pas trois mille écus, mais au moins avions-nous eu la satisfaction de tuer vingt-six pirates, presque tous de nation anglaise, plus quelques Turcs et Maures de Tunis, et d'en faire prisonniers dix-neuf. Nous avions aussi mis la main sur la felouque dont la cargaison, selon les ordonnances royales, revenait pour un tiers à nos hommes de mer et de guerre. C'était une embarcation sicilienne que les Anglais avaient capturée quatre jours plus tôt; dans sa cale, nous libérâmes huit hommes d'équipage qui nous en racontèrent suffisamment pour que nous puissions reconstituer l'histoire. Le capitaine de la saëtte, un nommé Robert Scruton, de nation anglaise, avait passé le détroit de Gibraltar à bord d'un navire à voiles carrées avec un équipage de son pays, décidé à faire fortune dans la contrebande et la course à partir des ports de Salé, Tunis et Alger. Comme le navire était lourd et lent pour évoluer dans les petites brises méditerranéennes, ils s'étaient procuré une grande saëtte, plus rapide et mieux adaptée à cet emploi, avec laquelle ils écumaient la mer depuis huit semaines sans avoir encore fait les prises importantes dont ils rêvaient. La felouque, qui transportait du blé de Marsala à Malte, avait compris que la saëtte était un corsaire à sa manière de louvoyer, mais elle n'avait pu échapper à la chasse et avait dû amener sa voile. Par malheur pour les vainqueurs, la forte houle et une erreur de manœuvre s'étaient traduites par un abordage calamiteux, dont c'était surtout la saëtte qui, quoique plus grande, avait subi les conséquences ; car son calfatage de tribord s'était ouvert, donnant lieu à une voie d'eau. C'est pourquoi, vu la proximité de l'île, les Anglais avaient décidé d'y aller pour faire les réparations ; lesquelles étaient presque terminées quand nous les avions attaqués, alors qu'ils pensaient reprendre la mer le jour même pour vendre les huit Siciliens et la felouque avec son chargement à Tunis.

Les témoins entendus, les faits prouvés et le procès terminé, la sentence était claire. Il n'y avait pas de lettres de course, ni rien de ce qui se pratiquait entre nations honorables. Comme, par exemple, avec les Hollandais que nous capturions dans les Indes ou en Méditerranée, et que, bien qu'ennemis dans la guerre des Flandres, nous traitions en prisonniers de bonne guerre, laissant ceux qui se rendaient regagner leur patrie, mettant aux rames ceux qui continuaient de se battre une fois le pavillon baissé, et n'hésitant pas à pendre, certes, les capitaines qui tentaient de faire sauter leur navire pour ne pas le livrer. Usages policés entre nations civilisées, que même les Turcs respectaient sans rechigner. Mais à l'époque de mon récit, nous n'étions pas en guerre contre l'Angleterre – la felouque était de Saragosse de Sicile que l'on nomme aussi Syracuse, c'est-à-dire d'une île qui était autant à nous que Naples ou Milan –, et donc ces marins anglais n'avaient nul droit de se proclamer corsaires ni de faire main basse sur des sujets du roi d'Espagne : ils étaient de simples pirates. De sorte que les allégations du capitaine Scruton, comme quoi il détenait en Alger des lettres patentes et des accords qui l'autorisaient à faire la course dans ces eaux, ne produisirent aucun effet sur le tribunal courroucé qui le regardait en prenant, bon connaisseur, la mesure de son cou, pendant que le comite de la *Mulâtre* préparait, tenant compte de ce que l'Anglais s'avéra être de Plymouth, sa meilleure corde. Et lorsque le lendemain matin, la felouque et la saëtte, cette dernière manœuvrée par nos propres gens de mer, hissèrent les voiles pour quitter la baie à la faveur d'un vent mestre qui menaçait d'apporter la pluie, le nommé Robert Scruton, sujet de sa majesté britannique, pendouillait au bout d'une corde sur la tour de Lampedusa avec un écriteau aux pieds – rédigé en espagnol et en turc – portant ces mots : ANGLAIS, VOLEUR ET PIRATE.

Les autres, onze Anglais, cinq Maures et deux Turcs, furent mis à la vogue et y restèrent, ramant vaille que vaille pour le roi d'Espagne, jusqu'à ce que les hasards de la mer et de la guerre en décident autrement. Selon ce que j'ai su, quelques-uns étaient encore en vie quand, onze ans plus tard, la *Mulâtre* a sombré à pic au cours de la bataille de Gênes contre les Français, ses galériens enchaînés à leurs bancs, personne n'ayant pris le temps de les libérer. A cette époque, plus aucun de nous n'était à bord ; ni le Maure Gurriato qui, pour l'heure, profitant de ce renforcement de la chiourme, se trouva avoir davantage de temps libre, me donnant ainsi l'occasion de tenir avec lui des conversations que j'aurai le plaisir et l'honneur de vous narrer au prochain chapitre.

VI

L'ÎLE DES CHEVALIERS

Malte, l'île des chevaliers corsaires de Saint-Jean de Jérusalem, m'impressionna par son aspect et par son histoire récente. Les redoutables galères de la Religion – c'est ainsi que nous les appelions – étaient le fléau de tout le Levant, car elles couraient la mer en chassant le Turc, s'emparant de riches marchandises et d'innombrables esclaves. Honni par tous les sectateurs de Mahomet, l'ordre de Saint-Jean était le dernier des grands ordres militaires des Croisades, et ses membres ne devaient obéissance qu'au pape. Après la perte de la Terre sainte, ils s'étaient installés à Rhodes ; puis, expulsés de là par les Turcs, notre empereur Charles Quint leur avait donné Malte en échange du paiement symbolique d'un faucon par an. Cette cession, le fait que nous soyons la nation catholique la plus puissante du monde et la proximité de nos vice-royautés de Naples et de Sicile – c'est de cette dernière qu'étaient venus les secours lors du grand siège de l'an mil cinq cent soixante-cinq – tissaient des liens étroits entre l'Ordre et l'Espagne ; et il était fréquent que nos galères naviguent ensemble. De plus, un grand nombre de chevaliers de Malte étaient espagnols. Tous avaient fait vœu d'attaquer les musulmans partout où ils se trouvaient : durs, spartiates, assurés de ne pas obtenir de quartier s'ils étaient faits prisonniers, ils méprisaient l'ennemi au point que leurs galères avaient obligation de toujours attaquer, fussent-elles une contre quatre. Dans ces conditions, il est facile de comprendre pourquoi l'ordre de Malte regardait l'Espagne comme le premier de ses protecteurs et son principal soutien, car nous étions la seule puissance qui ne laissait pas de répit aux Turcs et aux Barbaresques, pendant que les autres nations catholiques pactisaient avec eux ou cherchaient cyniquement leur alliance. Les plus éhontées étaient Venise, toujours ambiguë, et singulièrement la France qui, dans son combat contre l'Espagne, en était arrivée à permettre à ses galères de naviguer de conserve avec les Turcs, et à la flotte corsaire de Khayr al-Din Barberousse, au grand scandale de toute l'Europe, d'hiverner dans des ports français en la laissant ravager les côtes espagnoles et italiennes, capturant des milliers de chrétiens.

Vos seigneuries comprendront donc sans peine mon état d'esprit lorsque la *Mulâtre*, après être passée devant la pointe de Dragut et la formidable forteresse Saint-Elme, mouilla dans le grand port, entre le fort Saint-Ange et la péninsule de Sanglea. De là, nous pouvions embrasser le décor du terrible siège subi soixante-deux ans plus tôt, épisode qui a rendu le nom de l'île aussi immortel que ceux des six cents chevaliers de diverses nations et des neuf mille soldats espagnols, italiens et citoyens de Malte qui, durant quatre mois, ont livré combat à quarante mille Turcs, dont ils ont tué trente mille en leur disputant chaque pouce de terrain et en perdant fort après fort dans de sanglants corps à corps, jusqu'à ce qu'il ne reste plus que les réduits du Burgo et de Sanglea où se sont défendus les derniers survivants.

En vieux soldats qu'ils étaient, le capitaine Alatriste et Sebastián Copons contemplaient ces lieux avec le respect de gens qui imaginent parfaitement, de par leur métier, la tragédie qui s'y était déroulée. Pour cette raison peut-être, je pus observer qu'ils restèrent constamment silencieux à partir du moment où une felouque nous conduisit à travers le bras de mer du grand port jusqu'au pied de la porte du Mont ; et, passant sous sa poterne, nous entrâmes dans la ville neuve de La Valette – appelée ainsi en mémoire du grand maître qui l'a édifiée après avoir dirigé la défense de Malte pendant le siège. Je me souviens de notre visite de la ville aux rues poussiéreuses quoique bien alignées, bordées de maisons avec des fenêtres à jalousies et des terrasses, que nous effectuâmes guidés par le patron d'une barque à qui nous avions donné quelque monnaie. En regardant tout avec un recueillement quasi religieux, nous suivîmes d'abord le rempart directement jusqu'à la cathédrale, tournant ensuite à droite vers le somptueux palais du maître de l'Ordre et sa belle place contiguë, sa fontaine et sa colonne. Nous arrivâmes aux fossés de Saint-Elme, de l'autre côté desquels se dressait l'impressionnante architecture en étoile du fort. Et, devant le pont-levis sur lequel flottait la bannière rouge portant la croix à huit pointes de la Religion, ce patron, dont le père avait combattu pendant le siège, nous raconta dans son mélange d'italien, d'espagnol et de langue franque, comment celui-ci avait participé avec d'autres marins du Burgo au transport des chevaliers volontaires espagnols, français, italiens et allemands de Saint-Ange à Saint-Elme assiégé, et comment, chaque nuit, ceux-ci forçaient en barque et à la nage le blocus turc pour combler les terribles pertes de la journée, en sachant que le trajet serait sans retour et qu'ils allaient vers une mort certaine. Il nous raconta aussi que, la dernière nuit, il fut impossible de passer les lignes turques et que les volontaires durent faire demi-tour ; et comment, au petit matin, ceux qui se trouvaient dans les forts de Sanglea et de Saint-Michel avec le grand maître La Valette purent voir Saint-Elme submergé par une marée de cinq mille Turcs, lancés dans un ultime assaut contre les deux cents chevaliers et soldats, presque tous espagnols et italiens, qui, épuisés, meurtris et blessés après avoir combattu nuit et jour cinq semaines durant, écrasés par dix-huit mille boulets de canon, résistaient dans les décombres. Le marin termina son récit en expliquant que les derniers chevaliers, blessés et arrivés à la limite extrême de leurs forces, s'étaient retirés sans tourner le dos vers l'ultime réduit qu'était l'église, tuant et mourant comme des lions traqués ; mais que, voyant comment les Turcs, rendus furieux par le coût de leur victoire, ne respectaient la vie d'aucun de ceux qui leur tombaient entre les mains, ils étaient sortis de nouveau pour mourir en braves qu'ils étaient ; de sorte que six d'entre eux – un Aragonais, un Catalan, un Castillan et trois Italiens –, se frayant un chemin à la pointe de l'épée dans la foule des ennemis, purent encore se jeter à la mer pour tenter de gagner le Burgo à la nage, mais furent capturés dans l'eau. Et la colère de Mustafa pacha fut telle – il avait perdu six mille hommes rien qu'à Saint-Elme, dont le célèbre corsaire Dragut – qu'il ordonna de marquer la poitrine des cadavres des chevaliers d'une croix, tracée de deux coups de cimeterre, et de laisser le courant les porter de l'autre côté du port où Sanglea et Saint-Michel continuaient de résister, acheta tous les captifs et les fit mettre à mort sur les remparts. Action barbare à laquelle le grand maître répondit en exécutant les prisonniers turcs et en expédiant leurs têtes en place de boulets de canon dans le camp ennemi.

Telle fut l'histoire que nous narra le patron de la barque. Et quand il l'eut achevée, nous demeurâmes silencieux, en réfléchissant à ce que nous venions d'entendre. Jusqu'à ce que Sebastián Copons qui, accoudé au parapet de grès, regardait le fossé entourant le fort sous nos pieds, se tourne vers le capitaine Alatriste :

– Un jour, nous finirons comme eux, Diego... Crucifiés.

– C'est possible. Mais vivants, sûrement pas.

– Crénom ! Ça, je te le confirme.

Cela me fit frissonner, mais pas exactement par peur de cette idée, pour peu plaisante qu'elle fût. Je comprenais bien de quoi parlaient Copons et le capitaine et je savais parfaitement, arrivé à ce moment de ma vie, que presque tous les hommes sont capables du pire, comme du meilleur. Mais il était vrai qu'ici, sur la frontière mouvante de ces eaux levantines, la cruauté humaine – et rien n'est plus humain que la cruauté – prenait des dimensions inquiétantes. Et pas seulement du côté des Turcs. Il y avait des rancœurs difficiles à expliquer, ancrées dans les mémoires : vieilles haines, affaires de famille qui, sous cette lumière, ce soleil et ces eaux bleues, demeuraient toujours chaudes. Pour nous,

Espagnols descendants de races anciennes, avec encore toute proche une histoire de nombreux siècles passés à tuer des Maures ou à nous tuer entre nous, ce n'était pas la même chose d'abattre des Anglais venus d'ailleurs que d'affronter des Turcs, des Barbaresques ou autres gens des nations qui bordaient comme nous ces eaux. Personne n'avait demandé au capitaine Robert Scruton et à ses pirates de venir se mêler de nos querelles ; ces intrus étrangers étaient de trop, et les éliminer à Lampedusa n'avait rien été de plus qu'une formalité, un acte d'hygiène familiale, une manière de nous débarrasser de tiques, de nous consacrer à notre véritable affaire : Turcs, Espagnols, Barbaresques, Français, morisques, juifs, Maures, Vénitiens, Génois, Florentins, Grecs, Dalmates, Albanais, renégats, corsaires... Tous voisins, autour de la même cour. Tous gens de même espèce, pour lesquels il n'y avait rien d'insensé à partager un verre de vin, un rire, une insulte imagée et bien sentie, une plaisanterie macabre, avant de se crucifier ou d'échanger des têtes à coups de canon, en faisant concours d'imagination et de fureur. Avec notre bonne vieille et solide haine méditerranéenne. Car on ne s'égorge jamais avec autant de plaisir que quand on se connaît trop bien.

Nous revînmes au Burgo à la tombée de la nuit, alors que la poussière en suspension dans l'air et les derniers rayons de soleil teintaient de rouge les murs de la forteresse Saint-Ange comme s'ils étaient du fer incandescent. Avant de rembarquer, nous nous étions encore longuement promenés dans les rues rectilignes et pentues de la ville neuve, visitant le port de Marsamucetto qui est au ponant, et les auberges, ou casernes, célèbres d'Aragon et de Castille, cette dernière avec son superbe escalier; car dans cette ville chacun a son auberge, puisque c'est ainsi que les chevaliers de l'Ordre les appellent entre eux, correspondant aux sept langues et entre lesquelles ils se répartissent: les susdites d'Aragon et de Castille – qui sont à la nation espagnole –, celles d'Auvergne, de Provence et de France – ces trois à la nation française –, celles d'Italie et d'Allemagne. Quoi qu'il en soit, le fait est qu'en revenant nous mîmes pied à terre juste devant le fossé du Burgo, où se trouvent les tavernes de marins et de soldats de la vieille ville. Et comme il nous restait une demi-heure avant l'angélus, moment fixé pour notre retour sur la galère, nous décidâmes d'esquiver la bouillie de maïs du bord en nous rafraîchissant le gosier et en mangeant une nourriture de chrétiens dans un cabaret. Nous nous installâmes donc autour d'un tonneau qui servait de table, avec un gigot de mouton au vinaigre, des côtelettes de porc, un pain de bazar et un pichet de vin rouge de Metelín, fort comme un Roldán et qui, pour sûr, nous rappela le Sangre de Toro. Nous observions le va-et-vient des gens du cru: les hommes bruns de peau rappellent les Siciliens par le caractère et les manières, et ils parlent leur langue truffée de vieux mots remontant aux Carthaginois; et les femmes sont fort belles, quoique fuyant par honnêteté la compagnie des hommes et ne sortant de chez elles que recouvertes de mantes noires et sombres à cause de leurs parents et maris jaloux comme les Espagnols et même plus; trait que nous tenons tous des Maures et des Sarrasins. Nous étions donc là tous les trois à nous détendre un peu, quand quelques soldats et matelots d'un navire vénitien qui buvaient près de nous achetèrent à un colporteur, qui passait avec sa caisse de marchandises accrochée au cou, des pierres de saint Paul qui, à Malte, sont l'objet d'une grande dévotion – la légende dit que le saint a fait naufrage sur l'île –, parce qu'elles ont la réputation de guérir les piqûres de scorpions et de serpents.

A cet instant, je commis une imprudence. Je n'étais pas un garçon incroyant, mais j'étais fort réservé sur les questions de la foi, comme me l'avait appris le capitaine Alatriste. Et avec l'insolence de ma jeunesse, je ne pus éviter un sourire quand je vis l'un des Vénitiens montrer avec satisfaction à ses compagnons plusieurs de ces pierres enfilées sur un cordon ; la malchance voulut qu'il vît mon expression et en prit ombrage. Il ne devait pas être du genre patient, car il fit une horrible grimace, me dévisagea d'un air mauvais et vint à moi, une main posée sur la poignée de sa rapière, suivi de ses compagnons.

– Excuse-toi, me dit entre les dents le capitaine Alatriste.

Je lui jetai un coup d'œil, étonné de son ton sévère et de l'entendre me conseiller la retraite ; mais, en réfléchissant froidement, je conclus qu'il avait raison. Non par peur des conséquences – même s'ils étaient six et nous trois –, mais parce qu'un collier de bondieuseries était un bien pauvre motif pour une querelle, et qu'avoir une affaire avec des Vénitiens pouvait ne pas rester sans suites. Nos relations avec la Sérénissime de Saint-Marc n'étaient pas bonnes, les incidents dans l'Adriatique pour des questions de prééminence et de souveraineté étaient fréquents, et la moindre étincelle mettait le feu aux poudres. De sorte que, ravalant ma fierté, je me forçai à sourire au Vénitien pour calmer son ire, en disant, dans la langue franque dont les Espagnols comme les autres usaient sur ces mers et ces terres, quelque chose comme : *Mi escusi, signore, no era cuesto con voi.* Mais le Vénitien ne baissa pas pavillon, au contraire. Encouragé par ce qu'il prit pour de la faiblesse et par notre infériorité en nombre, il rejeta ses cheveux en arrière – il les avait longs, un vrai paradis pour les poux, à la différence des Espagnols, qui les portions courts depuis l'époque de l'empereur Charles Quint – et m'insulta grossièrement avec beaucoup de forfanterie, m'appelant voleur ponantin, chose déjà très blessante pour quiconque mais plus encore pour un Basque. Et j'allais me lever et laisser libre cours à ma colère, quand le capitaine, toujours impassible, me retint par le bras.

– Le garçon est jeune et ne connaît pas les usages, dit-il en castillan et avec beaucoup de calme, en regardant le Vénitien dans les yeux. Mais il se fera un plaisir, monsieur, de vous offrir un verre de vin.

Pour la seconde fois, l'autre interpréta mal la chose. Car, croyant que mes deux compagnons cédaient à leur tour, et conforté par la présence des siens, il fit comme s'il n'avait pas entendu les paroles du capitaine ; et sans renoncer à sa proie – en l'occurrence ma modeste personne – il se dressa sur ses ergots et cracha avec beaucoup d'impertinence :

– *Scende, Espagnuolo marrano, ca te volio amasar.*

Et il continuait à tripoter la poignée de son épée. Ce que voyant, sans s'émouvoir d'être traité de cochon d'Espagnol, le capitaine Alatriste lâcha mon bras. Passant deux doigts sur sa moustache, il regarda Copons. Celui-ci, qui était resté comme à son habitude muet, le regard rivé sur les camarades du bravache, se leva lentement.

– Pantalone bouffeur de foie ! lâcha-t-il.

– *Qué cosa diche ?* demanda le Vénitien, décomposé.

– Il dit, répondit le capitaine, en se levant à son tour, qu'il va te crever la panse comme un fils de truie que tu es !

Et c'est ainsi – j'en donne ma parole à vos seigneuries – que débuta l'incident entre Espagnols et Vénitiens décrit dans l'histoire de Malte et les relations de ces années-là comme la mutinerie de Birgu, ou du Burgo ; pour laquelle, si l'on voulait coucher par écrit la totalité des événements, tout le papier de Gênes ne suffirait pas. Car, à peine ces mots prononcés, le capitaine mit la main à son épée et Copons et moi fîmes de même avec tant de diligence que le Vénitien, le Pantalone bouffeur de foie comme l'avait appelé Copons, qui avait pourtant le poing sur la sienne, entouré de ses compagnons également sur leurs gardes, partit brutalement en arrière, une joue entaillée par la dague qui, comme un éclair, était passée de sa gaine à la main gauche du capitaine et de celle-ci au visage du Vénitien. Et en moins de temps qu'il n'en faut pour le dire, celui qui était le plus près de Copons eut le gras d'un bras tranché par l'épée de l'Aragonais, tandis que je bondissais en pointant ma lame sur un troisième ; lequel se jeta de côté, mais ne put esquiver une bonne piqûre qui, même si elle ne lui troua que le justaucorps sans atteindre la chair, ne l'en fit pas moins battre respectueusement en retraite.

A partir de là, les choses ne firent qu'empirer. Car à cet instant, sortant de je ne sais où, apparut le Maure Gurriato – j'ai appris par la suite qu'il nous avait attendus toute la journée à l'ombre, après que nous fûmes montés dans la barque pour nous rendre à la ville neuve – qui, avisant le

Vénitien le plus proche de lui, lui envoya un coup de lame dans les reins sans que l'autre ait eu le temps de dire amen. Comme le cabaret se trouvait au bas de la rue qui monte de l'esplanade de la marine à l'église située près du fossé de Saint-Ange, lieu extrêmement fréquenté, et que c'était l'heure où soldats et matelots regagnaient les navires amarrés là ou mouillés un peu plus loin, il y avait foule. Aux cris des blessés et de leurs compagnons qui avaient dégainé mais n'osaient nous approcher, d'autres Vénitiens accoururent et nous entourèrent dangereusement. Nous nous étions mis en formation de défense à la manière des vieux régiments, protégés par des tabourets et des couvercles de jarres en guise de rondaches et nous nous escrimions comme des diables en frappant d'estoc et de taille, mais nous eussions pu néanmoins mal finir, si des camarades de la *Mulâtre* qui attendaient également l'heure d'embarquer n'avaient dégainé à leur tour, en se plaçant à nos côtés sans poser de questions sur le motif de la querelle. Car les gens de galères pouvaient bien être en délicatesse avec la Justice, cela ne les empêchait pas d'avoir pour usage de voler au secours de leurs compagnons, toujours à charge de revanche, avec raisons ou sans raisons, aussi bien contre les alguazils et les argousins que contre les naturels du pays ou les étrangers, se faisant un point d'honneur de protéger tout soldat, matelot ou galérien qui se réfugiait à bord après une échauffourée comme il se serait réfugié dans une église, n'ayant à en répondre que devant le capitaine de mer et de guerre.

La suite était prévisible. Connaissant le genre d'hommes que nous avions à bord – le meilleur de chaque famille, a-t-on coutume de dire –, il ne fallut que le temps d'un soupir pour que le Burgo devienne une nouvelle Troie. Au milieu du tohu-bohu et des cris des taverniers et des boutiquiers qui voyaient leur mobilier et leurs marchandises jetés par terre, de l'excitation des curieux et de la joie des gamins, nous fûmes bientôt une demi-centaine d'Espagnols et autant de Vénitiens à nous taper dessus. L'algarade fit tache d'huile, et l'un et l'autre camps virent vite arriver de nouveaux renforts ; car le bruit de la bataille se répandant, beaucoup débarquèrent l'épée à la main, et il y eut même des coups de mousquet tirés de quelques navires. Mais comme les Espagnols étaient appréciés à Malte et ceux de la Sérénissime détestés pour leur caractère cupide, rusé et méprisant – sans compter leurs accointances avec le Turc –, y compris par les Italiens eux-mêmes, de nombreux Maltais se mêlèrent au tumulte, attaquant les Vénitiens à coups de gourdins et de pierres, en jetant plusieurs à l'eau, d'autres n'hésitant pas à s'y jeter d'eux-mêmes pour se sauver. Il y eut des morts et des estropiés, car dans toute la vieille ville, sans que nul ne connaisse le motif premier de la querelle, se déchaîna la chasse à tout ce qui ressemblait de près ou de loin à un Vénitien, la rumeur courant – élément toujours déterminant en de telles circonstances – que des individus de cette nation avaient porté atteinte à la vertu de certaines femmes. C'est ainsi que la populace saccagea des boutiques de Vénitiens et régla de vieux comptes, en une journée que leur compatriote et chroniqueur Giulio Bragadino, bien que plaidant pour sa chapelle, a fort justement résumée dix-sept ans après les faits :

Les sujets de la Sérénissime furent molestés toute la nuit, avec grand dommage pour leurs personnes et pour leurs biens. [...] L'autorité du grand maître de Malte et des capi-

taines de galères et de vaisseaux fut nécessaire pour que les esprits se calment, ordonnant pour éviter de plus graves débordements que les gens de mer et de terre rejoignent leurs navires respectifs, sous peine de mort pour qui resterait dans la ville. [...] Les responsables du tumulte furent recherchés mais ne furent point trouvés, car, soupçonnés d'être les instigateurs de ces troubles, les Espagnols quittèrent la terre pour ne pas les renouveler.

Il n'empêche : le lendemain matin, sur la *Mulâtre,* il y eut revue des soldats et mariniers, et nous dûmes subir une monumentale admonestation du capitaine Urdemalas, qui nous l'adressa – bien que certains juraient qu'il ne pouvait s'empêcher de rire intérieurement –, très à l'aise, marchant à grande enjambées entre la proue et la poupe pendant que nous étions tous alignés sur les couroirs de chaque bande, obligés de porter le plastron de fer qui pesait trente livres et le morion sur la tête qui n'en pesait pas moins, pour en être bien mortifiés, car tout ce métal était chauffé à blanc par le soleil du port sous lequel il nous maintint un bon moment après avoir fait abattre la tente de la galère, malgré une chaleur de plomb fondu et l'absence totale de brise. Et c'était un spectacle digne d'être peint, que toutes ces figures patibulaires, contrites, ruisselantes de sueur, les yeux rivés sur leurs espadrilles – non par modestie mais par prudence – tandis qu'Urdemalas passait devant nous en nous foudroyant du regard l'un après l'autre. Messieurs, vous êtes des animaux, disait-il bien fort pour qu'on l'entende jusqu'au Burgo. Des délinquants, des matamores qui cherchent ma ruine ; mais avant que celle-ci se produise, je vous pendrai tous, sur ma foi et celle de mes aïeux, si quelqu'un ne me lâche pas le nom de celui qui a commencé la bagarre. Par les cornes du diable! Je jure sur ma propre tête, sur la queue de Satan et sur l'âme de ma sainte mère, que, dès aujourd'hui, je vais en pendre douze à l'antenne. Et notre capitaine de mer et de terre débitait tout cela en hurlant, fou de rage, sur le ton de la plus grande conviction, de manière à ce que ses vociférations résonnent dans tout le port et jusqu'aux remparts. Mais bien entendu, et comme Urdemalas l'attendait de nous, nous restions tous muets comme nous l'eussions été sous la torture, échangeant des regards pendant que nous essuyions l'escopetade. Sachant que, tôt ou tard, celle-ci finirait par se calmer. Et il fallait nous voir, au garde-à-vous, beaucoup couverts de bosses et d'ecchymoses, certains portant des taffetas, des emplâtres et des bandes, l'un le bras en écharpe et l'autre un œil au beurre noir. Plutôt que d'être allés nous dégourdir les jambes, hors de notre service, dans les rues de Malte, nous avions l'air d'avoir pris d'assaut une galère turque.

Le coup de canon avertissant du départ fut donné le lendemain, bien que personne n'ait eu la permission de descendre à terre, et nous serpâmes le fer sans autres incidents, cap au gregal, pour border la côte de la Sicile en direction de Messine. La moitié de la route se fit par beau temps, au grand soulagement de la chiourme, car le vent favorable l'exemptait presque de voguer. Cette nuit-là, pendant que nous distinguions, très loin par le travers de bâbord, un feu qui pouvait être aussi bien le cap Passero que le phare de

Saragosse de Sicile, je parlai avec le Maure Gurriato. Les deux voiles grinçaient sur leurs arbres, et les galériens, soldats et gens de mer, à l'exception de ceux qui étaient de quart, dormaient à poings fermés sur les banquettes, les bancs et les arbalestrières, dans l'habituel concert de ronflements, grognements, éructations et autres bruits nocturnes que j'épargne à vos seigneuries. Un mal de tête m'empêchait de trouver le sommeil ; de sorte que je me levai en prenant soin de ne déranger personne et parcourus, en écrasant les blattes, le couroir de la bande de droite en direction de la poupe, dans l'espoir que la brise de la nuit m'apporte quelque soulagement ; et, à la hauteur du banc de l'espalier, je tombai sur une silhouette familière qui se découpait dans la clarté du fanal allumé sur le couronnement, éclairant faiblement l'arrière de la galère. Le Maure Gurriato, appuyé sur la batayole, contemplait la mer obscure et les étoiles que, comme un rideau, les voiles couvraient et découvraient au gré du balancement du navire. Lui non plus ne pouvait pas dormir, dit-il en réponse à ma question. Il n'avait jamais navigué avant de s'embarquer avec nous à Oran, tout lui semblait nouveau et étrange, et, quand il n'était pas à la rame, il passait nombre de nuits ainsi, ouvrant grands les yeux. Qu'une chose aussi énorme, aussi lourde et aussi compliquée puisse se déplacer avec sécurité sur la mer enténébrée lui semblait un miracle. Il voulait en percer le secret et suivait attentivement le mouvement de la galère, la moindre lueur qui pointait à l'horizon, le bruissement de l'eau invisible qui émettait de brefs scintillements sur le flanc du navire. Il ajouta que les mots qu'égrenait toutes les demi-heures la voix monotone du marinier de quart près de la gigeolle où se trouvait la boussole, au moment où il retournait l'ampoulette du sablier, sonnaient pour lui comme des formules magiques :

Bonne est l'heure qui s'en va
Meilleure celle qui viendra.
Le quart est relevé
L'ampoulette est tournée.
Nous ferons bon voyage
Si Dieu le veut, sans naufrage.

C'est alors que je l'interrogerai à propos de la croix tatouée sur sa joue et de cette légende selon laquelle les siens avaient été chrétiens en d'autres temps, et encore après l'arrivée des musulmans dans le nord de l'Afrique et la chute de l'Espagne, à l'époque des Wisigoths, avec Tarik, Moussa et la trahison du comte Julián *. De ces noms, il ne savait rien, répondit-il après un court silence. Mais ce qu'il savait, c'était ce que son grand-père et son père lui avaient raconté : leur tribu, les Zaouaoui Beni Barrani, était différente des autres, car elle ne s'était jamais convertie à la foi de Mahomet. Après avoir beaucoup guerroyé dans les montagnes, ils avaient perdu presque toutes les coutumes chrétiennes, restant comme des gens sans dieu ni patrie. C'est pourquoi les autres Maures s'étaient toujours méfiés d'eux.

– Et c'est pour cela que vous portez une croix sur la figure ?

– Je n'en suis pas sûr. Mon père disait que c'était un signe datant des Goths pour nous distinguer des autres tribus païennes.

* Voir note p. 52.

– L'autre jour, tu as parlé d'une cloche cachée dans la montagne...

– *Tidt.* C'est vrai. Une grosse cloche en bronze, dans une grotte. Je ne l'ai jamais vue, mais on m'a conté qu'elle avait été cachée là il y a huit ou dix siècles, après l'arrivée des musulmans... Il y avait aussi des livres très anciens que personne ne pouvait plus lire, du temps des Vandales, ou d'avant.

– Écrits en latin ?

– Je ne sais pas ce que c'est que le latin. Mais personne ne pouvait plus les lire.

Il y eut un silence. J'imaginais ces hommes isolés dans les montagnes, fidèles à une foi qui, à mesure que passaient les siècles, leur filait entre les doigts. Répétant des symboles et des gestes dont ils avaient depuis longtemps oublié la signification. Je me souvins que Beni Barrani voulait dire sans patrie. Fils d'étrangers.

– Pourquoi viens-tu avec nous ?

Le Maure Gurriato s'agita un peu dans la lueur diffuse du fanal de poupe. Il semblait gêné par la question.

– Le destin, dit-il enfin. Un homme doit voyager tant qu'il le peut. Aller dans des lieux lointains et revenir plus sage... Peut-être qu'ainsi il comprendra mieux.

Je m'adossai à un filaret, réellement intéressé.

– Qu'est-ce que tu dois comprendre ?

– D'où je viens. Mais je ne parle pas des montagnes où je suis né.

– Et que t'importe cela ?

– Savoir d'où l'on vient aide à mourir.

Suivit un autre silence, rompu par les appels de routine échangés entre l'homme de quart à la proue et le timonier, le premier indiquant que tout était clair devant. Puis nous n'entendîmes plus de nouveau que le grincement des antennes et le bruissement de l'eau sous la galère.

– Nous passons la vie sur le fil de la mort, ajouta un peu plus tard le Maure Gurriato, mais beaucoup ne le savent pas. Seuls les *assen,* les hommes sages, le savent.

– Tu es sage ?... Ou tu veux l'être ?

– Non. Je suis seulement un Beni Barrani. – La voix de mon interlocuteur était sereine, sans réticences. – Et je n'ai même pas vu de mes propres yeux la cloche de bronze ni les livres que personne n'était capable de lire... C'est pour cela que j'ai besoin d'autres hommes qui me montrent le chemin, comme cette aiguille magique que vous avez là-bas.

Il fit un geste vers la poupe, sans doute pour indiquer la gigeolle où, dans la pénombre, se dessinait le visage du marinier de quart, faiblement éclairé d'en bas par la boussole. J'acquiesçai.

– Je vois... C'est la raison qui t'a porté à choisir le capitaine Alatriste pour faire ton voyage.

– C'est vrai.

– Mais il n'est qu'un soldat, objectai-je. Un guerrier.

– Un *imyahad,* oui. C'est pour cela que je te dis qu'il est sage. Chaque jour en ouvrant les yeux il regarde son épée ; et chaque soir il la regarde avant de les fermer... Il sait qu'il mourra, et il y est préparé. Comprends-tu ? Cela le rend différent d'autres hommes.

Avant l'aube, le mot « mourir » prit une signification immédiate. Le vent, qui jusque-là avait été modéré et favorable, souffla avec force, tournant au vent grec avec une violence qui menaçait de trop nous drosser à la côte. La chiourme fut réveillée sans ménagement, les rames furent sorties et, avec tout le monde à la vogue, nous gagnâmes peu à peu le large sur des lames hachées et furieuses, tandis que les paquets de mer balayaient la conille en inondant les hommes sur les bancs : et c'était un triste spectacle que de les voir ruisselants et à moitié nus, crachant leurs poumons sur la rame. Mariniers et mousses n'étaient pas non plus épargnés, valdinguant d'une bande à l'autre en lançant autant de blasphèmes que de prières, tandis que les gens de guerre, à l'exception de quelques privilégiés qui avaient pu s'installer dans les soutes, l'infirmerie et la chambre, s'entassaient sur les arbalestrières au petit bonheur la chance, serrés les uns contre les autres et se cramponnant dans les coups de tangage, au milieu des vomissements et des obscénités, quand l'éperon plongeait dans une vague et que l'eau nous inondait tous. Les capes et les bâches que nous mettions au-dessus de nous étaient de peu d'utilité, car à la mer déchaînée s'ajoutait une pluie froide et forte qui achevait de nous transpercer ; et le vent empêchait d'étendre la tente de la galère.

Nous réussîmes ainsi, à la force des rames – cinq ou six se brisèrent ce jour-là –, à parcourir environ une lieue vers le large, effort qui nous prit toute la matinée. Et lorsque le comite évoqua l'éventualité que quelques soldats prêtent main-forte à la vogue, au cas où la situation empirerait encore, afin d'éviter d'être poussés par le vent contre la côte, ce fut chose curieuse que d'observer le chœur de protestations qui s'éleva du sein de ceux qui l'entendirent, arguant qu'ils étaient gens de guerre et de ce fait hidalgos, et que même en rêve ils n'accepteraient qu'on leur fasse poser les mains sur une rame, du moins tant que le roi notre seigneur ne les condamnerait pas aux galères, ce qu'à Dieu ne plaise. Qu'avant d'en arriver là, dit quelqu'un, ils préféraient périr noyés comme une portée de chatons, mais leur honneur intact, plutôt que se sauver en attentant à celui-ci ; et qu'ils se laisseraient plutôt couper en rondelles que de se voir réduits, ne fût-ce qu'un instant, à l'infâme condition de galériens. Il était donc inutile d'insister, et la situation demeura sans changement : les gens de guerre serrés sur les arbalestrières, grelottants et dégoulinants, ballottés, récitant leurs prières et maudissant la terre entière, et les forçats à leur poste, cramponnés à leurs rames et laissant leur peau sous les coups du comite et de son aide.

Au milieu de l'après-midi, par chance pour tout le monde, le vent grec tourna au sirocco ; de sorte que l'on put rentrer les rames et que, vent largue, la voile de mestre toujours serrée, on hissa une petite voile à l'arbre de trinquet, ce qui nous donna une bonne allure en nous remettant dans la direction voulue. Mais une pluie drue, orageuse, n'en continuait pas moins de tomber comme pour noyer le monde entier, et ainsi, entre averses et rafales de vent violent, avec des éclairs au loin, nous courions grand largue sur la fosse de San Giovanni, tous nos gens rassemblés à la poupe pour ne pas alourdir l'éperon : nous approchions du détroit de Messine à une vitesse, calcula le pilote, de quatre milles pour chaque renversement d'ampoulette. Pour aggraver la situation, la nuit nous entoura d'un noir total, et il devint difficile d'estimer notre position, de sorte que, aveugles, nous avions devant nous les dangereux Charybde et Scylla, lesquels, depuis Ulysse, sont par mauvais temps le pire endroit du monde et la terreur de tous les navigateurs. Mais la mer trop forte et l'épuisement de la chiourme ne nous permettaient pas de tirer des bords ni de nous maintenir à distance. Nous en étions là, engagés dans l'entrée du détroit et sans pouvoir revenir en arrière quelle qu'en fût notre envie, quand plusieurs hommes assurèrent voir une lumière sur la terre ; et le pilote et le capitaine Urdemalas, après un long conciliabule, décidèrent de jouer leur va-tout, incapables de trancher : était-ce un feu de la tour de la ville de Messine ou celui du phare qui en est distant d'environ deux lieues à la tramontane ? Et donc, gardant la petite voile, on sortit de nouveau les rames, le comite siffla en tentant de se faire entendre pardessus le hurlement du vent dans le gréement, et nos forçats, le Maure Gurriato compris, voguèrent pendant que le timonier, luttant contre les embardées et les paquets de mer qui nous arrivaient par la poupe, essayait de maintenir l'éperon pointé sur la lointaine lumière. Nous nous en rapprochâmes dans l'obscurité et beaucoup plus vite que nous le désirions, en espérant ne pas donner sur un banc de sable ou un rocher ni nous mettre de travers. Et il en eût été ainsi s'il ne s'était passé ce que beaucoup qualifièrent de miracle et d'autres de fortune de mer ; ce fut que la lumière de la tour qui nous guidait, alors que nous étions près de ce qui, selon le pilote, était la ville de Messine, s'étant soudain éteinte, peut-être sous l'effet des trombes d'eau, et le vent ayant de nouveau tourné au gregal, nous nous retrouvâmes dans l'obscurité, mais sur une mer un peu plus calme, en train de chercher l'entrée du port. Et s'il n'y avait pas eu à cet instant un éclair qui nous fit voir le fort de San Salvatore à une portée de pistolet devant la proue, ce qui fit donner au timonier un brutal coup de barre, nous serions allés sur lui sans remède, nous perdant au moment même où nous tenions le salut au bout de nos doigts.

VII

VOIR NAPLES ET MOURIR

La nuit était vermeille : le Vésuve, de la distance où il se trouvait, teintait tout de cette lumière spectrale qui rougissait même la clarté de la lune qui montait à l'autre bout de la ville. Les reliefs et les ombres de Naples, ses édifices, ses hauteurs et ses tours, la terre et la mer, étaient ainsi étrangement éclairés par deux sources différentes, bouleversant les ombres, créant un paysage aussi irréel que celui des toiles que Diego Alatriste avait vues brûler, feu réel sur feu peint, durant les sacs des Flandres.

Il respira avec délices l'air doux et salé, pendant qu'il ajustait sans hâte sur sa taille le ceinturon portant l'épée et la dague. Il n'avait pas de cape. Malgré l'heure avancée – les cloches avaient déjà sonné pour les âmes du Purgatoire –, la température restait agréable. Avec la singulière clarté nocturne, cela donnait à la ville un aspect enchanteur qui incitait à la mélancolie. Un poète comme don Francisco de Quevedo en eût tiré quelques vers, bons ou mauvais ; mais Alatriste n'était pas poète, et ses seuls vers étaient ses cicatrices et une douzaine de souvenirs. Aussi enfonça-t-il son chapeau et, après avoir regardé de tous les côtés – les nuits dans des lieux écartés comme celui-là n'étaient pas sûres, même pour le diable –, il se mit en marche en entendant le bruit de ses pas, d'abord sur les pierres sombres de la chaussée, ensuite, moins sonores, sur la terre sablonneuse de Chiaia. Tout en cheminant tranquillement, attentif aux ombres qui pouvaient se dissimuler entre les barques de pêcheurs échouées près de la mer, il voyait se découper, noir sur rouge, à l'extrémité de la longue plage, la colline de Pizzofalcone et la forteresse de l'Œuf qui s'avançait dans la mer calme. Pas une lumière ne brillait dans les maisons, pas une torche dans les rues. Il n'y avait pas non plus un souffle de brise. L'antique Parténope dormait lovée dans le feu, et Alatriste sourit sous le large bord de son chapeau en se souvenant. Aux temps de sa jeunesse militaire, cette même lumière, celle du vieux volcan quand ses entrailles s'agitaient un peu, avait éclairé de mémorables rencontres.

Il réfléchit que cela faisait dix-sept ans. En l'an dix du siècle, il avait découvert pour la première fois l'Italie, après les abîmes d'horreur de l'affaire des morisques dans les montagnes et sur les plages d'Espagne. Soldat des galères corsaires – les « levantins », les appelaient les Turcs –, quand les riches butins des îles grecques et de la côte ottomane étaient à la portée de tout homme assez hardi pour aller les chercher, les six années de son premier service dans le régiment de Naples comptaient parmi les meilleures de son existence : la bourse pleine entre deux voyages, les auberges et les tavernes de Mergellina et du Cerriglio, les comédies espagnoles dans la cour des Florentins, le bon vin, la cuisine meilleure encore, le climat sain, la vie de garnison dans les villages des environs sous les treilles et les arbres aux larges frondaisons, en compagnie de bons camarades et de jolies femmes. Il avait connu là un futur grand d'Espagne qui servait dans les galères napolitaines comme volontaire – c'était ainsi que les jeunes nobles se faisaient une réputation –, le comte de Guadalmedina, fils de l'autre, le vieux, qui avait été son général dans les Flandres à l'époque d'Ostende.

Guadalmedina : rien de moins. Tout en marchant le long de la mer, Alatriste se demanda si là-bas, dans son palais de Madrid, Álvaro de la Marca savait qu'il était de nouveau à Naples. Cela, en supposant que le comte, ami et confident du roi Philippe IV, se soucie quelque peu du sort de l'homme qui, en l'an quatorze du siècle, dans les îles Kerkennah, l'avait chargé sur son dos, blessé, pour le ramener aux navires avec de l'eau jusqu'à la ceinture, alors que les Alarbes les poursuivaient comme des chiens. Mais trop de choses étaient advenues depuis, y compris les coups d'épée nocturnes devant certaine maison madrilène et d'autres coups sur les bords du Manzanares.

– Par la merde du Christ !

Le blasphème jaillit en lui, et il détourna la tête avec un claquement de langue dégoûté. Le souvenir de Guadalmedina qu'il n'avait pas revu depuis l'échauffourée de l'Escurial jetait le trouble dans son esprit et son orgueil. Pour s'en débarrasser, il tourna ses pensées vers des sujets plus agréables. Il était à Naples, que diable ! En pleines délices d'Italie, en bonne santé, des écus royaux tintant dans sa bourse. Il y avait de plaisants camarades. Outre Sebastián Copons – il se félicitait d'avoir rencontré l'Aragonais –, des hommes qui savaient faire ripaille et s'arroser le gosier, des hommes avec qui l'on pouvait tout partager. Parmi eux se trouvait aussi Alonso de Contreras : le plus ancien de tous puisque, à treize ans à peine, il s'était engagé comme petit tambour dans les régiments qui partaient pour les Flandres. Alatriste et Contreras s'étaient retrouvés en Italie dix ans plus tard, puis à Madrid, et maintenant de nouveau à Naples. Le brave Contreras était toujours le même : courageux, loquace et quelque peu vantard ; ce dernier point étant trompeur et non sans péril pour qui ne le connaissait pas à fond. Devenu célèbre depuis que Lope de Vega avait écrit sur lui une comédie fameuse – *Le Roi sans royaume* –, il conservait son office de capitaine et avait effectué, avec les galères de Malte, des incursions sur la côte de Morée et dans la mer Égée, jamais vraiment riche mais toujours bon pied bon œil. Le duc d'Albuquerque, vice-roi de Sicile, venait de lui confier le commandement de la garnison de Pantelleria, île à mi-chemin de Tunis, avec une petite frégate pour faire la course s'il s'ennuyait. Ce qui, pour parler comme Contreras, ne le sacrait pas plus roi que ne l'avait fait Lope, mais lui donnait au moins un poste payé, agréable et de confiance.

Alatriste poursuivit son chemin sur la plage. Avant d'arriver aux hauteurs et aux remparts de Pizzofalcone, il remonta par la gauche. Au bout de la montée, et après avoir franchi une petite porte qui restait ouverte toute la nuit près de la grande porte de Chiaia, il s'enfonça, avec les précautions de rigueur, dans les rues de la ville. Entre deux carrefours, l'entrée d'une taverne l'éclaira au passage. De l'intérieur venaient la musique d'une guitare, des voix espagnoles et italiennes, des rires d'hommes et de femmes. Il eut la tentation d'entrer pour boire, mais il continua sa route. La nuit était déjà avancée, il était fatigué et avait encore un bon bout de chemin devant lui pour arriver au vaste quartier dit des Espagnols où il logeait. Et puis il avait déjà assez bu pour apaiser la soif – et ce n'était pas la seule chose qu'il apaisait, Dieu lui pardonne –, or il ne vidait vraiment pichets après pichets que lorsque les démons menaient leur danse dans son cœur et dans sa mémoire, ce qui n'était pas le cas cette nuit-là. Ses souvenirs récents étaient plus près du paradis que de l'enfer. A cette pensée, il sourit de nouveau et, en passant deux doigts sur sa moustache, il sentit sur eux le parfum de la femme qu'il venait de quitter. C'était bon, se dit-il, d'être toujours vivant et de se retrouver encore une fois à Naples.

– *Non è vero*, dit l'Italien.

Jaime Correas et moi échangeâmes un regard. Par chance, personne dans l'assistance ne portait d'armes – on avait obligation de s'en défaire à l'entrée du tripot –, car nous eussions châtié l'insolent sur-le-champ. Peut-être, entre Italiens, ce genre de propos ne tirait-il pas à conséquence, mais nul Espagnol ne pouvait les accepter sans tirer le fer aussitôt. Et ce tricheur savait fort bien d'où nous venions.

– C'est vous, répliquai-je, qui mentez effrontément.

Je me levai, furieux de me voir contredit, et m'emparai d'une cruche, bien décidé à la lui écraser sur la figure au moindre geste de sa part. Correas fit de même et nous restâmes ainsi, l'un contre l'autre, moi faisant face au tricheur et mon camarade aux huit ou dix individus à la mine patibulaire qui remplissaient la petite maison de jeu. Ce n'était pas la première fois que nous nous trouvions dans une situation de ce genre, car, comme je l'ai déjà expliqué, Correas n'était pas de ceux qui incitent au calme et à la conciliation, habitué comme il l'était à parier sur le soleil avant même que le jour soit levé. Fait à toutes les mauvaises manières des valets dans les Flandres, mon vieux camarade était devenu expert en filouteries, jeux de hasards et putasseries, familier des tripots et des bordels ; un de ces enfants perdus qui se laissent porter par le courant et, incapables de s'amender, finissent leur vie à ramer dans la baille aux sardines pour le compte du roi ou avec trois tours de corde au cou. Quant à moi, que voulez-vous que je vous dise ? J'avais le même âge, j'étais son ami et j'étais tout sauf un saint. Et donc nous allions comme deux bons compères, arborant épée et chapeau de conquérants, dans cette Italie où les Espagnols étaient les maîtres ou presque, depuis que les anciens rois d'Aragon s'étaient emparés de la Sicile, de la Corse et de Naples, et que les armées du Grand Capitaine d'abord, les régiments de l'empereur Charles Quint ensuite, avaient chassé les Français à coups de pied dans le cul. Tout cela au grand dam des papes, de Venise, de la Savoie et du diable.

– Vous avez menti, et plutôt deux fois qu'une ! insista Correas pour enfoncer le clou.

Il s'était fait un de ces silences qui ne laissent rien présager de bon, et je fis mes comptes en militaire : sacredieu, notre cas sentait mauvais. Le truand était florentin, l'air fourbe en diable, et les autres napolitains, siciliens ou de Dieu sait où, mais aucun, pour ce que j'en voyais, n'était de notre nation. De plus, nous étions dans une cave enfumée de la Piazza dell'Olmo, face à la fontaine, loin du quartier espagnol. La seule chose positive était que tous, en apparence, se trouvaient aussi désarmés que nous, sauf si quelque eustache ou tranchelard caché sous les vêtements venait à faire son apparition. En mon for intérieur, je maudis mon ami qui, une fois de plus, par sa légèreté d'esprit et son acharnement à jouer aux cartes dans des bouges aussi infâmes que celui-là, nous avait fourré dans ce guêpier. Certes ce n'était pas la première fois. Mais cela pouvait bien être la dernière.

Pour sa part, le tricheur ne perdait pas son calme. Il était docteur ès-cartes à jouer et, dans l'exercice de son honorable métier, préparé à ce genre de coups de tabac. Son aspect n'était guère rassurant : une calvitie dissimulée par une perruque mitée, un corps osseux, de grosses bagues en or aux doigts, une moustache dont les pointes cirées lui montaient jusqu'aux yeux. On l'aurait bien vu en figurant dans une pantomime, n'eût été son regard dangereux. Et donc, avec son air sournois et son sourire plus faux que pèlerin gascon, il lança un coup d'œil aux autres malandrins, puis indiqua les cartes éparpillées sur la table souillée de vin et de taches de bougies.

– *Voacé a fato acua*, dit-il avec beaucoup de flegme. *A perduto.*

Je regardai à mon tour les cartes retournées, davantage piqué qu'on nous prenne pour des gobeurs que du guet-apens en soi. Les marques qui mouchetaient les rois et les sept avec quoi il prétendait avoir gagné étaient plus nombreuses que les pâtés à l'étal d'un pâtissier et plus noires que les sourcils de Bartolo Chie-le-Feu. Même un enfant eût découvert le pot aux roses, mais ce chenapan, nous voyant novices, nous prenait pour moins que des enfants.

– Ramasse notre argent, chuchotai-je à Correas. Et filons.

Sans se le faire dire deux fois, mon compagnon empocha les pièces que nous avions exhibées comme de bons pigeons. Moi, tenant toujours la cruche, je ne quittais pas le tricheur des yeux, tout en tâchant de surveiller aussi ses compères. Je continuais à calculer notre coup comme un joueur d'échecs, en suivant les conseils du capitaine Alatriste : avant de passer à l'attaque, prévois toujours ta retraite. Dix pas et une dizaine de marches nous séparaient de la porte où étaient les armes. Nous avions quand même cette chance que, pour éviter au patron du tripot des problèmes avec la Justice, les clients habituels avaient pour coutume de ne pas vous tomber dessus à l'intérieur, mais dans la rue. Cela nous laissait le terrain dégagé jusqu'à la place. Je tâchai de me souvenir. De toutes les églises voisines où l'on pouvait chercher asile en cas d'algarade, les plus proches étaient celles de Santa Maria Novella et de Monserrate.

Nous sortîmes sans être inquiétés, ce qui, malgré tout, me surprit, bien que dans un silence à couper au couteau. Arrivés en haut de l'escalier, nous reprîmes nos épées et nos dagues, nous donnâmes une pièce au goujat et débouchâmes sur la Piazza dell'Olmo en regardant par-dessus notre épaule, car nous nous sentions suivis. L'aurore aux doigts de rose ouvrait les portes de la matinée, toutes métaphores déployées, derrière la montagne couronnée par le château de San Martino, et elle éclaira nos faces blêmes et fatiguées de vauriens après une nuit de débauche passée à trop boire, trop chanter et trop vagabonder. Jaime Correas, dont la taille n'avait pas beaucoup changé depuis les Flandres, mais qui avait en revanche acquis la carrure et l'allure d'un vrai soldat – il portait maintenant une barbiche précoce mais presque fournie et une flamberge si longue que la pointe en traînait par terre –, m'indiqua d'un signe de tête le tricheur et trois de ses compères qui marchaient derrière nous, en me demandant tout bas si nous devions courir ou dégainer. A vrai dire, il me parut plus partisan de déguerpir que d'autre chose. Cela modéra mon ardeur, car je ne me sentais pas non plus le poignet très ferme pour me livrer à des passes d'escrime. Sans compter que, en vertu des ordonnances du vice-roi, tirer l'épée en pleine rue et en plein jour était un viatique infaillible pour la prison de Santiago si l'on était soldat espagnol et pour la Vicaria si l'on était italien. Et j'en étais là, l'aigrefin florentin et ses comparses collés à mes fesses, hésitant, tout *miles gloriosus* que j'étais, entre la tactique de la charge héroïque, *Cierra España!* et tout ce qui s'ensuit, ou celle du lièvre véloce – le courage jamais n'interdit la prudence –, lorsque soudain la Sainte Vierge nous apparut. Ou pour être plus exact, elle se présenta sous les traits d'un détachement de soldats espagnols qui venait de relever la garde du petit môle et s'engageait dans la rue de la Douane. Si bien que, sans la moindre hésitation, nous nous réfugiâmes dans le sein de la mère patrie pendant que les malandrins, frustrés, s'arrêtaient sagement au coin de la rue. Nous regardant intensément, certes, pour bien graver dans leur mémoire tous les détails de nos visages.

J'adorais Naples. Et aujourd'hui encore, quand je me retourne vers le passé, le souvenir de mes années de jeunesse dans cette ville qui était un monde en soi, grande comme Séville et belle comme le Paradis, m'arrache un sourire de plaisir et de nostalgie. Imaginez-moi, jeune, ardent et espagnol, sous les drapeaux de la fameuse infanterie d'une nation qui était la plus grande puissance et la terreur du globe, sur une terre aussi délicieuse que celle-là : *Holà, porta mangiare ! Bisogno prosciutto e vino ! Buongiorno bella signorina !* Ajoutez à cela que dans toute l'Italie, excepté en Sicile, les femmes se promenaient dans la journée sans mantes, leurs robes laissant voir leurs chevilles, les cheveux pris dans une résille, sous une mantille ou un léger foulard de soie. De plus, alors que les Français étaient réputés pour leur mesquinerie, les Anglais pour leur avarice ou les Allemands pour leur brutalité, les Espagnols avaient bonne réputation en Italie ; car, même arrogants et fanfarons, on nous jugeait disciplinés, courageux et peu regardants sur notre bourse. Et malgré notre cruauté naturelle – dont les papes de Rome eux-mêmes donnaient l'exemple –, nous savions, en ces temps bénis, nous entendre à merveille avec les Italiens. Surtout à Naples et en Sicile, où l'on parlait espagnol avec facilité. Nombreux sont les régiments italiens qui ont versé leur sang sous nos drapeaux – nous en avions eu avec nous à Breda – et que leur peuple et leurs historiens n'ont jamais considérés comme des traîtres, mais comme de fidèles serviteurs de leur patrie. Ce fut plus tard, quand, au lieu de capitaines et de soldats qui tenaient en respect le Français et le Turc, s'abattit, venant d'Espagne, une pluie de contrôleurs, magistrats, agents royaux et sangsues de tout acabit, et quand les grands faits d'armes cédèrent la place à une domination sans scrupules, aux gueux, au brigandage et à la misère, que se multiplièrent les troubles et les soulèvements sanglants comme celui de l'an quarante-sept, avec Masaniello.

Mais revenons à la Naples de ma jeunesse. Qui, comme

je l'ai dit, prospère et fascinante, était une scène idéale pour mes tendres années. Et ajoutons-y la compagnie turbulente de mon camarade Jaime Correas ; car nous n'hésitions pas à jouer les galants en rôdant autour des couvents de nonnes, sauf les vendredis et les samedis où nous faisions les jolis cœurs sur le port, bains de minuit sur le quai par les grandes chaleurs ou rondes de grilles en balcons et de balcons en jalousies derrière lesquelles des yeux de femmes nous guettaient, sans manquer d'honorer une seule enseigne de taverne – en Italie, c'était une branche de laurier –, de prolonger nos séjours dans les tripots ni de franchir le seuil des maisons de plaisir. Encore que, dans ces dernières, je faisais preuve d'autant de circonspection que mon camarade d'audace ; car, par crainte des maux qui frappent pareillement la santé et la bourse, tandis que Jaime forniquait avec n'importe quelle aguicheuse pourvu qu'elle lui dise qu'il avait de beaux yeux, je restais ordinairement à l'écart, à boire des verres de vin fin et à converser galamment, en me limitant à des escarmouches périphériques, agréables et sans risques. Et comme, par les soins du capitaine Alatriste, j'avais été élevé en garçon discret, peu avare de ses deniers, mais qui sait qu'il n'est nul besoin de demander à une montre autre chose que de vous donner l'heure, je n'ai jamais été honoré de méchantes lettres de noblesse dans les auberges élégantes de la plage de Chiaia, les bordels de la Via Catalana ou les bouges du Mandraccio ou du Cerriglio : ces dames m'aimaient bien, touchées par ma discrétion et ma jeunesse, et il y en avait même pour repasser – et amidonner – mes revers, mes cols et mes chemises. De même, la foule pressée des braves qui fréquentaient ces verts pâturages me traitait familièrement et en bon camarade ; le fait que, comme le savent vos seigneuries et grâce à l'expérience acquise auprès du capitaine, j'étais prompt à prendre la mouche et à en venir aux mains, ayant l'épée expéditive, la dague rapide et le pied agile, n'y était pas certes non plus étranger. Toutes choses qui, s'ajoutant à l'argent que je dépensais, vous font toujours bonne réputation parmi les Rodomonts, Sacripants, Matamores, Tranche-Montagnes et autres chevaliers de la truanderie.

– Tu as une lettre, me dit le capitaine Alatriste.

Au matin, ayant terminé sa garde au Castelnuovo, il était passé par la poste de la garde de don Francisco et y avait trouvé le pli scellé et libellé à mon nom qui était maintenant sur la table de notre chambre de l'auberge d'Ana de Osorio, dans le quartier espagnol. Le capitaine me regardait sans rien ajouter, debout près de la fenêtre qui éclairait à contre-jour son profil et l'extrémité de sa moustache. Reconnaissant l'écriture, je m'approchai lentement, comme en territoire ennemi. Et j'en jure par le Christ qu'en dépit du temps écoulé, de la distance, de mon âge, de tout ce qui s'était passé depuis cette nuit intense et terrible de l'Escurial, la cicatrice de mon dos se contracta presque imperceptiblement, comme si je venais de sentir sur elle des lèvres chaudes après le froid de l'acier, et que mon cœur s'arrêta, avant de repartir et de battre la chamade. Je finis par tendre la main pour saisir la lettre et, à ce moment, le capitaine me regarda dans les yeux. Il semblait sur le point de dire quelque chose, puis, au bout d'un instant, il prit son chapeau sur la table, passa près de moi et me laissa seul dans la pièce.

A Monsieur don Iñigo Balboa Aguirre
Compagnie du capitaine
don Justino Armenta de Medrano
Poste militaire du Régiment
d'infanterie de Naples

Monsieur le soldat,

Il ne m'a pas été facile de trouver votre séjour, bien que, malgré mon éloignement de l'Espagne, mes parents et connaissances se maintiennent en commerce constant avec tout ce qui se passe là-bas. J'ai su ainsi votre retour à la vie militaire en compagnie du capitaine Batriste, ou Eltriste, constatant que, n'ayant pas eu votre content d'expériences dans le passé, lorsque vous exterminiez les hérétiques dans les Flandres, vous consacriez maintenant vos efforts au Turc, continuant ainsi à vous dévouer au service de notre monarque universel et à celui de la vraie religion, ce qui honore votre vaillance et votre sens de l'honneur.

Si vous considérez ma vie ici comme un exil, vous faites gravement erreur. La Nouvelle-Espagne est un monde neuf et passionnant, riche en possibilités, et les hautes relations de mon oncle Luis sont aussi utiles ici qu'à la Cour, ou peut-être plus, du fait du peu de fréquence des relations avec celle-ci. Il me suffira de dire que non seulement sa position n'en a pas souffert, mais que sa sécurité et sa fortune s'en sont trouvées affermies, malgré les fausses accusations qui l'ont frappé l'an passé, en relation avec l'incident de l'Escurial.

J'ai quelque espoir de le voir rapidement réhabilité devant le roi notre seigneur, car il conserve à la Cour de bons amis et parents qui plaident en sa faveur. Nous avons d'ailleurs de quoi les encourager, car l'on ne manque pas ici de poudre pour allumer une contre-mine, comme vous diriez dans votre langage de soldat. A Taxco, où je réside, nous produisons le meilleur et le plus bel argent du monde, et une bonne part de celui que portent les flottes à Cadix et en Espagne passe par les mains de mon oncle, ce qui signifie aussi par les miennes. Comme dirait le frère Emilio Bocanegra, ce saint homme de Dieu dont vous devez vous souvenir, sans doute, avec la même affection que moi, les voies du Seigneur sont impénétrables, et plus encore dans notre patrie catholique, bastion de la foi et de tant d'éclatantes vertus.

Pour ce qui se rapporte à vous et à moi, beaucoup de temps a passé et beaucoup d'événements sont advenus depuis notre dernière rencontre, dont je me rappelle chaque instant et chaque détail, comme, je l'espère, vous aussi. J'ai grandi au-dedans comme au-dehors, et je veux pouvoir comparer de près de tels changements ; c'est pourquoi j'espère de toute mon âme que nous nous retrouverons face à face un jour pas trop lointain, quand ce temps de tribulations, de voyages et d'éloignements ne sera plus qu'un souvenir. Mais vous me connaissez, je sais attendre. Entre-temps, si vous hébergez encore envers moi les sentiments que je vous ai connus, j'exige une lettre immédiate écrite et signée de votre main, m'assurant que le temps, la distance et les femmes d'Italie et du

Levant n'ont pas effacé l'empreinte de mes mains, de mes lèvres et de mon poignard. Dans le cas contraire, soyez maudit, car je souhaiterai pour vous les pires maux du monde, chaînes en Alger, rame de galérien et pal turc. Mais si vous demeurez fidèle à celle qui se réjouit de ne pas vous avoir encore tué, je jure de vous récompenser par des tourments et des félicités que vous n'êtes même pas en mesure d'imaginer.

Comme vous pouvez voir, je crois vous aimer encore. Mais n'en ayez pas la certitude, de cela comme du reste. Vous ne pourrez en être assuré que le jour où nous serons de nouveau face à face, les yeux dans les yeux. Pour le moment, maintenez-vous vivant et sans mutilations fâcheuses. J'ai des projets intéressants pour vous.

Bonne chance, soldat. Et quand vous irez à l'abordage de la prochaine galère turque, criez mon nom. J'aime me savoir sur les lèvres d'un homme courageux.

Vôtre

Angélica d'Alquézar

Après avoir hésité un moment, je descendis dans la rue. Je trouvai le capitaine assis à la porte de l'auberge, le pourpoint ouvert, le chapeau, l'épée et la dague devant lui sur un tabouret, regardant passer les gens. Je tenais la lettre à la main et la lui montrai, noblesse oblige, mais il ne voulut même pas y jeter un œil. Il se borna à hocher légèrement la tête.

– Le nom d'Alquézar nous porte malheur, dit-il.

– C'est mon affaire, répondis-je.

Je le vis esquisser de nouveau un geste de dénégation, l'air absent. Il semblait penser à autre chose. Il gardait les yeux fixés sur le croisement de notre rue – l'auberge était située sur la côte des Trois Rois – avec celle de San Matteo, où des mules attachées à des anneaux scellés dans le mur faisaient un concours de crottin, entre un caveau où l'on vendait du charbon, du poussier et du bois, et une échoppe qui faisait commerce de bougies et de mèches. Le soleil était haut, et le linge pendu entre les fenêtres qui s'égouttait sur nos têtes dessinait sur le sol des rectangles mouvants d'ombres et de lumières.

– Ce n'était pas seulement ton affaire, dans les cachots de l'Inquisition et dans l'histoire du *Niklaasbergen*. – Le capitaine parlait doucement, comme si, plutôt que de s'adresser à moi, il pensait à voix basse. – Ça ne l'était pas non plus dans le cloître des Minimes et à l'Escurial... Des amis y ont été mêlés. Des hommes sont morts.

– Ce n'était pas la faute d'Angélica. Ils se sont servis d'elle.

Il tourna lentement son visage vers moi et resta à contempler la lettre que je tenais toujours. Je baissai les yeux, mal à l'aise. Puis je repliai la lettre et la glissai dans ma poche. Des traces du sceau brisé étaient restées sur mes ongles, et l'on eût cru du sang séché.

– Je l'aime, dis-je.

– Ça, je l'ai déjà entendu, à Breda. Tu avais reçu une lettre comme celle-là.

– Je l'aime encore plus aujourd'hui.

Le capitaine garda de nouveau le silence un long moment. J'appuyai une épaule contre le mur. Nous regardions passer les gens : soldats, femmes, goujats d'auberge, domestiques, portefaix. Le quartier entier, construit par des particuliers à l'initiative du vice-roi don Pedro de Tolède, hébergeait une bonne partie des trois mille soldats du régiment de Naples, car seul un petit nombre trouvait place dans les cantonnements militaires. Les autres logeaient ici, comme nous. Orthogonal, homogène et serré, ce quartier n'était pas beau, mais pratique : manquant d'édifices publics, il était presque entièrement composé d'auberges et de maisons d'habitation avec des chambres à louer, bâtisses de quatre et même cinq étages qui occupaient tout l'espace constructible. C'était, en réalité, une immense caserne urbaine habitée par des soldats de passage ou de la garnison, où nous partagions la vie – certains se mariaient avec des Italiennes et avaient des enfants – des habitants qui nous louaient les logements, nous fournissaient de quoi manger et profitaient finalement de tout ce que les militaires dépensaient, ce qui n'était pas peu. Et ce jour-là comme les autres, tandis que le capitaine et moi parlions à la porte de l'auberge, des femmes s'interpellaient de fenêtre à fenêtre au-dessus de nos têtes, des vieux prenaient l'air et des éclats de voix sortaient des maisons, mêlant les divers accents espagnols et le fort accent napolitain. C'était aussi dans ces deux langues que criait une bande de gamins loqueteux qui martyrisaient à grand tapage un chien dans le haut de la rue : ils lui avaient attaché un broc cassé à la queue et le poursuivaient à coups de bâton en le traitant de chien de Juif.

– Il y a des femmes…

Mais le capitaine ne termina pas sa phrase, fronçant les sourcils comme s'il avait oublié la suite. Sans bien savoir pourquoi, je me sentais irrité. Insolent. Il y avait douze ans, dans ce même quartier des Espagnols, le corps plein de vin et l'âme pleine de fureur, mon ancien maître avait tué son meilleur ami et marqué, d'un coup de dague, une femme au visage.

– Je ne crois pas, monsieur, que vous puissiez me donner de leçon sur les femmes, dis-je, en haussant le ton d'un degré. Surtout ici, à Naples.

Touché : un éclair glacé passa dans ses yeux glauques. Un autre eût eu peur de ce regard, mais pas moi. Lui-même m'avait appris à ne rien craindre ni personne.

– Pas plus qu'à Madrid, ajoutai-je, où la pauvre Lebrijana pleurait, pendant que María de Castro...

Ce fut moi, cette fois, qui laissai ma phrase inachevée, quelque peu perplexe, car le capitaine s'était levé lentement et continuait à me regarder avec fixité, de très près, de ses yeux glacés qui ressemblaient à l'eau gelée des canaux des Flandres en hiver. J'eus beau soutenir bravement son regard, j'avalai ma salive quand je vis qu'il passait deux doigts sur sa moustache.

– Oui, dit-il.

Il contempla son épée et sa dague posées sur le tabouret. L'air pensif.

– Je crois que Sebastián a raison, dit-il au bout d'un instant. Tu as grandi trop vite.

Il prit ses armes et s'en ceignit, sans hâte. Je l'avais vu faire mille fois, mais, à ce moment, le tintement de l'acier me donna la chair de poule. Après quoi, très silencieux, il ramassa son chapeau à large bord, s'en coiffa, le visage de plus en plus sombre.

– Tu es un homme fait, dit-il enfin. Capable de hausser le ton et de tuer, évidemment. Mais aussi de mourir... Essaye de t'en souvenir quand tu parles avec moi de certaines choses.

Il continuait de me dévisager, froid et impavide. Comme s'il venait de me voir pour la première fois. Et c'est alors, seulement, que j'eus vraiment peur.

Les draps pendant des fenêtres en travers de rues étroites ressemblaient à des suaires qui flottaient dans l'obscurité. Diego Alatriste laissa derrière lui le carrefour pavé de la large Via Toledo, éclairé aux coins par des torches, et pénétra dans le quartier espagnol dont les rues rectilignes montaient, plongées dans le noir, vers la colline de Saint-Elme. On devinait le château au sommet, encore vaguement rougi par la lumière tamisée et lointaine du Vésuve. Après son réveil des derniers jours, le volcan se rendormait : son cratère n'était plus couronné que d'une petite fumée, et son rayonnement rougeâtre se limitait à un faible reflet sur les nuages dans le ciel et sur les eaux dans la baie.

A peine se sentit-il à l'abri dans l'ombre qu'il cessa de se contenir et vomit en grognant comme un verrat. Il demeura ainsi un moment, appuyé au mur, la tête penchée et le chapeau à la main, jusqu'à ce que la pénombre environnante cesse de se balancer autour de lui et qu'une amère lucidité se substitue aux vapeurs du vin ; lequel était le produit d'un mélange mortel de greco, de mangiaguerra, de latino et de lacrima christi. Ce qui n'avait rien d'étonnant, car il avait passé l'après-midi et une partie de la nuit seul, de taverne en taverne, fuyant les camarades qu'il rencontrait sur son chemin de croix, n'ouvrant la bouche que pour commander d'autres pichets. Buvant comme un Allemand, ou comme l'homme qu'il était.

Il regarda derrière lui le départ éclairé de la Via Toledo, en quête de témoins indésirables. Après d'âpres remontrances, le Maure Gurriato avait cessé de le suivre pas à pas, et il devait à cette heure dormir dans sa modeste baraque du Mont Calvaire. Il n'y avait pas une âme en vue, de sorte que seul le bruit de ses pas le suivit quand, remettant son chapeau, il reprit sa marche. Il traversa la Via Sperancella, en dégageant la poignée de son épée et en cherchant le milieu de la rue pour éviter une mauvaise rencontre sous un porche ou dans un recoin, poursuivant sa montée jusqu'aux arcades qui rétrécissaient le passage. Tournant à droite, il gagna la petite place où se trouvait l'église de la Trinité des Espagnols. Ce quartier de Naples faisait ressurgir des souvenirs bons et mauvais, et les seconds avaient été douloureusement remués l'après-midi précédente. En dépit du temps écoulé, ils étaient là, vivants et nets, comme des moustiques qui refusent de se noyer dans le vin. Et toute la soif du monde ne suffisait pas pour les faire disparaître.

Ce n'était pas seulement d'avoir tué ni d'avoir marqué une femme au visage. Ce n'était pas une question de remords ou de malaise que l'on pouvait soulager en entrant dans une église pour s'agenouiller devant un prêtre, à supposer, hypothèse bien improbable, que Diego Alatriste fût capable d'y entrer pour autre chose que d'y chercher asile avec la justice à ses trousses. En quarante-cinq ans de vie, il avait beaucoup tué, et il était conscient qu'il tuerait encore plus avant que n'arrive le jour de payer à son tour. Non. Le problème était différent, et le vin aidait à le digérer, ou à le vomir ; la certitude glacée que chaque pas qu'il faisait dans l'existence, chaque coup d'épée donné à gauche ou à droite, chaque écu gagné, chaque goutte de sang qui tachait ses vêtements, formaient un brouillard gluant, une odeur qui collait pour toujours à sa peau, comme celle d'un incendie ou d'une guerre. Odeur d'une vie, d'années écoulées sans jamais un retour en arrière, de pas incertains, hésitants, insouciants ou fermes, dont chacun déterminait les suivants, sans possibilité de changer de chemin. Odeur de résignation, d'impuissance, d'évidence, de destin irrévocable, que certains hommes dissimulaient sous des parfums fantastiques en regardant de l'autre côté, et que d'autres respiraient avec fermeté en faisant face, conscients qu'il n'était point de jeu qui n'ait ses règles, qu'il s'agisse de vie ou de mort.

Avant de parvenir à l'église San Matteo, Diego Alatriste prit la première rue à droite. A quelques pas de là, l'auberge d'Ana de Osorio était toujours éclairée la nuit par les veilleuses allumées sur des consoles devant les trois ou quatre niches de vierges ou de saints qui se trouvaient là. En arrivant devant la porte, il leva les yeux de sous le bord de son chapeau vers le ciel hostile entre les maisons et le linge qui séchait. Le temps change certains lieux et en respecte d'autres, conclut-il. Mais il vous transforme toujours le cœur. Puis, après avoir proféré un juron, il monta lentement dans le noir l'escalier de bois qui grinçait sous ses bottes, poussa la porte de sa chambre, tâtonna en quête d'amadou, d'une pierre à fusil et d'un briquet, et alluma une lampe à huile accrochée à un clou sur une poutre. En se défaisant de son ceinturon, il jeta rageusement ses armes par terre, sans se soucier de réveiller ceux qui dormaient à côté. Il chercha une petite dame-jeanne de vin qu'il gardait dans un coin et jura de nouveau, à mi-voix, en constatant qu'elle était vide. La sensation de sérénité qu'il avait éprouvée en retrouvant Naples s'était enfuie cette après-midi, à cause de cinq minutes à peine de conversation en bas, dans la rue. Avec la certitude, une fois de plus, que personne ne se promenait impunément dans la vie, et que deux mots prononcés par un garçon de dix-sept ans pouvaient se transformer en un miroir qui vous renvoyait votre vrai visage, les cicatrices jamais oubliées, les inquiétudes de la mémoire que seuls ignoraient ceux qui ne vivaient pas pleinement. Quelqu'un avait écrit quelque part que fréquenter les chemins et les livres menait à la sagesse. C'était vrai, peut-être, pour un autre genre d'hommes. Chez Diego Alatriste, cela ne menait qu'à la table d'une taverne.

Quelques jours plus tard, je fus la victime d'un incident que je relate à vos seigneuries pour qu'elles voient à quel point, malgré mes grands airs et tout ce que j'avais traversé ces années-là, je continuais d'être un gamin dont on eût encore pu presser le nez pour en faire sortir du lait. Donc, je venais de terminer mon tour de garde du début de la nuit devant la grosse tour que nous disions d'Alcalá, près du château de l'Œuf. A part la lueur rouge diffuse à l'autre bout de la ville, au-dessus du volcan, et son reflet sur les eaux de la baie, il faisait nuit noire ; et en montant par Santa Lucia, passé l'église, près des fontaines et à côté de la petite chapelle qui se trouve là, couverte d'ex-voto de cire et de cuivre, têtes d'enfants, jambes, yeux, et de bouquets de fleurs séchées, de médailles et de tout ce qu'on peut imaginer, j'avisai une femme seule, le visage à demi masqué par une mantille. A pareille heure, pensai-je, il ne pouvait s'agir que d'une extrême dévotion ou d'une particulière adresse dans l'art de tisser sa toile ; de sorte que je ralentis le pas, afin de l'étudier du mieux que je pouvais à la lumière des lampes à huile qui brûlaient devant l'autel ; car pour un jeune épervier, toute chair fraîche est bonne proie. Elle me parut être une femme de belle tournure et, en m'approchant, j'entendis un froissement de soie et respirai un parfum d'ambre. Voilà qui écartait, me dis-je, la racoleuse de bas étage. Chaque détail était plaisant, et l'ensemble mieux encore.

– *Svergognato anda il bello galante,* dit-elle avec beaucoup de grâce.

– La vergogne n'est pas en cause, répondis-je calmement, mais c'est que tant d'appâts ne peuvent laisser indifférent.

Je fus encouragé par sa voix qui était jeune et claire. Italienne, à coup sûr. Rien à voir avec celle de toutes ces rustaudes de notre pays, andalouses ou non, qui écumaient les Italies en se donnant des noms nobles en veux-tu en voilà et nous mettaient le grappin dessus en bon espagnol. A vrai dire, arrêté devant elle, je ne voyais toujours pas son visage, mais son contour qui me paraissait fort plaisant était éclairé par les lampes du petit autel. La mantille semblait être en dentelle de soie de bonne qualité. Et pour le peu que j'en voyais, j'étais prêt à acquérir tout le reste.

– *Tan sicura crede Lei tener la sua caccia ?* demanda-t-elle sur le même ton.

J'étais jeune, mais pas sot. En entendant cela, je n'eus plus de doutes : j'avais affaire à une courtisane avertie, quoique parée en dame de qualité. Rien à voir avec les gourgandines de tout acabit, catins, pierreuses, morues à l'affût autour des cantonnements ; de celles qui disaient s'évanouir en voyant sortir une souris mais se réjouissaient en voyant entrer une demi-compagnie d'arquebusiers.

– Je ne vais pas à la chasse, je reviens de mon service, dis-je avec simplicité. Et j'ai plus envie de dormir que d'autre chose.

Elle me regarda à la lueur du petit autel, calculant la valeur du gibier. J'imagine que mon jeune âge se déduisait facilement de mon aspect et de ma voix.

– *Spagnolo e soldato bisogno,* conclut-elle, méprisante. *Più fanfaronata che argento.*

Elle m'avait atteint au point sensible : « Bisogno » était le surnom des soldats espagnols pauvres fraîchement débarqués à Naples et naïfs comme des Indiens Caraïbes, sans parler la langue, sachant seulement dire *bisogno* – je veux – ceci ou cela. Et je ne répéterai jamais assez que j'étais très jeune. Aussi, sans desserrer les dents, donnai-je un petit coup sur ma poche au fond de laquelle ma bourse contenait trois carlins d'argent, un réal de huit et quelque menue monnaie. Oubliant, assurément, le sage conseil de don Francisco de Quevedo : aux dames ne montre jamais ton argent.

– *Mi piace il discorso,* dit la corsaire avec beaucoup d'aplomb.

Et sans plus de cérémonie, elle me prit la main en m'attirant doucement. La main était chaude, petite, juvénile. Cela diminua ma méfiance d'un possible travestissement de sa voix, dissipant ma peur de me voir floué, sous le déguisement, par quelque vilaine goule tarifée jouant à la tendre agnelle dûment recousue avec dé et aiguille. Et cela, bien que je ne voie toujours pas son visage. Je voulus alors la décourager en lui disant que je n'avais nullement l'intention d'aller aussi loin qu'elle me le proposait ; mais je restai quelque peu ambigu, par crainte – sot que j'étais – de la blesser par un refus trop brusque. Aussi, quand je lui dis que j'allais poursuivre mon chemin jusqu'à mon auberge, elle se plaignit de mon incivilité, me reprochant de ne pas la raccompagner chez elle, qui était à deux pas, à Pizzofalcone, en haut des escaliers voisins. Pour éviter les mauvaises rencontres, ajouta-t-elle, que peut faire une femme seule à de telles heures. Et afin de bien enfoncer le clou, elle fit glisser sa mantille pour dévoiler la moitié de son visage, laissant entrevoir une bouche fort bien dessinée, une peau blanche et un œil noir, du genre qui frappe et tue en moins de temps qu'il ne faut pour le dire. Et donc je restai sans arguments, et nous marchâmes bras dessus, bras dessous, moi respirant l'ambre et sentant le froissement de la soie tout en me répétant à chaque pas, malgré ce qui s'était passé jusque-là, que je ne faisais qu'accompagner une femme dans les rues de Naples et que rien de néfaste ne pouvait en résulter. J'en arrivai même à douter, dans ma candeur, que j'avais réellement affaire à une bachelière ès-racolage. C'était peut-être une jeune personne à caprices, me disais-je. Un étrange miracle nocturne, ou quelque chose comme ça. Une aventure de jeunesse, et tout le tralala. C'est vous dire jusqu'à quel point pouvait aller ma niaiserie.

– *Vieni qua, galantuomo.*

Le tutoiement, dans un murmure, était accompagné d'une caresse sur la joue. Qui ne me fut pas désagréable, je le reconnais. Nous étions devant chez elle, ou ce que je croyais tel ; et la belle, sortant une clé de sous sa mante, ouvrit la porte. J'étais près de perdre définitivement la tête et le bon sens ; pourtant je me rendis compte de l'aspect sordide du lieu, ce qui me mit la puce à l'oreille. Je voulus lui faire mes adieux, mais elle me prit de nouveau par la main. Nous avions gravi l'escalier qui mène de Santa Lucia aux premières maisons de Pizzofalcone – on n'avait pas encore construit au sommet la grande caserne que j'ai connue des années plus tard – et, ayant franchi la porte, nous pénétrâmes dans un couloir profond et obscur qui sentait le moisi, au bout duquel, après qu'elle eut appelé en tapant deux fois dans ses mains, apparut, portant une lampe, une vieille servante décrépite qui nous conduisit par de nouveaux escaliers dans une chambre chichement meublée d'une natte, de deux chaises, d'une table et d'une paillasse. L'endroit finit de dissiper totalement mes chimères, car il n'avait rien d'un logement particulier et beaucoup d'un local pour le commerce de la chair, comme ceux qui abondent en mères postiches, en marchandes de leurs nièces et en cousins tous germains, où :

La veuve de noir habillée
A chacun est prête à jurer
Que c'est par crainte de la mort
Que jamais seule elle ne dort.

De sorte que lorsque la catin ôta sa mantille et découvrit un visage certes convenable, mais fardé et moins jeune que je ne l'avais supposé dans l'obscurité, et qu'elle se mit à me débiter une histoire à dormir debout où il était question de certain bijou d'une amie qu'elle avait mis en gage, de certain cousin ou frère de l'une ou de l'autre, de certaine somme dont elle avait de ce fait besoin pour sauver l'honneur des deux, et je ne sais encore quels contes, tous fort pertinents, moi qui ne m'étais même pas assis, le chapeau encore sur la tête et l'épée à la ceinture, je décidai de ne pas attendre qu'elle ait fini de parler pour laisser quelques pièces sur la table, en dédommagement de la perte de temps, et pour repartir par où j'étais venu. Mais avant d'avoir pu joindre le geste à la pensée, la porte s'ouvrit de nouveau, et, exactement comme dans une farce de Quiñones de Benavente, fit son entrée dans la pièce – et *faire son entrée* définit bien l'action, le moment et le personnage – le ruffian de la comédie.

– Par Dieu et les mille putains du diable! vociférait le protecteur.

Il était espagnol et vêtu en soldat, l'air très féroce, même si tout sonnait faux dans cette allure militaire et s'il n'avait sûrement jamais vu de luthériens ou de Turcs de plus près que sur les planches d'un théâtre. Au reste, il semblait sortir d'un livre: un escogriffe gesticulant et éructant, ne jurant que par la barbe et les génitoires du Christ, sans oublier un accent andalou aussi fort que factice qui lui faisait prononcer les mots comme s'il les sortait tout droit de la cour des Orangers de Séville. Il portait l'inévitable moustache en crocs, signe de reconnaissance des authentiques bretteurs, se tenait campé, plein d'un juste courroux, sur ses jambes écartées, un poing sur son ceinturon et l'autre sur la coquille d'une colichemarde de sept pieds de long, faisant sonner chaque mot comme s'il soufflait dans une sacquebute – signe indiscutable d'une intrépidité à toute épreuve – et était, en somme, l'image vivante du gredin qui se donnait pour office de pressurer les pauvres filles en gaspillant le fruit de leur dur labeur, tout en se vantant de trucider la moitié du monde, de dévorer les gens en guise de petit déjeuner et de gifler les putes en présence de leurs maquereaux, de tailler les sergents du guet en rondelles, de chanter des cantiques sous la torture et de faire, par son sang-froid, l'admiration de tous les camarades de la truanderie qui le respectaient, le soutenaient et partageaient sa vie. Et il n'y avait, sacredieu, rien à ajouter.

– Jamais, au grand jamais, on ne vit pareille infamie! beuglait-il, fronçant les sourcils de terrifiante façon, d'une voix qui faisait trembler les murs de la chambre. Ne vous ai-je pas dit, madame, pour mon honneur, de n'introduire personne dans cette maison?

Et le malandrin poursuivit ainsi un long moment, tonnant comme s'il était en chaire, maudissant à grands cris le scandale et la traîtresse qui le causait, assurant qu'il ne pourrait pas plus accepter ce déshonneur que d'être captif en Alger, mais que, pardieu, l'on prenne garde à son épée, car la vengeance n'était pas loin. Car quand il ne maîtrisait plus sa colère et qu'on lui faisait caguer sa bile, il jurait sur le roi de Coupe qu'en embrocher deux ou deux cents était pour lui du pareil au même; que ce lui était un jeu d'enfant d'expédier la vermine dans l'autre monde avec un signe de croix, pour qu'elle apprenne une bonne fois pour toutes que des empereurs Héron et des tigres de Cancanie (il voulait dire Néron et Hyrcanie) tels que lui ne se laissaient pas marcher sur les pieds; et que si, abusant de sa bonne foi, on cherchait à le cocufier, sa fureur était terrible: que le Turc le patafiole s'il n'était pas un lion assez fort pour escagasser sept hommes d'un coup comme château de cartes, et de si male façon qu'aucun chirurgien ne pourrait les recoller. Par le Père Éternel et toute sa putain de sainte famille, et cetera.

Pendant que cette fine fleur des braves débitait son affaire, moi, que la première surprise avait figé sur place, chapeau à la main et lames dans leurs gaines, je continuai de me taire, prudent, le dos au mur, attendant de voir à quel moment on en viendrait enfin au fait. Et, ainsi, j'observai que la pécheresse, jouant son rôle avec le plus grand sérieux comme quelqu'un qui connaît parfaitement la musique et le livret, en prenant un air défait, contrit et affolé, se tordait les mains avec désespoir et balbutiait excuses et supplications, tandis que son amant, de temps en temps et sans interrompre sa diatribe, levait la main de sa hanche pour lui allonger une torgnole en lui faisant grâce de la vie. Tout cela, sans me regarder.

– Et donc, conclut le ruffian, venant enfin au gras de son affaire, il va falloir régler ça d'une manière ou d'une autre, sinon je ne pourrai plus me retenir.

Je restais toujours pensif, immobile et muet, l'observant, tout en me demandant ce qu'eût fait le capitaine Alatriste s'il avait été dans ma peau et dans cette situation. Et à la fin, dès que je l'eus entendu dire qu'il ne pourrait plus se retenir, en un éclair je m'écartai du mur et expédiai au sacripant un coup si rapide qu'entre le moment où il me vit porter la main à ma demoiselle pour la mettre à nu et celui où il sentit cette dernière le frapper à la tête, il n'eût pas le temps de dire «mon Dieu!». Du reste de la scène, je ne pus voir grand-chose: juste, du coin de l'œil, le bravache s'écrouler avec une belle entaille au-dessus d'une oreille, sa catin aller à son secours avec un hurlement d'épouvante, et ensuite, défilant sous mes pieds, les marches de l'escalier de la maison puis de la descente vers Santa Lucia que je dévalai quatre à quatre, au risque de me briser le crâne, pour m'esbigner avec toute la vélocité de mes jeunes années. Car comme dit le dicton – et il a bien raison – charité bien ordonnée commence par soi-même.

VIII

LA TAVERNE DU CERRIGLIO

Formant une conque avec ses mains, le capitaine Alonso de Contreras but l'eau de la fontaine. Puis, essuyant sa redoutable moustache avec la manche de son pourpoint, il regarda le Vésuve, dont le panache de fumée se confondait avec les nuages bas au bout de la baie. Il respirait avec satisfaction l'air frais qui soufflait sur le grand quai où sa frégate, prête à prendre la mer, était amarrée près de deux galères du pape et d'un navire à voiles carrées français. Diego Alatriste but également à côté de lui, puis les deux militaires poursuivirent leur promenade en direction des imposantes tours noires du Castelnuovo. Il était midi, et le soleil et la brise séchaient sous leurs bottes les rigoles de sang, encore visibles sur les pavés du quai, des huit corsaires maures qui avaient été mis en pièces en cet endroit même à la première heure du jour : à peine débarqués, ligotés, des galères qui les avaient capturés cinq jours plus tôt devant le cap Colonne.

– Cela m'ennuie de quitter Naples, dit Contreras. Lampedusa est trop petite, et en Sicile j'ai le vice-roi sur le dos… Ici, je me sens de nouveau libre, et même rajeuni. Je jure, pardieu, que cette ville rajeunit quiconque y débarque. Ne trouvez-vous pas ?

– Je suppose que oui. Encore qu'en ce qui nous concerne il en faudrait un peu plus pour nous rendre notre jeunesse.

– Ah ! Ah !… Par les cinq plaies du Christ, vous avez raison. Le temps file comme s'il courait la poste… Mais justement, à propos de poste : je viens de la guérite de don Francisco et quelqu'un m'a dit que vous aviez du courrier… J'ai reçu une lettre de Lope de Vega. Notre cher Lopito viendra à Naples à la fin de l'été. Pauvre garçon, non ?… Et pauvre Laurita… A peine six mois pour profiter de leur mariage, par la faute de ces fièvres… Comme le temps passe !… On dirait que c'est hier que nous avons donné cette mémorable sérénade à son oncle, et ça fait déjà un an.

Alatriste se taisait, distrait. Il continuait de regarder les taches de sang sur le sol qui s'étendaient du quai jusqu'à l'angle de la Douane. Les hommes dont les corps avaient répandu ce sang étaient descendus à terre avec les autres captifs, vingt corsaires d'Alger au total, tous morisques, capturés sur un brigantin après avoir fait quelques prises en écumant les côtes de Calabre et de Sicile ; parmi ces prises, un bateau napolitain dont l'équipage, parce qu'il portait le pavillon espagnol, avait été passé au fil de l'épée, du patron jusqu'au mousse. Quelques veuves et orphelins de fraîche date se tenaient parmi la foule qui avait l'habitude de se rassembler sur le quai pour assister au débarquement des captifs ; et la colère populaire avait été telle que, après un bref conciliabule avec l'évêque, il avait été décidé que ceux qui accepteraient de mourir chrétiens seraient pendus sans autre outrage dans les trois jours ; mais que ceux qui refuseraient de rallier la vraie religion seraient livrés aux gens qui les réclamaient à grands cris pour se faire justice eux-mêmes. Huit morisques – tous tagarins, originaires du même village aragonais de Villafeliche – avaient refusé le secours des religieux qui les attendaient à leur débarquement et persisté dans la foi de Mahomet ; et c'étaient les gamins napolitains, les petits malfrats des rues et du port, qui s'en étaient chargés avec des bâtons et des pierres. A cette heure, après avoir été exposées sous la lanterne du quai et la tour Saint-Vincent, leurs dépouilles étaient en train de brûler, dans l'allégresse générale, de l'autre côté du petit quai, sur la Marinella.

– Une nouvelle incursion au Levant se prépare. – Contreras avait pris un air confidentiel. – Je le sais, parce qu'on m'a réclamé Gorgos, le pilote, et aussi parce que depuis plusieurs jours on consulte mon fameux *Routier universel*, où, pied par pied ou presque, sont décrites ces côtes... Détail qui m'honore, mais me met en colère. Depuis que le prince Philibert a demandé mon grand œuvre pour le copier, je ne l'ai pas revu. Et quand je le réclame, ces sangsues vêtues de noir, semblables à des cafards, me font lanterner... Que le diable les emporte !

– Se fera-t-elle avec des galères ou des navires à voiles ? s'enquit Alatriste, intéressé.

Avec un soupir résigné, Contreras oublia son *Routier*.

– Des galères. Les nôtres et celles de la Religion, si j'ai bien compris. La *Mulâtre* en fait partie. Vous avez donc une campagne en perspective.

– Longue ?

– Convenable. On parle d'un mois ou deux, au-delà du bras du Magne. Peut-être jusqu'aux bouches de Constantinople... Où, si ma mémoire est bonne, vous n'avez pas besoin de pilote.

Alatriste esquissa une grimace en réponse au large sourire de son ami, tandis qu'ils laissaient derrière eux le grand quai et se dirigeaient vers l'esplanade située entre la Douane et l'imposant Castelnuovo. La dernière fois qu'Alatriste était allé devant les Dardanelles, en l'an treize du siècle, sa galère avait été prise par les Turcs près du cap de Troie, pleine de morts et criblée de flèches jusqu'à l'antenne; et, gravement blessé à une jambe, il s'était vu libérer avec les survivants presque à la hauteur des forts du détroit, quand le navire turc qui l'avait capturé avait été pris à son tour.

– Savez-vous qui d'autre y va?

Il portait la main à son chapeau afin de saluer des connaissances, trois arquebusiers et un mousquetaire qui étaient de garde devant la poterne de la rampe du château. Contreras fit de même.

– Selon Machín de Gorostiola, dont je tiens la nouvelle, il a été prévu trois galères des nôtres et deux de la Religion. Machín embarque avec ses Biscayens, et c'est pour cela qu'il est au courant.

Ils arrivèrent sur l'esplanade, où, vers la place du Palais et Saint-Jacques des Espagnols, passaient encore des voitures, des cavaliers et des groupes d'habitants qui revenaient du bûcher des morisques en commentant l'événement avec beaucoup d'animation. Une douzaine de gamins défila devant eux au pas militaire. Ils brandissaient la tunique ensanglantée et déchiquetée d'un corsaire au bout d'un manche à balai.

– La *Mulâtre*, poursuivit Contreras, recevra des renforts… Je crois que Fernando Labajos y embarquera, avec vingt bons arquebusiers, gens aguerris, tous de votre compagnie.

Alatriste acquiesça, satisfait. L'enseigne Labajos, lieutenant dans la compagnie du capitaine Armenta de Medrano, était un vétéran solide et efficace, accoutumé aux galères, avec lequel il entretenait de bonnes relations. Quant au capitaine Machín de Gorostiola, il commandait une compagnie composée uniquement de natifs de la Biscaye : gens endurants, cruels et acharnés dans la bataille. Ce qui permettait d'envisager une expédition sérieuse.

– Cela me va, dit-il.

– Vous emmènerez le garçon ?

– Je suppose.

Contreras tordait sa moustache avec une mélancolie manifeste.

– Ah, mon ami, je donnerais n'importe quoi pour vous accompagner, car j'ai la nostalgie du bon vieux temps… Les Turcs nous appelaient les levantins du roi catholique. Vous vous souvenez ?… Chapeaux remplis à ras bord de pièces d'argent, fameux combats, belles et précieuses courtisanes… Par le Christ, je donnerais Lampedusa, mon habit de Saint-Jean et même la comédie que fit Lope pour moi, pour avoir de nouveau trente ans… Quels temps, pardieu, que ceux du grand Osuna !

L'évocation de l'infortuné duc les rendit tous deux sérieux, et ils ne desserrèrent plus les dents avant d'être arrivés à la rue des Boucheries, face aux jardins du palais du vice-roi. Le grand Osuna était don Pedro Téllez Girón, duc d'Osuna, qu'Alatriste avait connu à l'époque des Flandres, au siège d'Ostende. Plus tard vice-roi de Naples puis de Sicile, le duc avait semé la terreur sur les mers d'Italie et du Levant avec les galères espagnoles sous le règne de Philippe III, en se faisant respecter des Turcs, des Barbaresques et des Vénitiens. Scandaleux, lunatique, extravagant dans sa vie privée, mais homme d'État efficace, guerrier heureux dans ses entreprises, toujours avide de gloire et de butin qu'il répandait ensuite à pleines mains, il avait su s'entourer des meilleurs soldats et marins, enrichissant beaucoup de monde à la Cour, monarque compris ; mais l'ascension fulgurante de son étoile lui avait valu, comme il se doit, des ressentiments, des jalousies et des haines qui s'étaient terminés par sa ruine et par la prison, après la mort du roi. Soumis à un procès que l'on n'avait jamais pu clore, car il refusait de se défendre en arguant que ses exploits parlaient pour lui, le grand duc d'Osuna était mort misérablement en prison de maladie et de tristesse, aux applaudissements et à la grande joie des ennemis de l'Espagne ; en particulier de la Turquie, de Venise et de la Savoie, à qui il avait tenu tête quand les oriflammes noires aux armes ducales dévastaient victorieusement la Méditerranée ; ses dernières paroles ayant été : « Si j'ai servi Dieu comme j'ai servi le roi, j'ai été bon chrétien. » Comme épitaphe, don Francisco de Quevedo, qui avait fait partie de ses intimes – son amitié avec Diego Alatriste datait de cette époque napolitaine – et restait l'un des rares à lui demeurer fidèle dans la disgrâce, a écrit quelques-uns des plus beaux sonnets sortis de sa plume, et parmi eux celui qui commence ainsi :

Le grand Osuna fut renié par sa patrie,
Mais ses exploits toujours resteront sa défense ;
Dans sa prison d'Espagne il a perdu la vie,
Celui qui enchaîna la Fortune à sa lance.

... Et cet autre dont les vers reflètent, mieux qu'un livre d'histoire, la récompense que la mesquine patrie de don Pedro Girón réservait d'ordinaire aux meilleurs de ses enfants :

Chypre et la mer tremblaient du poids de ses navires
Quand divorce il y eut entre mer et Venise.
Et c'est ce grand vainqueur qu'a vaincu un procès !

– A propos, dit soudain Contreras, puisque nous parlions de votre jeune compagnon, j'ai reçu des informations.

Alatriste, surpris, s'était arrêté pour dévisager son ami.

– Concernant Iñigo ?

– Parfaitement. Mais je doute qu'elles vous plaisent.

Et, là-dessus, Contreras mit Alatriste au courant. Les hasards de la vie napolitaine : certaine personne de sa connaissance, chef d'alguazils de la Justice, avait interrogé pour une autre affaire un des malandrins qui fréquentaient le Cerriglio. Et, au premier tour de corde, la langue du quidam, qui n'était pas un foudre de guerre et avait le verbe facile, s'était déliée en déballant sans prendre le temps de souffler tout ce qu'il savait des hommes et même de Dieu. Entre autres détails, le susdit avait fait mention d'un tricheur florentin, habitué de ces parages, courageux mais pas téméraire, qui était en train de recruter des spadassins pour recouvrer, sur le vif et avec une lame de quatorze pouces, une dette de jeu contractée Piazza dell'Olmo par deux jeunes soldats ; dont l'un se trouvait loger chez Ana de Osorio, dans le quartier des Espagnols.

– Et vous êtes sûr qu'il s'agit d'Iñigo ?

– Pardieu. La seule chose dont je suis sûr, c'est que

j'aurai un jour à m'expliquer en tête-à-tête avec le Créateur... Mais la description et cette précision du lieu où il habite lui vont comme un gant.

Alatriste passa deux doigts sur sa moustache, l'air sombre. Instinctivement, il avait posé la main gauche sur la garde de son épée.

– Le Cerriglio, dites-vous ?

– C'est cela. Apparemment, le Florentin fréquente quelques lieux de bienfaisance du quartier.

– Et le mouchard a-t-il craché un nom ?

– Un certain Colapietra. Giacomo de son prénom. Filou et teigneux, à ce qu'on dit.

Ils continuèrent de marcher, Alatriste gardant le silence, les sourcils froncés sous le bord de son chapeau qui laissait dans l'ombre ses yeux glauques et froids. Après quelques pas, Contreras, qui l'observait à la dérobée, éclata de rire.

– Ma foi, mon ami, je regrette fort de serper le fer cette nuit, avec le vent de terre... Ou je ne vous connais pas, ou le Cerriglio va bientôt devenir un endroit intéressant !

Ce qui devint un endroit intéressant, ce soir-là, ce fut notre chambre de l'auberge, quand, au moment où je m'apprêtais à sortir pour faire un tour avant l'angélus, le capitaine Alatriste entra avec une miche de pain sous un bras et une dame-jeanne de vin sous l'autre. J'étais habitué à deviner son humeur, sinon ses pensées ; et lorsque je vis la façon dont il lançait son chapeau sur le lit et se défaisait de son épée, je compris qu'il avait quelque chose en tête qui n'annonçait rien de bon.

– Tu sors ? me demanda-t-il en me voyant habillé.

J'étais, en effet, vêtu de façon fort galante : chemise de soldat avec collerette, gilet de velours vert et pourpoint ouvert de drap fin – acheté à la vente des effets de l'enseigne Muelas, mort à Lampedusa –, hauts-de-chausses, bas et souliers à boucles d'argent. Et je répondis que oui ; que Jaime Correas m'attendait dans une taverne de la Via Sperancella – mais j'évitai les détails sur le reste de notre virée, qui incluait un tripot élégant de la Via Mardones où l'on jouait gros aux tarots, avant de terminer la nuit avec un chapon à la broche, une tarte aux cerises et quelques vins fins dans la maison de la Portugaise, un lieu voisin de la basilique de l'Incoronata où il y avait de la musique et où l'on dansait la canarie et la pavane.

– Et cette bourse ? questionna-t-il en me voyant fermer la mienne et la fourrer dans ma poche.

– De l'argent, répondis-je sèchement.

– Beaucoup, me semble-t-il, pour sortir la nuit.

– Ce que j'emporte est mon affaire.

Il me regarda d'un air songeur, une main sur la hanche, digérant l'insolence. Car le fait est que nos économies touchaient à leur fin. Les siennes, placées chez un orfèvre de la Via Sant'Anna, suffisaient à payer notre auberge commune et à secourir le Maure Gurriato qui ne possédait d'autre fortune que les anneaux qu'il portait aux oreilles : il n'avait pas encore touché sa première paie et avait seulement droit, soldat nouveau, au logement dans le cantonnement militaire et à l'ordinaire de la troupe. Quant à mon argent, sur lequel le capitaine ne m'avait jamais demandé de comptes, il avait subi de rudes saignées ; au point que, si le vent ne m'était pas favorable au jeu, je serais d'ici peu plus sec qu'un thon salé en pêcherie.

– Recevoir un coup de couteau dans quelque coin obscur est aussi ton affaire, je suppose.

Je laissai ma main, qui allait saisir mon épée et ma dague, à mi-parcours. Cela faisait des années que je vivais avec lui, et je connaissais ce langage.

– Vous parlez d'une possibilité, capitaine, ou bien d'un couteau précis ?

Il ne répondit pas tout de suite. Il avait débouché la dame-jeanne pour s'en servir trois doigts dans un pot. Il but un peu, regarda le vin, évaluant la qualité de ce que lui avait vendu le tavernier, parut satisfait et but de nouveau.

– On peut se faire tuer pour bien des raisons, et il n'y a rien à y redire… Mais qu'on te fasse crever de male mort pour des dettes de jeu, ça, c'est une honte.

Il parlait calmement et sans se hâter, contemplant toujours le vin dans son pot. Je voulus protester, mais il leva une main en coupant court à mon intention.

– C'est, conclut-il, indigne d'un homme honnête et d'un soldat.

Je changeai de visage. Car chez un Basque, la vérité peut blesser mais ne le fera jamais céder.

– Je n'ai pas de dettes.

– Eh bien, ce n'est pas ce qu'on m'a dit.

– Celui qui vous a dit cela, répondis-je, hors de moi, ment comme Judas a menti.

– Quel est le problème, alors ?

– Je ne sais de quel problème vous parlez.

– Explique-moi pourquoi on veut te tuer.

Ma surprise, qui devait se lire sur le susdit visage, était tout à fait sincère.

– Moi ? Et qui donc ?

– Un certain Giacomo Colapietra, tricheur florentin, habitué du Cerriglio et de la Piazza dell'Olmo… Il s'occupe présentement de louer les services de quelques bonnes lames pour te régler ton compte.

Je fis quelques pas dans la pièce, mal à l'aise. Je sentis tout d'un coup que j'avais très chaud sous mes vêtements. Je ne m'attendais pas à cela.

– Ce n'est pas une dette, dis-je enfin. Je n'en ai jamais eu à ce jour.

– Raconte-moi ça, alors.

Je lui expliquai, en peu de mots, comment, au milieu de la partie avec le tricheur, nous avions découvert le pot aux roses, alors qu'il prétendait avoir gagné avec des cartes truquées et comment nous étions partis sans lui laisser l'argent.

– Je ne suis pas un enfant, capitaine, dis-je pour conclure.

Il m'étudia de haut en bas. Le récit ne semblait pas améliorer son opinion sur l'affaire. Si cela ne faisait pas de doute que mon ancien maître ne répugnait pas à boire tout ce qu'on pouvait lui verser, il n'était pas moins vrai qu'on ne l'avait pratiquement jamais vu avec un jeu de cartes. Il méprisait ceux qui confiaient au hasard l'argent qui, dans leur métier, payait une vie ou l'acier qui la tranchait.

– Tu n'es pas pour autant devenu un homme, à ce que je vois.

Cela me fit frémir.

– Nul n'a le droit de me dire cela, répliquai-je, blessé. Et je ne le donnerai à personne.

– Moi, j'en ai le droit.

Il me regardait avec la même chaleur que la glace qui craquait sous nos pas dans les hivers flamands.

– Et à moi, ajouta-t-il après une pause pesante comme du plomb, tu me le donnes.

Ce n'était pas un commentaire, mais un ordre. Cherchant une réponse digne qui ne m'abaisserait pas, je regardai mon épée et ma dague comme si je les appelais à mon secours. Elles portaient, comme les armes du capitaine, des marques sur la lame, la garde et la coquille. Et même si je n'en avais pas autant que lui, j'avais, moi aussi, des cicatrices sur le corps.

– J'ai tué…

Plusieurs hommes, avais-je voulu dire, mais je me retins. J'avais commencé, mais je me tus tout de suite, par pudeur. Cela sonnait comme des propos de bravache de taverne.

– Comme si tu étais le seul !

Il tordait sa moustache en une moue ironique, méprisante, qui me fit perdre mon sang-froid.

– Je suis soldat, protestai-je.

– N'importe quel déserteur peut se dire soldat… Dans les tripots, les tavernes et les bordels, on en trouve à la pelle.

J'en fus indigné presque jusqu'aux larmes. C'était injuste et atroce. Celui qui disait cela m'avait vu à ses côtés à la porte des Âmes, au moulin Ruyter, dans la caserne de Terheyden, sur le *Nilkaasbergen*, sur les galères corsaires et en vingt autres lieux.

– Vous savez bien, monsieur, que je ne suis pas de ceux-là, balbutiai-je.

Il pencha la tête de côté et regarda le sol, comme s'il était conscient d'être allé trop loin. Puis, brusquement, il avala une gorgée de vin.

– Qui n'admet pas l'avis des autres est prompt à se tromper… dit-il, le pot contre les dents. Tu n'es pas encore l'homme que tu crois être, ni celui que tu dois être.

Cela mit un comble à ma confusion. Désemparé, je lui tournai le dos, me ceignis de ma tolédane et de ma biscayenne, pris mon chapeau et me dirigeai vers la porte.

– Pas l'homme que je voudrais que tu sois, ajouta-t-il encore. Ou celui qu'aurait aimé ton père.

Je m'arrêtai sur le seuil. Soudain, pour quelque étrange raison, je me sentis au-dessus de lui, au-dessus de tout.

– Mon père...

Je répétai ces mots. Puis j'indiquai la dame-jeanne sur la table.

– Lui, au moins, il est mort à temps pour que je ne le voie jamais soûl au point de prendre son ombre pour un renard et sa bouteille pour un loup.

Il fit un pas dans ma direction. Un seul. Je lus la mort dans ses yeux. J'attendis de pied ferme, lui faisant face, mais il resta où il était en me regardant intensément. Alors je fermai lentement la porte derrière moi et je sortis de l'auberge.

Le lendemain, pendant que le capitaine était de garde au Castelnuovo, je quittai la chambre et m'en fus avec mon coffre loger au cantonnement du Mont Calvaire.

De don Francisco de Quevedo
A don Diego Alatriste y Tenorio
Compagnie du seigneur capitaine
Armenta de Medrano
Poste militaire du Régiment de Naples

Très aimé capitaine,

Je suis toujours ici, à la Cour, bien vu des grands et toléré des dames, jouissant de la faveur de tout ce qui compte, bien que le temps fasse son œuvre et que je me sente de plus en plus bègue des mollets et incapable de marcher à l'amble. La seule ombre est l'élévation au rang d'inquisiteur général du cardinal Zapata, dont mon vieil ennemi le père Pineda chauffe les oreilles pour qu'il inclue mes œuvres dans l'Index des livres défendus. Mais Dieu y pourvoira.

La bonté du roi reste la même et il s'instruit beaucoup dans l'exercice de la chasse (de toutes sortes de chasses), chose naturelle lorsque l'on est à la fleur de l'âge, et le comte et duc s'extasie à chaque coup d'escopette de notre second Théodose ; et donc tout le monde est content. Mais le soleil brille pareillement pour les rois et les manants : ma vieille tante Margarita est en position de passer dans une vie meilleure, et je serais fort étonné si je ne trouvais pas dans ses dernières volontés de quoi m'extasier pendant un bon moment. Pour le reste, il n'y a pas ici de nouveautés, après la banqueroute de janvier, si ce n'est que les coffres du Trésor sont assiégés par ceux de toujours et quelques-uns de plus, sans compter les Génois, et ces juifs portugais pour qui le comte et duc montre tant d'affection ; car si les choses vont mal quand le Turc débarque, elles vont encore plus mal quand c'est un banquier. Mais tant que les galions des Indes arriveront ponctuellement avec argent et doux métal blond dans leurs cales, tout continuera en Espagne à se résumer par : passez-moi ce vin, faites-moi rôtir ce cochon, et quand je bois les asticots jeûnent. Rien de nouveau.

Du bourbier flamand je ne vous dirai rien, car à Naples, entre gens du métier, vous bénéficiez d'assez d'in-

formations. Il suffira de dire qu'ici les Catalans continuent à refuser au roi des subsides pour la guerre et se cramponnent à leurs droits et privilèges ; tant d'obstination fait mal augurer de l'avenir de certains. Face à une nouvelle guerre, qui, avec Richelieu maître du Louvre, paraît tôt ou tard inévitable, quelques troubles de ce côté arrangeraient bien la France ; car il est bien connu que le diable met sa queue là où il ne peut pas mettre les mains. Quant à vos courses sur la mer vineuse, chaque fois qu'il se publie ici quelque nouvelle relatant tel exploit de nos galères, j'imagine que vous faites partie de la danse, escoffiant les Turcs, et je m'en félicite. Puisse l'Ottoman mordre la poussière, puissiez-vous gagner lauriers et butins, et moi le voir, m'en réjouir et boire à votre santé.

Comme vous manquez peut-être de livres, je vous envoie avec cette lettre un exemplaire de mes Songes pour distraire vos belliqueux repos. L'encre en est encore fraîche, car l'imprimeur Sapera vient tout juste de me l'envoyer de Barcelone. Donnez-le à lire à notre jeune Patrocle, que sa lecture édifiera ; car il ne contient rien, selon le censeur frère Tomás Roca, de contraire à la foi catholique et aux bonnes mœurs, ce dont je suppose que vous vous louerez comme moi. J'espère qu'Iñigo garde toutes ses qualités auprès de vous, prudent selon vos conseils et discipliné sous votre autorité. Embrassez-le de ma part, en lui disant que ses affaires à la Cour naviguent sous un vent favorable et que si rien ne vient se mettre en travers, son admission dans les courriers du roi sera chose faite dès qu'il reviendra confirmé en « miles gloriosus ». Recommandez-lui de ne pas négliger, outre mes propres œuvres, celles de Tacite, Homère et Virgile, car même s'il porte les armes de Mars, dans le tumulte du monde la plume continue d'être plus puissante que l'épée. Et elle est de plus grand réconfort, car, au bout du compte, les cygnes ne seront jamais les égaux des canards.

Il y a d'autres affaires en cours que je ne puis vous narrer par lettre, mais tout s'éclaircira et Dieu reconnaîtra les siens. Il suffit de vous dire que l'on me consulte sur certaines expériences italiennes dont j'eus à connaître aux temps du grand et regretté Osuna. Mais la question est délicate et requiert beaucoup de prudence pour vous la conter, car elle n'est pas encore sûre. En tout cas, la rumeur circule qu'un vieil et dangereux ami que vous eûtes, et que vous laissâtes dans les mains de la Justice, n'a pas été exécuté secrètement comme on l'a dit. Mais il aurait plutôt (je vous l'expose en faisant toutes réserves et sans aucune confirmation) acheté sa vie au prix de certaines informations importantes sur des affaires d'État. J'ignore ce qu'il en est réellement, mais il ne serait pas de trop que vous jetiez un coup d'œil derrière vous de temps en temps, au cas où vous l'entendriez siffler.

J'ai d'autres choses à vous confier, mais j'attendrai pour cela ma prochaine lettre. Je termine celle-ci avec les souvenirs de la Lebrijana, dont je visite de temps à autre la taverne pour honorer votre absence avec quelques plats préparés de si bonne main et un pichet de San Martín de

Valdeiglesias. Elle est toujours gaillarde et de meilleure figure, et elle vous reste dévouée envers et contre tout. Vous avez également le salut des habitués : le magister Pérez, maître Calzas, l'apothicaire Fadrique et Juan Vicuña, qui vient d'être grand-père. Martín Saldaña semble enfin rétabli, après avoir passé presque un an à hésiter entre ce monde et l'autre du fait de l'estocade que vous lui donnâtes dans le Rastro ; et il recommence à promener sa verge de lieutenant d'alguazils comme si rien ne s'était passé. Quant à Guadalmedina, je le rencontre au Palais, mais il évite toujours de parler de vous. Il rêve beaucoup, ces jours-ci, d'une ambassade en Angleterre, ou en France.

Gardez-vous bien, cher capitaine. Et veillez sur le garçon pour qu'il puisse jouir de longues et heureuses années.

Votre vieil ami, qui vous embrasse affectueusement,

Francisco de Quevedo

C'était l'après-midi, et, comme d'habitude, le Cerriglio commençait à s'animer. Diego Alatriste parcourut la petite place en forme de demi-lune, tout en observant les gens assis devant les tavernes, nombreux du côté de l'établissement qui donnait son nom à l'endroit, et que les Espagnols appelaient, en en déformant la prononciation, le Chorrillo : en réalité, une auberge située sous l'église Santa Maria Novella ; et dont la bonne réputation, en ce qui concernait le vin, la nourriture et la joyeuse vie, datait du siècle précédent. Depuis l'époque légendaire de Pavie et du sac de Rome, ou presque, le lieu était fréquenté par des soldats et des hommes en attente d'engagement, ou qui se disaient tels, comptant parmi eux toute une bande de chevaliers d'industrie, malfrats et traîne-rapières ; au point qu'il était usuel à Naples et dans toute l'Espagne d'employer les termes de *chorrillero* ou de *churullero* pour désigner le militaire espagnol, ou se disant tel, qui mettait plus d'énergie à faire rouler des dés et à écluser des outres de vin qu'à planter une épée dans la panse d'un Turc ou à crever la peau d'un luthérien. Des gens, en somme, dont on devait savoir que, lorsqu'ils vous disaient « ah camarade, si vous saviez toutes les épreuves que nous avons dû endurer et tous les coups que nous avons dû encaisser », il n'y avait pas un mot de vrai dans tout cela sauf celui de « coups », parce que, effectivement, ils en buvaient à foison.

Sans s'arrêter, Alatriste salua quelques connaissances. Bien que la température fût agréable, il portait une cape brune par-dessus son pourpoint, afin de dissimuler le pistolet passé dans son ceinturon. A cette heure et avec les intentions qu'il avait, la précaution n'était pas de trop, même si le détail du pistolet n'était pas directement en relation avec les mines patibulaires de certains des individus présents. Il restait deux heures de lumière, moment où, comme chaque soir, se donnaient leurs premiers rendez-vous des gens de tout acabit : flambards et bravaches de la confrérie, habitués de la prison de la Vicaria ou de la prison militaire de Santiago, qui avaient l'habitude de passer leurs matinées sur les marches de Santa Maria Novella à regarder les femmes aller à la messe, et leurs soirées et leurs nuits à se réfugier saintement dans les tavernes en discutant les conditions de tel ou tel enrôlement ; et, se parant de la science du capitaine général que tout Espagnol porte en lui, ils discutaient stratagèmes et tactiques, affirmant comment telle bataille avait été gagnée ou pourquoi on avait perdu telle autre. Presque tous étaient des compatriotes que les recruteurs ou le simple besoin de gagner leur vie avaient amenés à Naples, et beaucoup qui avaient été raccommodeurs de vieilles savates dans leur village faisaient ici état de leur haut lignage, de la même façon que toutes ces prostituées espagnoles qui débarquaient par charrettes et se faisaient appeler Mendoza, Guzmán et autres noms de grande noblesse ; ce qui était cause que même leurs collègues italiennes exigeaient d'être traitées en dames. Tout cela aboutissait à ce que le mot *spagnolata* désigne usuellement, dans la langue italienne, l'enflure et la fanfaronnade :

J'ai de l'argent à foison
A Cordoue et à Séville.
Mes parents gentilshommes sont
Grands seigneurs de la Castille.

Il ne manquait pas non plus dans ces parages de naturels du pays, de la Sicile, de la Sardaigne et d'autres régions d'Italie : toute une compagnie fleurie de coupeurs de bourses, faux-monnayeurs, tricheurs aux cartes, tire-laine, déserteurs, ruffians et autre fretin qui, en certaine cour de Monipodio, se réunissaient dans un grand concours de blasphèmes, jurons et obscénités. De sorte que le nom du Cerriglio de Naples pouvait être avantageusement cité aux côtés de ceux de lieux illustres comme les marches de Séville, le Potro de Cordoue, la Sapienza de Rome ou le Rialto de Venise sans porter tort à leur réputation.

Traversant si honorable lieu et laissant la taverne derrière lui, Alatriste prit la ruelle dite des escaliers de la Piazetta, tellement étroite que deux hommes et leurs épées pouvaient tout juste y passer en même temps. L'odeur du vin des bouges qui y avaient leur entrée et d'où sortaient des bruits de conversations et des chants d'ivrognes se mêlait à celle de l'urine et des immondices. Et arrivé presque en haut, en faisant un écart pour ne pas marcher dans ce que la décence défend de nommer, il barra le passage, bien involontairement, à deux soldats qui descendaient. Ils étaient habillés à l'espagnole, quoique sans ostentation : chapeaux, épées et bottes.

– Allez gêner les gens ailleurs, malotru, protesta l'un d'eux en castillan, sur un ton agressif, et en faisant mine de forcer le passage.

Alatriste porta lentement, comme s'il réfléchissait, deux doigts à sa moustache. C'étaient des gens solides, militaires sans aucun doute. Celui qui avait parlé était petit et trapu, avec un accent galicien. Il portait des gants de prix, et son habit, bien que coupé avec sobriété, semblait de bon drap. L'autre était grand et maigre, avec un air mélancolique. Tous deux avaient des moustaches sur des visages bien rasés et étaient coiffés de chapeaux à plumes.

– Je le ferais bien volontiers, répondit-il avec simplicité, et en votre compagnie, même, si je n'étais retenu par d'autres occupations.

Les deux hommes s'étaient arrêtés.

– En notre compagnie ?... Pour quoi faire ? demanda, hargneux, le plus petit.

Alatriste haussa les épaules, comme si la réponse allait de soi. En réalité, se dit-il, il n'avait pas le choix. Toujours la maudite réputation.

– Pour discuter de quelques points d'escrime… Vous savez : garde haute, fente longue, coup de manchette et tout le reste.

– Sur ma foi ! murmura le plus petit.

Il n'avait pas dit « ma foi de gentilhomme », comme le faisaient d'habitude ceux qui étaient loin de l'être. Alatriste remarqua qu'ils l'étudiaient tous deux avec beaucoup de soin et qu'ils ne prenaient pas à la légère la bonne tolédane qu'il portait à la ceinture, la dague dont la poignée était visible derrière le rein gauche – la main correspondante la frôlait comme par distraction –, ni les cicatrices qu'il avait au visage. Ils ne pouvaient voir le pistolet, caché par la cape, mais lui aussi était là. Il soupira intérieurement. Cela n'était pas prévu, mais les choses étaient ce qu'elles étaient. Que faire, sinon ? Quant au pistolet, il espérait ne pas se voir obligé de s'en servir. Plus porté à devancer qu'à être devancé, il s'en était muni pour un autre usage.

– Mon ami est de mauvaise humeur, intervint le plus grand des deux, conciliateur. Il vient d'avoir un problème, là-haut.

– Ça, c'est mon affaire, dit l'autre, agressif.

– Eh bien, je regrette de vous dire, monsieur, répondit Alatriste, que si vous ne changez pas vos manières, vous allez avoir un problème de plus.

– Prenez garde à vos paroles, répondit le plus grand, et que l'habit de mon compagnon ne vous égare pas… Vous seriez surpris de savoir comment il s'appelle.

Alatriste, qui écoutait sans perdre de vue le plus petit, haussa les épaules.

– Dans ce cas, pour éviter les confusions, qu'il s'habille comme il s'appelle, ou qu'il s'appelle comme il s'habille.

Les autres se regardèrent, indécis, et Alatriste écarta de quelques pouces la main gauche de la poignée de sa biscayenne. Ces deux-là, il en fut convaincu, avaient des façons d'honnêtes personnes. Ils ne ressemblaient pas à des coupe-jarrets de ruelles ni à des hommes qui tuent dans le dos. Et cependant, ils ne devaient pas être non plus de ceux qui font la queue à l'arsenal les jours de paie, pour toucher quatre écus. Sous les habits de soldats, on sentait des gens de bonne éducation : nets, sérieux ; familiers d'un noble ou d'un général, volontaires de bonne famille qui servaient un temps dans l'armée pour se parer de quelques lauriers. Les Flandres et l'Italie en étaient pleines. Il se demanda ce qu'avait pu être le conflit qui avait mis le plus petit de mauvaise humeur. Une femme, peut-être. Ou une malchance au jeu. Quoi qu'il en soit, c'était le dernier de ses soucis : chacun avait ses propres ennuis.

– De toute manière, ajouta-t-il, offrant une issue honorable, j'ai une affaire urgente dont je dois m'occuper sur-le-champ.

Le plus grand parut soulagé d'entendre cela.

– Nous prenons notre service dans deux heures, dit-il.

Son accent était également du nord de la péninsule, quoique plus dur. Des Asturies, peut-être. Et le ton était franc, sans tomber dans l'excuse. Digne. Tout aurait pu s'arrêter là, mais son compagnon ne partageait pas cet esprit de conciliation. Il regardait Alatriste avec la sombre ténacité d'un chien de chasse qui, furieux d'avoir perdu un renard, se trouverait face à un loup.

– Cela nous laisse largement le temps.

Alatriste caressa de nouveau sa moustache. L'affaire n'était pas forcément des plus recommandées. Être impliqué dans un duel avec un de ces personnages, ou avec les deux, pouvait être source de désagréments. Il eût aimé laisser les choses comme elles étaient, mais ce n'était plus facile. Ce qui compliquait tout, c'était que chacun en faisait un point d'honneur. Et lui-même commençait à être irrité par l'obstination du quidam.

– Alors ne le gaspillons pas en paroles, dit-il, résolu.

– Considérez, monsieur, précisa le grand, toujours courtois, que je ne puis laisser mon compagnon seul. Il vous faudra également vous battre avec moi... Après, bien entendu. Et dans le cas où...

– Trêve de discussion, l'interrompit l'autre, en faisant face à Alatriste. Où allons-nous?... A Piedegruta?

Alatriste le regarda très fixement, en le jaugeant. Maintenant, il avait vraiment envie de planter quatre bons pouces d'acier dans le foie de ce petit coq inopportun. Et par le sang du Christ, d'ici peu ce serait chose faite. Et pour son compagnon de même, sans supplément. Les deux pour le prix d'un, à la file. Au moins leur ferait-il ainsi payer le prix du dérangement.

– La porte Royale est plus près, proposa-t-il. Et il s'y trouve un petit pré discret, qui attend seulement que quelqu'un vienne s'y coucher.

Le plus grand soupira avec résignation.

– Monsieur le soldat que voici aura besoin d'un témoin... dit-il à son compagnon. Que l'on n'aille pas raconter ensuite que nous l'avons assassiné tous les deux.

Un sourire amusé tordit la bouche d'Alatriste. C'était raisonnable, et bien pensé. Le duel était interdit à Naples par des ordonnances royales, et quiconque les transgressait allait en prison, ou à la potence s'il n'avait personne pour témoigner en sa faveur; il était donc toujours avisé de respecter les règles, surtout lorsque l'affaire se passait entre gens d'une certaine qualité. Le mieux, conclut-il, serait d'en tuer un – sans doute le plus petit – et de laisser l'autre en condition de rapporter qu'ils s'étaient battus loyalement. Bien que, sans témoins, il pouvait aussi tuer les deux, ni vu ni connu.

– Nous pouvons arranger cela en chemin, si vous avez l'obligeance d'attendre un moment... – Il désigna du doigt le haut de la ruelle, où celle-ci faisait un coude vers la droite. – J'ai une affaire à régler là-bas.

Les autres acquiescèrent, après avoir échangé un regard quelque peu perplexe. Alors, leur tournant le dos avec le plus grand calme – la vie lui avait appris à reconnaître ceux avec qui l'on pouvait agir de la sorte, et il était sûr de ne pas se tromper –, Alatriste gravit les dernières marches, en écoutant les pas des Espagnols qui marchaient derrière lui. Des pas tranquilles, constata-t-il, satisfait d'avoir affaire à des gens de bonne éducation. Après avoir tourné, il passa sous une voûte aussi étroite que le reste de la rue, où s'affichait l'enseigne d'une taverne. Il en vérifia le libellé avant de franchir le seuil, et sans plus se préoccuper de ses accompagnateurs interloqués, il releva son chapeau et s'assura qu'épée et biscayenne étaient bien à leur place, prêtes à être dégainées sans embarras. Puis il serra les cordons du justaucorps de buffle qu'il portait sous sa cape, tâta le pistolet et entra. C'était un des plus méchants cabarets de l'endroit: une cour avec un auvent sous lequel étaient disposées les tables. Des poules picoraient sur la terre battue. Les clients étaient une vingtaine, et leur apparence ne payait pas de mine, l'air italien. A certaines tables, on jouait aux cartes, avec quelques spectateurs debout qui pouvaient aussi bien suivre les parties par plaisir que pour faire des signes dans le dos des imprudents, tenant ainsi le rôle de ce que l'on appelle «le miroir de Claramonte».

Alatriste s'approcha discrètement du tavernier et, en aparté, après lui avoir graissé la patte avec un carlin d'argent, s'enquit de Giacomo Colapietra. Un instant plus tard, il se trouvait près d'une table où un personnage efflanqué qui n'avait que la peau sur les os, avec cheveux postiches et moustache en queue de martinet, buvait tout en tripotant ses cartes en compagnie de deux pendards à l'aspect peu engageant, de ceux qui vont armés de pied en cap, le col effiloché portant leur crasse en guise d'amidon.

– Me feriez-vous l'honneur, monsieur, d'un entretien particulier?

Le Florentin, qui était en train de séparer les rois des valets, lui adressa un regard interrogateur et quelque peu bigle.

– *Nascondo niente a mis amichis*, dit-il en désignant ses voisins.

Il avait la langue pâteuse et sentait le vin bon marché d'abord baptisé et ensuite excommunié. Du coin de l'œil, Alatriste prit la mesure desdits *amichis* auxquels l'homme prétendait ne rien cacher. Italiens, à coup sûr. *Bravi*, mais de carton-pâte. Ces compères ne semblaient pas valoir grand-chose, malgré les épées courtes qu'ils gardaient à portée de main. Seul le tricheur avait un eustache d'un empan et demi qui pendait de son ceinturon.

– On me dit que vous cherchiez à louer les services de quelques bons connaisseurs en couteaux, seigneur Giacomo.

– *Non bisogno nessuno piu.*

Alatriste eut une expression qui ressemblait à une arête de verre.

– Je ne me suis pas bien expliqué. Les coups de couteau sont pour un de mes amis.

Le dénommé Colapietra arrêta de battre les cartes et regarda ses compères. Puis il observa Alatriste avec beaucoup d'attention. Sous la moustache cirée, il affichait un sourire suffisant.

– On me dit, poursuivit Alatriste sans se troubler, que vous avez préparé et dûment tarifé une contrariété pour certain jeune Espagnol que j'apprécie beaucoup.

En entendant cela, Colapietra éclata d'un rire méprisant.

– *Cazzo !* dit-il.

Puis, roublard et menaçant à la fois, il fit mine de se lever en même temps que ses camarades ; mais le mouvement n'alla pas plus avant : juste le temps qu'il fallut à Alatriste pour sortir son pistolet de sous sa cape.

– Rasseyez-vous tous les trois, dit-il, calmement et sans hâte, voyant qu'ils comprenaient la situation. Ou je me ferai un plaisir de chier sur vos putains de mères... *Capisci ?*

Le silence s'était fait autour de lui et dans son dos, mais Alatriste ne quittait pas des yeux les trois caïmans, qui étaient devenus d'une pâleur de cire.

– Les mains sur la table et éloignez les épées.

Sans regarder derrière lui pour ne pas donner l'impression d'hésiter, il fit passer le pistolet dans la main gauche et posa la droite sur la poignée de sa tolédane, au cas où il aurait à s'en servir pour se frayer un chemin vers la porte. Il avait tout calculé en entrant, y compris sa retraite vers le bas de la ruelle. Si les choses se corsaient, l'affaire se résumait à atteindre la place du Cerriglio, où il ne manquerait pas de monde pour lui prêter main-forte. Il aurait pu venir accompagné : Copons, le Maure Gurriato – qui aurait donné son âme pour lui rendre ce genre de services – ou n'importe quel autre camarade lui auraient fait escorte avec beaucoup de plaisir. Mais l'effet de théâtre n'était pas le même. Tout l'art était là.

– Maintenant écoute, cornard !

Et tenant le canon du pistolet tout près du visage blafard du tricheur – qui avait laissé tomber ses cartes par terre –, sans élever la voix, avec des mots précis et sans ambiguïté, Alatriste approcha aussi sa moustache et resta ainsi un bon moment, en détaillant ce qu'il ferait de Colapietra, de ses parties intimes et de ceux qui l'avaient engendré, s'il était fait le moindre mal à l'un de ses amis. Une simple glissade dans la rue, une chute accidentelle suffiraient pour qu'il revienne régler son compte au Florentin qu'il tiendrait pour responsable ; même une diarrhée ou une fièvre tierce lui serait attribuée. Et lui, aussi vrai qu'il s'appelait Diego Alatriste, habitant le quartier espagnol chez Ana de Osorio, n'avait besoin de louer personne pour tuer à sa place. Entre autres, parce que, pour ce genre de besogne, c'était lui qu'on louait. Encore une fois, *capisci* ?

– Alors fais bien attention : tu m'auras ici, ou dans n'importe quel coin obscur, pour t'ouvrir une boutonnière d'un empan... Me suis-je bien expliqué ?

Décomposé, l'autre fit signe que oui. Avec la figure qu'il faisait, le couteau inutile qu'il portait à sa ceinture accentuait son air pathétique. Les yeux clairs et glacés d'Alatriste, à quelques pouces seulement des siens, semblaient lui liquéfier la cervelle. Sa perruque avait aussi glissé un peu de côté, et l'on pouvait sentir l'odeur de sa peur : humide et âcre. Le capitaine écarta la tentation d'en rajouter encore avec son pistolet. On ne peut jamais prévoir ce qui peut faire perdre la tête à un homme.

– Ainsi, tout est clair?

Clair comme de l'eau de roche, put-on lire sur le visage de Colapietra, incapable de prononcer un mot. S'écartant un peu, le capitaine observa du coin de l'œil les acolytes du Florentin; ils restaient figés comme des statues en maintenant leurs mains sur la table avec une angélique innocence, et l'on eût dit qu'à part voler leurs mères, assassiner leurs pères et prostituer leurs sœurs ils n'avaient rien fait de mal de toute leur vie pécheresse. Puis, sans baisser le pistolet ni ôter la main de la poignée de sa rapière, dans un silence où l'on entendait voler les mouches et picorer les poules, Alatriste s'éloigna de la table et marcha vers la porte sans tourner complètement le dos, surveillant les autres clients, immobiles et muets. Sur le seuil, il se heurta aux deux Espagnols qui l'avaient suivi et avaient assisté à toute la scène. Il fut surpris de les voir là. Tout à son affaire, il les avait oubliés.

– A nous, maintenant, dit-il, ignorant leur étonnement, pourtant manifeste.

Ils sortirent tous trois dans la ruelle, sans que les autres ouvrent la bouche, tandis qu'Alatriste baissait le chien du pistolet et remettait celui-ci à sa ceinture, sous la cape. Puis il cracha par terre, entre ses bottes, d'un air irrité et dangereux. Avec la colère froide qu'il avait accumulée depuis sa rencontre avec ses accompagnateurs, ajoutée à la tension de la taverne, il avait besoin de se libérer de ses humeurs mauvaises. Ses doigts le démangeaient d'impatience pendant qu'il passait la main sur la garde de son épée. Par la merde du Christ, se dit-il, en envisageant d'un œil expert les futurs coups d'épée. Après tout, ils n'avaient peut-être pas besoin d'aller jusqu'à la porte Royale pour commencer la musique et régler la question. Au premier geste, au premier mot de travers, décida-t-il, il tirerait sa biscayenne – le lieu était étroit pour des danses tolédanes – et les saignerait comme des porcs sur place, même si la Justice et le vice-roi en personne devaient lui tomber dessus.

– Pardieu, dit le plus grand.

Il regardait Diego Alatriste comme s'il le voyait pour la première fois. Et il ne fronçait plus les sourcils, mais montrait un visage songeur, dissimulant mal sa curiosité.

– Vous voulez toujours poursuivre ? demanda-t-il à son camarade.

Sans répondre, le plus petit gardait les yeux fixés sur Alatriste, qui soutint son regard tout en faisant un geste impatient pour l'inviter à se diriger vers l'endroit où ils pourraient vider leur querelle. Mais l'autre ne bougea pas. Au lieu de cela, passé un moment, il ôta le gant de sa main droite et offrit celle-ci, nue et franche.

– Qu'on me larde comme un nègre, dit-il, si je me bats avec un homme tel que celui-là.

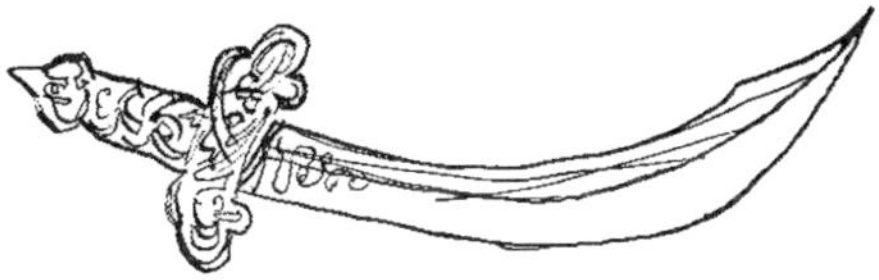

IX

LEVANTINS DU ROI CATHOLIQUE

Le Turc hissa le pavillon blanc et amena les voiles sans combattre. C'était un karamuzal noir à coque allongée et poupe haute : un navire marchand à deux mâts que la manœuvre de nos cinq galères, en lui coupant en même temps la route de la terre et celle du large, avait empêché de se servir de la rapidité de ses voiles. Il s'agissait de notre troisième prise depuis que nous nous tenions à l'affût dans le bras de mer qui sépare les îles Tinos et Mykonos, passage très fréquenté vers Constantinople, Chios et Smyrne. Et à peine l'eûmes-nous accosté et que nous eûmes mis dedans un détachement d'abordage de notre infanterie, nous vîmes que l'affaire était bonne. Avec un équipage de Grecs et de Turcs, il transportait de l'huile et du vin de Candie, du savon, du cuir du Caire et autres marchandises de valeur, et avait pour passagers des Juifs de Salonique – de ceux qui portent le caftan jaune, bien pourvus en argent estampillé.

Ce jour-là, nous employâmes moins nos épées que nos ongles, car durant une demi-heure nous nous livrâmes à fond au pillage de tout ce que nous trouvions ; il y eut même un soldat d'une autre galère qui se jeta à l'eau avec les poches pleines pour ne pas être dépossédé par les officiers qui rétablissaient l'ordre, et qui se noya plutôt que d'abandonner son aubaine. Le karamuzal était la propriété de Turcs et donc de bonne prise, et nous l'expédiâmes à Malte avec les matelots grecs et quelques-uns de nos soldats, tout en mettant à la rame, répartis entre les cinq galères, deux renégats – en attendant que l'Inquisition s'en occupe –, huit Turcs, trois Albanais et cinq Juifs ; dont l'un, la gent hébraïque n'étant pas de bonne constitution pour la rame, mourut dans les deux jours de maladie ou de se voir esclave et de ne pas supporter cette déchéance. Les autres furent rachetés plus tard pour moins de mille sequins par les moines de Patmos ; lesquels devaient, comme d'habitude, s'occuper de leur rendre la liberté, moyennant intérêts. Car là-bas, les moines parlaient en grec et comptaient en génois.

Les deux renégats échurent à la *Mulâtre*. L'un était espagnol, de Ciudad Real : et pour améliorer sa condition, il nous fit un récit intéressant que je rapporterai à vos seigneuries. Mais je dirai auparavant que notre campagne était prospère. De nouveau à bord, les cheveux pleins de poisson, la peau de sel et les habits de goudron, nous étions trois galères de Naples – la *Mulâtre*, la *Vierge Noire* et la *Notre-Dame du Rosaire* – carénées de neuf et bien nanties en approvisionnements et en soldats, qui avions laissé derrière nous les bouches de Capri pour une expédition de deux mois en mer Égée et sur la côte de l'Anatolie, dont les îles sont habitées par des Grecs dominés par les Turcs ; et après nous être réunies sur la fosse de San Giovanni avec deux galères de Malte appelées la *Croix de Rhodes* et la *Saint-Jean-Baptiste*, nous avions navigué de conserve jusqu'aux Formigues de Corfou. De là, nous étant avitaillés en viande fraîche et en eau, nous étions descendus le long de la Morée par Céphalonie et Zante, qui sont aux Vénitiens, puis après avoir contourné les îles de Sapienza et fait de l'eau aux moulins de Coron – l'artillerie turque nous bombardait depuis la ville, mais ne nous atteignait pas –, nous avions pris la direction du levant par le bras du Magne et le cap Saint-Ange, où nous entrâmes dans les eaux claires et bleues du golfe, vertes et cristallines des rives de l'archipel. Afin de faire nôtre ce que proclamait dans *La Terreur de la Turquie* Vélez de Guevara :

J'ai navigué dans la mer du Levant
Pour chercher celle du Turc arrogant
Qui l'Espagne ose défier,
Car de son arrogance il faut le châtier.

Au cours de ce voyage, j'eus l'occasion d'éprouver une émotion particulière en naviguant devant le golfe de Lépante, où les gens de nos galères avaient coutume, rangés sur la bande côté terre, de réciter une prière en mémoire de tous les Espagnols qui moururent là en combattant comme des lions, lorsque la flotte de la Ligue détruisit la flotte turque à la bataille de l'an mil cinq cent septante et un. En ces mêmes parages, et dans un autre ordre d'idées, je fus aussi ému de passer devant les îles de Sapienza et la ville de Modon qui appartient au Turc ; car je me rappelais avoir lu ce nom de Modon dans le récit du Captif qui figure dans la première partie de *Don Quichotte* sans savoir qu'un jour je naviguerais comme soldat, à l'égal de Cervantès, par ces terres et mers où il avait combattu dans sa jeunesse, ne comptant guère plus d'années alors que j'en comptais moi-même aujourd'hui; jusqu'à ce qu'il se trouve, à Lépante et sur la galère la *Marquise*, «dans la plus haute occasion que virent les siècles passés et présents, et que ne pourront voir ceux à venir».

Mais je dois parler de ce que confessa le renégat espagnol capturé sur le karamuzal: information dont les conséquences, bien qu'il nous fût impossible de le savoir sur le moment, devaient affecter notre avenir de façon dramatique et coûter la vie de beaucoup d'hommes courageux. Il advint donc que pour tenter d'échapper aux noires perspectives que lui réservait l'Inquisition et améliorer sa condition à la rame – il avait été enchaîné au pire endroit de la vogue, la bande du banc de conille –, le renégat demanda à parler au capitaine Urdemalas pour lui confier, en secret, une affaire de la plus haute importance. Conduit devant lui, et après avoir raconté sa vie en détail avec les escobarderies habituelles en pareilles circonstances, il exposa quelque chose que notre capitaine de mer et de guerre jugea vraisemblable: un grand navire turc s'apprêtait à appareiller de Rhodes pour Constantinople, portant à son bord de riches marchandises et des personnes de qualité, parmi lesquelles – mais de cela, le renégat n'était pas sûr – une femme qui était, soit de la famille, soit l'épouse du Grand Turc ou envoyée pour le devenir. Et selon ce que nous sûmes très vite – il n'y a pas de secret assuré dans la promiscuité d'une galère –, l'homme de Ciudad Real conseilla au capitaine Urdemalas, s'il souhaitait compléter l'information, de soumettre à l'épreuve des cordes le patron du karamuzal, qui était l'autre renégat posté au même banc : un Marseillais qui, en se faisant couper, avait troqué son nom contre celui d'Ali Masilia et avec qui, apparemment, l'Espagnol avait quelques comptes en suspens qu'il entendait maintenant fort gentiment solder.

Cette affaire de navire turc était d'importance ; et donc le dénommé Masilia fut mis à la question. Il commença par faire le faraud, soutenant qu'il ne savait rien et qu'aucun chien de chrétien ne l'obligerait à ouvrir la bouche ; mais au premier tour de corde que lui donna l'alguazil de la galère en le menaçant de lui faire sortir les yeux de leurs orbites, il se montra si loquace et disposé à coopérer que le capitaine Urdemalas, craignant que ses cris ne soient entendus de tous, le fit descendre et s'enferma avec lui dans le paillol du biscuit, d'où il sortit un moment plus tard en se caressant la barbe et souriant d'une oreille à l'autre. Cette après-midi-là, profitant de ce que la mer était sans vent et comme d'huile, nous mîmes en panne à une demi-lieue au nord de Mykonos, on fréta les esquifs, et il y eut conseil d'officiers dans le carrosse de la *Vierge Noire* ; laquelle était notre galère capitane, car à bord se trouvait don Agustín Pimentel, petit-neveu du vieux comte de Benavente, à qui le vice-roi de Naples et le grand maître de Malte avaient confié l'expédition. Y assistèrent également son capitaine de galère – qui l'était aussi de l'infanterie embarquée à son bord – Machín de Gorostiola, le chapelain, frère Francisco Nistal, et le premier pilote Gorgos, un Ragusien qui avait navigué avec le capitaine Alonso de Contreras et était très familier de ces eaux. Des autres navires vinrent notre capitaine Urdemalas et celui de la *Notre-Dame du Rosaire*, un Valencien sympathique et loquace nommé Alfonso Cervera. Pour ceux de Malte vinrent leurs officiers respectifs : celui de la principale, la *Croix de Rhodes*, qui était un Majorquin répondant au nom de frère Fulco Muntaner, et celui de la *Saint-Jean-Baptiste*, frère Vivant Brodemont, Français de nation. Et à la fin de la réunion, avant même que chacun fût retourné sur sa galère à bord de son esquif, le bruit circulait déjà allègrement dans notre petite escadre qu'en effet un riche navire remontait de Rhodes à Constantinople et que nous étions en bonne condition de lui donner l'abordage avant qu'il ne s'engage dans le détroit des Dardanelles. Cela nous fit hurler de joie, et il fallait voir soldats et mariniers s'interpeller de galère à galère en se souhaitant bonne chance. Le même soir, avant la prière, on distribua aux rameurs du vin candiote, du fromage salé sicilien et quelques onces de lard, après quoi, les fouets claquant de la proue à la poupe, les cinq galères prirent la direction de la nuit qui montait par le levant, en faisant force rames, la chiourme se brisant l'échine. Comme une meute de loups flairant une proie.

Le lever du soleil me trouva comme d'habitude à l'arbalestrière de tribord la plus proche de la poupe, d'où je voyais la lumière s'emparer de l'horizon, tout en observant le pilote qui se livrait à son premier rituel de la journée ; car, comme je l'ai dit, cela me fascinait de le voir bénir la rose des vents en reconnaissant tel ou tel cap, si nous naviguions près de la terre ; ou, si nous étions en haute mer, prendre l'Étoile, caler l'arbalète, situer le nord, ajuster à midi l'astrolabe et faire en sorte que le soleil entre par les pinnules pour prendre le point. Il était très tôt et la chiourme dormait sur ses bancs et ses banquettes, car nous naviguions maintenant à la voile, poussés par un convenable vent grec qui, la galère pouvant le serrer jusqu'à cinq quarts, nous permettait de garder notre cap, rames remontées et navire gîtant sur tribord. Presque tous les hommes de l'équipage et les soldats dormaient également, et les mousses de quart, en haut dans les gabies, scrutaient l'horizon à la recherche de voiles ou de terre, attentifs au côté où se levait le soleil dont l'éclat naissant pouvait masquer dangereusement une présence ennemie. Mon manteau de laine encore sur les épaules – je dormais enroulé dedans, pressé contre les autres, et, si je l'avais laissé sur le sol, il aurait marché seul tant il abritait de poux et de punaises –, je m'appuyais contre un filaret humide de la nuit et regardais les couleurs roses et orange dont se parait l'aurore, en me demandant si, encore une fois, se vérifierait le dicton que j'avais appris à bord entre bien d'autres : rouge le soir, c'est soleil le matin ; rouge le matin, c'est pluie dans la journée.

Je jetai un regard sur la bande de la galère. Le capitaine Alatriste était déjà réveillé et, de loin, je le vis secouer sa couverture et la plier avant de se pencher au-dessus du plat-bord et, avec un seau attaché à un filin, remonter de l'eau de mer pour s'asperger le visage – sur une galère, l'eau douce était un bien précieux –, en se frottant ensuite très fort avec un linge pour éviter que le sel ne reste sur la peau. Après quoi, adossé à la batayole, il sortit de sa poche un morceau de biscuit sec, le mouilla de quelques gouttes de l'outre de vin qu'il partageait avec Sebastián Copons – ils ne buvaient jamais leur ration d'un coup mais en gardaient la moitié, en la ménageant – et mordit dedans en observant la mer. Puis, quand Copons qui dormait près de lui commença de bouger et leva la tête, le capitaine lui donna la moitié du biscuit. L'Aragonais mastiqua en silence, tenant le biscuit dans une main et se frottant les yeux de l'autre, et mon ancien maître jeta un coup d'œil autour de lui. Et quand il constata que j'étais du côté de la poupe et que je l'observais, il détourna le regard.

Nous avions peu parlé depuis Naples. La brûlure de notre dernière conversation ne s'était pas encore apaisée et, au cours des ultimes jours à terre, c'était à peine si nous nous étions vus, car je dormais dans les baraques militaires du Mont Calvaire, à côté du Maure Gurriato, et j'évitais d'aller boire et manger dans les restaurants et les gargotes fréquentés par le capitaine. Ce qui m'avait permis, en revanche, de resserrer les liens avec le mogatace, qui continuait de servir sur la *Mulâtre* – non plus, désormais, comme bonnevoglie mais avec une solde de quatre écus par mois –, où nous partagions le même sort ; et où nous avions eu l'occasion de combattre côte à côte, ne fût-ce que pour un bref moment, durant la capture d'une de nos prises : un samequin d'Albanais et de Turcs que nous avions rencontré au levant de l'île de Milo ; et que, nous étant engagés dans le passage d'Argentera en courant le danger de donner sur un haut-fond, nous avions pris à l'abordage avec l'esquif. Affaire de peu de profit, car il ne portait pas d'autre cargaison que des peaux non tannées, et nous étions revenus à bord en ramenant douze hommes à mettre à la rame, sans perte de notre côté. En cette occasion, conscient que le capitaine Alatriste me suivait des yeux, j'avais sauté sur le samequin parmi les premiers, suivi du Maure Gurriato, et essayé de me distinguer du mieux que je pouvais à la vue de tous ; de sorte que c'était moi qui avais coupé les écoutes de la prise pour que personne ne les borde et qui, ensuite, arrivant jusqu'au patron au milieu de l'équipage qui s'escrimait avec espontons et cimeterres – quoique sans trop de conviction, car ils avaient faibli dès qu'ils nous avaient vus prendre pied à leur bord –, lui avais expédié un bon coup de lame dans la poitrine qui lui avait fait rendre à demi l'âme, juste au moment où il ouvrait la bouche pour demander quartier – ou du moins l'avais-je vu ainsi. Aussi étais-je retourné à la galère fort de la bonne opinion de mes camarades, faisant la roue comme un paon et regardant le capitaine Alatriste à la dérobée.

– Je crois que tu devrais parler avec lui, me dit le Maure Gurriato.

Il s'était réveillé et se tenait près de moi, la barbe en bataille, la peau luisante de la crasse du sommeil et de l'humidité du petit matin.

– Pour quoi faire ?... Lui demander pardon ?

– Non. – Il s'étira en bâillant. – Je dis parler, seulement.

J'éclatai d'un rire méchant.

– S'il a quelque chose à dire, qu'il vienne et qu'il me le dise.

Le Maure Gurriato se grattait minutieusement entre les doigts de pied.

– Il a plus d'années que toi, et plus de connaissances. C'est pour ça que tu en as besoin : il sait des choses que toi et moi ne savons pas... *Uah*... Sur ma tête, c'est vrai.

Je ris encore, l'air suffisant. Plus sûr de moi qu'un coq à cinq heures du matin.

– Tu te trompes, Maure. Ce n'est plus comme avant.

– Avant ?... Comment était-ce, avant ?

– C'était comme regarder Dieu.

Il m'observait avec sa curiosité habituelle. Un de ses traits singuliers, et pour moi le plus sympathique, consistait en l'attention obstinée qu'il portait aux choses parfois les plus infimes en apparence. Tout semblait l'intéresser : de la composition d'un grain de poudre aux ressorts compliqués du cœur humain. Il questionnait, écoutait la réponse et opinait ensuite, si c'était opportun, avec un sérieux total, exempt de réserves ou de précautions. Sans jouer au modeste, au malin ni au plus fort. Impassible devant la sagesse, la stupidité ou l'ignorance des autres, le mogatace possédait la patience infinie d'un homme résolu à apprendre de tout et de tous. La vie écrit dans chaque chose et chaque parole, l'ai-je entendu dire en certaine occasion ; et l'homme de bien est celui qui sait lire et écouter en silence. Étonnante conclusion ou philosophie chez quelqu'un qui, comme lui, ne savait lire ni écrire, même s'il connaissait la langue castillane, la turque et le baragouin maure, sans compter la langue franque de Méditerranée, et à qui quelques semaines avaient suffi, à Naples, pour s'initier fort convenablement au parler italien.

– Et aujourd'hui, il ne ressemble plus à Dieu ?

Il continuait de me regarder avec beaucoup d'attention. Je fis un geste vague, tourné vers la mer. Les premiers rayons du soleil nous frappaient le visage.

– Je vois chez lui des choses que je ne voyais pas autrefois, et il en est d'autres que je ne trouve plus.

Il hocha la tête, presque avec chagrin. Tranquille et fataliste comme toujours, il allait et venait entre le capitaine Alatriste et moi, restant notre seul contact à bord, en dehors des nécessités du service ; car Copons, avec sa rudesse aragonaise, manquait de subtilité pour améliorer l'ambiance ; ses tentatives maladroites de conciliation se heurtaient à l'obstination de ma jeunesse. Le Maure Gurriato, lui, était aussi peu instruit que Copons mais plus perspicace. Il avait pris ma mesure et était patient ; aussi se maintenait-il discrètement entre nous deux, comme si faciliter ce lien était une manière de payer au capitaine, sinon à moi, une étrange dette que, dans sa tête compliquée de mogatace, il croyait – et il l'a cru toute sa vie, jusqu'à Nordlingen – devoir à l'homme qu'il avait rencontré lors de la cavalcade d'Oued-Berruch.

– Un homme tel que lui mérite le respect, affirma-t-il, comme s'il venait de conclure un long raisonnement intérieur.

– Pardieu, je le mérite aussi.

– *Al khadar.* – Il haussa les épaules, fataliste. – Le destin. Le temps le dira.

Je lançai un coup de poing contre le filaret.

– Je ne suis pas né d'hier, Maure... Je suis homme et hidalgo comme lui.

Il passa la main sur son crâne qu'il rasait tous les jours avec une navaja et de l'eau de mer.

– Hidalgo, naturellement, murmura-t-il.

Il souriait. Ses yeux sombres et doux, presque féminins, brillèrent comme les anneaux d'argent de ses oreilles. Et il ajouta :

– Dieu aveugle ceux qu'il veut perdre.

– Au diable Dieu et tout le reste.

– Nous donnons parfois au diable ce que le diable possède déjà.

Et sur ces mots, il se leva, prit une poignée de vieille étoupe et se dirigea par la coursie vers les poulaines, près de l'éperon, au lieu de se soulager comme beaucoup le faisaient, accroupis entre les baccalats des bandes. Car un autre trait du Maure Gurriato était d'être aussi pudique que la mère qui l'avait enfanté.

– Il se peut que nous ayons de la chance, dit le capitaine Urdemalas. A ce qu'on dit, le navire était encore à Rhodes il y a trois jours.

Diego Alatriste trempa sa moustache dans le vin que le capitaine de la *Mulâtre* avait fait servir dans la chambre du carrosse, à la poupe, sous la tente jadis rayée de rouge et de blanc et aujourd'hui rapiécée et décolorée par le soleil. Le vin était bon : un blanc de Malvoisie semblable au San Martín de Valdeiglesias ; et connaissant l'avarice proverbiale d'Urdemalas, célèbre pour être plus rétif à se séparer d'un maravédis que le pape de son anneau épiscopal, cela laissait prévoir des événements intéressants. Entre deux gorgées, Alatriste observa les autres à la dérobée. Outre le pilote, un Grec nommé Braco, et le comite de la galère avaient été convoqués l'enseigne Labajos et les trois caporaux de troupe désignés pour commander les quatre-vingt-sept hommes d'infanterie qui étaient à bord : le sergent que l'on appelait Brûlé, le caporal Conesa et Alatriste. Se trouvait aussi présent le maître artilleur qui remplaçait le mutilé de Lampedusa : un Allemand qui jurait en castillan et buvait en Biscayen mais maniait moyennes, sacres, couleuvrines et émerillons avec la dextérité d'un cuisinier au milieu de ses casseroles.

– Il s'agit, apparemment, d'un gros navire. Une mahonne, de cette sorte qui va sans rames, à voiles carrées. Et avec de l'artillerie... Elle est escortée par une galère à fanal où servent des janissaires.

– Un os dur à ronger, dit le comite en entendant le mot « janissaire ».

Le capitaine Urdemalas le regarda sans aménité. Il était de mauvaise humeur parce qu'il souffrait depuis une semaine d'une rage de dents qui lui broyait la tête, sans se résigner pour autant à se mettre entre les mains du barbier du bord ni d'aucun autre.

– On en a rongé de pires, affirma-t-il.

L'enseigne Labajos, qui avait éclusé son vin, s'essuyait la moustache du dos de la main. Il était de Malaga, jeune, maigre et noiraud, compétent dans son office.

– Il faut s'attendre à ce qu'ils se défendent bien. S'ils perdent leur passagère, ils perdront aussi leur tête.

Le sergent Brûlé éclata de rire.

– C'est vraiment une femme du Grand Turc ?... Je croyais qu'on ne les laissait pas sortir du sérail.

– Elle est la favorite du pacha de Chypre, expliqua Urdemalas. Il termine son mandat dans un mois et l'envoie en avant avec une partie de son argent, de ses domestiques, de ses esclaves et de sa garde-robe.

Brûlé fit mine d'applaudir, hilare. Il était grand et sec, et se nommait en réalité Sandino. Le surnom de Brûlé lui avait été donné après la lucrative attaque nocturne de l'île de Longos – sac de la ville, incendie de la juiverie et butin de presque deux cents esclaves – au cours de laquelle un pétard lui avait dévasté le visage au moment où il essayait de faire sauter la porte du fort. Malgré son aspect disgracieux, ou peut-être à cause de lui, il était toujours en train de plaisanter. Il avait aussi la vue un peu courte, bien que n'usant jamais de lunettes en public. A-t-on jamais vu Mars avec des bésicles ? disait-il, mi-farceur, mi-fanfaron.

– Jolie prise, foi de mes aïeux.

– Si nous arrivons à mettre la main sur elle, oui, admit Urdemalas. Elle suffirait à justifier la campagne.

– Où sont-ils, maintenant? s'enquit l'enseigne Lavajos.

– Ils ont dû s'arrêter quelque temps à Rhodes, et ils poursuivent leur route, ou s'apprêtent à le faire.

– Quel est le plan?

Le capitaine de galère fit un signe à Braco, le pilote, qui déroula une carte marine sur la planchette qui servait de table pour tracer la route. Elle était dessinée à la main avec beaucoup de minutie, montrant toutes les îles de la mer Égée, l'Anatolie et les côtes d'Europe. Elle arrivait en haut jusqu'au détroit de Constantinople et en bas jusqu'à Candie. D'un doigt, Urdemalas remonta la côte orientale de la carte.

– Don Agustín Pimentel veut les capturer avant qu'ils ne passent le chenal de Chios, pour ne pas poser de problèmes aux frères et aux chrétiens qui vivent là... D'après le premier pilote Gorgos, le meilleur endroit se situe entre Nicalia et Samos. Quand on arrive de Rhodes, c'est un passage quasiment obligé.

– Ce sont de très méchantes eaux, objecta Braco. Il y a des hauts-fonds et des rochers.

– Oui. Mais le premier pilote les connaît bien. Et il dit que le plus probable, si la mahonne est pilotée par des hommes qui ont une bonne connaissance des obstacles, est qu'elle suivra la route habituelle entre la chaîne d'îles et le continent: mieux protégée des vents et plus sûre.

– C'est logique, admit Braco.

Diego Alatriste et le caporal Conesa, un Murcien petit et gros, regardaient la carte avec beaucoup d'intérêt. Ils n'avaient guère l'occasion d'avoir accès à de tels documents;

et, en subalternes qu'ils étaient, ils savaient ce qu'il y avait d'inusuel à être convoqués au conseil. Mais Alatriste était un vieux de la vieille, et il connaissait la musique. Puisque l'on parlait d'une grande chasse, il convenait que tous fussent au courant. Ainsi, par la médiation des caporaux, les chefs s'assuraient que la troupe serait bien informée, ce qui exciterait son ardeur. Arriver à temps et prendre la mahonne allait exiger les efforts de tous. Des soldats et des mariniers conscients de l'enjeu obéiraient mieux que mal informés ou mécontents.

– Je ne sais si nous arriverons à temps, risqua l'enseigne Labajos.

Il tendait son verre vide dans l'espoir qu'Urdemalas appelle le valet pour resservir du vin ; mais le patron de la *Mulâtre* fit comme s'il ne s'en était pas aperçu.

– Le vent meltem, qui vient du nord, nous favorise, dit-il, et en outre nous avons les rames. Le navire turc est lourd, il va à la voile, contre le vent, et tout ce que peut faire la galère, c'est le remorquer dans les calmes plats… De plus, cette après-midi, le temps va fraîchir, alors que nous continuerons à avoir le vent pour nous. Le premier pilote croit que nous pourrons leur donner la chasse à la hauteur de Patmos, ou de l'île Fournoi. Et les autres pilotes et capitaines sont du même avis… N'est-ce pas, Braco ?

Le Grec hocha affirmativement la tête, tout en enroulant la carte marine. Le sergent Brûlé voulut savoir ce que les gens de Malte pensaient de l'affaire, et le capitaine Urdemalas le lui dit.

– Pour ces durs à cuire, que ce soit une mahonne et une galère ou cinquante, avec la femme du pacha de Chypre ou avec celle de Soliman en personne, ça ne change rien… Il suffit qu'ils flairent l'aubaine pour que l'eau leur vienne à la bouche. Plus il y a de Turcs, plus il y a à gagner.

– Comment sont les capitaines ? demanda le sergent Brûlé.

– Du Français, je ne sais rien. Il emmène à son bord des chevaliers faisant caravane et des soldats de sa nation, et aussi des Italiens, des Espagnols et quelques Allemands. Des gens courageux, comme toujours. Mais en revanche, je connais celui de la *Croix de Rhodes*.

– Frère Fulco Muntaner, précisa le comite.

– Celui qui était à la bataille du Cimbalo et à celle de Saragosse de Sicile ?

– Lui-même.

Plusieurs des présents haussèrent les sourcils et d'autres hochèrent la tête. Même Alatriste avait entendu parler, par Alonso de Contreras, de ce chevalier espagnol de l'ordre de Saint-Jean. A Cimbalo, après avoir perdu trois galères de Malte dans une tempête, Muntaner et les siens s'étaient retranchés avec les rescapés dans une île, en se défendant comme des tigres contre les Maures de Bizerte qui débarquaient en masse pour les capturer. Il n'y avait d'ailleurs là rien d'admirable : car même le plus optimiste des chevaliers de la Religion ne pouvait espérer de quartier de la part des mahométans. Ce qui explique, entre autres, qu'au combat naval de Lépante, lorsque la capitane de Malte fut reprise après avoir été abordée par un essaim de galères turques, on n'y retrouva que trois chevaliers vivants, blessés et entourés des cadavres de trois cents ennemis. Chose qui fut à deux doigts de se reproduire en l'an vingt-cinq du siècle devant Saragosse de Sicile, où ce même Muntaner, déjà sexagénaire, fut l'un des dix-huit survivants de la capitane de Malte après le sanglant combat que quatre galères de la Religion livrèrent contre six Barbaresques. De sorte que si les chevaliers de l'Ordre, haïs et redoutés de leurs ennemis, étaient de très durs corsaires de métier, frère Fulco Muntaner comptait parmi les plus acharnés. Depuis que les cinq galères s'étaient réunies sur la fosse de San Giovanni, Alatriste avait eu souvent l'occasion de le voir à la poupe de la *Croix de Rhodes*, sa capitane, chauve avec une longue barbe grise, le visage déformé par les entailles et les cicatrices, haranguant ses hommes d'une voix de tonnerre dans sa langue de Majorque.

La pertinence du dicton sur la couleur du ciel fut confirmée : la pluie tomba dans l'après-midi ; et, la nuit venue, des alternances de meltem et d'averses plus drues, avec une très forte houle, firent que, malgré les fanaux allumés à toutes les poupes, les cinq galères se perdirent de vue. Cela nous permit de parcourir rapidement, bien que fort malmenés, les quarante milles qui nous séparaient de l'île de Nicalia, tandis que l'équipage passait la nuit à veiller aux voiles et que tous les autres, recroquevillés sur la couverte, galériens compris, grelottaient de froid et se défendaient comme ils le pouvaient des paquets de mer. Nous poursuivîmes ainsi, cap au sirocco quart levant, et le lever du jour, qui fut calme avec des restes d'ondées s'éloignant vers les sommets escarpés de l'île, nous trouva face à la pointe du Pape, où étaient déjà arrivées deux de nos conserves qui furent rejointes par les dernières au cours de la matinée. Nicalia, que d'autres nomment aussi Ikaria – l'île qui vit Icare s'engloutir dans les flots –, est ingrate, et de nombreux torrents descendent de ses montagnes sans pour autant ménager le moindre port ; mais, profitant de la bonace qui avait suivi, nous pûmes nous approcher de la terre et remplir à volonté pipes, barils et tonneaux. Car, avec la quantité de gens qu'elles portent, les galères ont continuellement besoin d'eau.

Nous pensions qu'à cause des vents du nord qui lui étaient contraires la mahonne de Chypre en était encore à faire route au large de Rhodes ; et pour en avoir confirmation, don Agustín Pimentel décida que quatre galères tiendraient le passage entre Nicalia et Samos, tandis que la cinquième se détacherait vers le sud pour s'informer ; car un seul navire espagnol attirerait moins l'attention que cinq galères naviguant ensemble comme des rapaces cherchant une proie. De plus, les Grecs habitant ces îles ne semblaient pas meilleurs que les Ottomans ; car, n'ayant pas d'écoles, ils étaient les gens les plus barbares du monde, soumis à la cruauté mahométane et capables de nous vendre aux Turcs pour se ménager leurs bonnes grâces. Cette mission de reconnaissance échut à la *Mulâtre*, de sorte que nous appareillâmes la nuit même, toujours cap au levant quart sirocco, et, à la fin du quart de l'aube, nous entrâmes dans la rade profonde et protégée de Patmos, le meilleur des trois ou quatre bons ports de l'île, au pied du monastère fortifié des moines chrétiens qui domine le site. Nous y passâmes la matinée avec interdiction de descendre à terre, à l'exception du capitaine Urdemalas et du pilote Branco ; lesquels, en plus de prendre langue avec les moines, négocièrent le rachat des Juifs qui étaient à la rame – tel fut le prétexte qu'ils donnèrent pour justifier notre escale –, tout en s'accordant, sous je ne sais quelle excuse, pour ne pas les libérer tout de suite mais les débarquer plus tard, à Nicosie. C'est ainsi que je dus renoncer au désir de fouler la terre légendaire où, exilé par l'empereur Domitien, saint Jean dicta à son disciple Procore la fameuse Apocalypse, le dernier des livres du Nouveau Testament. Et, puisque je parle de livres, je me souviens que le capitaine Alatriste passa la journée assis sur une arbalestrière, plongé dans le livre des *Songes* que don Francisco de Quevedo lui avait envoyé à Naples ; car, étant de petit format, un in-octavo, il le portait habituellement dans une poche. Et ce même jour, profitant de ce qu'il l'avait laissé sur son sac pour aller à la proue, je pris le livre pour y jeter un coup d'œil et trouvai une page marquée où je pus lire :

> *La Vérité et la Justice vinrent sur la terre ; l'une se trouva fort incommodée d'être nue, et l'autre d'être rigoureuse. Elles allèrent longtemps ainsi, jusqu'à ce que la Vérité accepte, pressée par la nécessité, de se vêtir. La Justice, désemparée, parcourut la terre en suppliant chacun et, voyant que l'on ne faisait pas cas d'elle et que l'on usurpait son nom pour honorer les tyrannies, elle décida de fuir et de regagner le Ciel…*

Pour en revenir à Patmos, le fait est que nous employâmes une partie de la journée à nous reposer et à nous épouiller mutuellement ; nous, les gens de mer et de guerre, expédiant notre ration de haricots à l'eau avec un peu de morue – car nous étions vendredi –, et la chiourme sa bouillie de maïs, sous la tente de toile qui protégeait la chambre de vogue ; car le soleil tapait dur, et la chaleur était si violente qu'on eût dit que du goudron coulait goutte à goutte du gréement. Notre capitaine et le pilote revinrent après midi avec des figures réjouies – eux avaient fait bombance avec les moines, y compris un vin du monastère fermenté avec du miel et de la fleur d'oranger : j'ai prié Dieu pour qu'il les punisse d'une indigestion –, car il n'y avait pas de nouvelles que la mahonne fût déjà passée. On disait l'avoir aperçue naviguant toujours de conserve avec sa galère, longeant au levant l'île de Longos, luttant beaucoup pour remonter le vent contraire, car c'était un navire gros et lourd. C'est ainsi qu'en moins de temps qu'il ne faut pour le dire nous abattîmes la tente, serpâmes le fer et fîmes force rames pour rejoindre les autres galères.

Durant deux jours et deux nuits, fanaux éteints et l'œil aux aguets, nous restâmes à nous ronger les ongles jusqu'à la racine. La mer était plate et couleur de plomb, sans vent qui puisse nous apporter cette chienne turque de mahonne. Finalement, une brise de levèche rida la surface de la mer et récompensa notre patience, car, avec elle, l'ordre vint du branle-bas, afin que nous fussions tous sur le pied de guerre. Les cinq galères s'étaient déployées avec beaucoup d'art, tout juste visibles de l'une à l'autre, couvrant plus de vingt milles, en ayant convenu de signaux dès que la proie serait en vue. Nous avions derrière nous Fournoi, ou île des Fours – île, assurément, de longue tradition corsaire, car son nom lui venait du temps où le Turc Cigala y faisait cuire le biscuit pour ses galères. Sur la montagne méridionale de celle-ci, d'où l'on découvrait plusieurs lieues de mer, nous avions posté quatre hommes avec mission de faire de la fumée dès qu'apparaîtrait une voile. En outre, nous avions détaché vers le sud, manœuvré par des gens à nous, un caïque grec que nous avions capturé pour qu'il nous serve d'éclaireur, sans que notre proie puisse soupçonner qu'une bande de loups la guettait. Mais la singularité de cette embuscade était que, pour nous approcher au plus près de l'ennemi avant de commencer le combat et éviter qu'il n'emploie tout de suite son artillerie, nous avions modifié notre aspect pour ressembler à des galères turques, en raccourcissant l'arbre de mestre, en donnant une apparence plus grossière et plus lourde à l'antenne, et en arrondissant la gabie de vigie. Stratagèmes qui ont déjà été signalés par Miguel de Cervantès lui-même, qui en savait long sur les galères :

Dans la guerre il y a mille essais
Pleins de fraudes et de ruses.
Quand d'un côté les canons tonnent
C'est de l'autre que viennent les coups.

Le tout était complété par des pavillons et des gaillardets turcs, dont nous étions pourvus – comme d'autres possédaient les nôtres – pour de telles occasions, et des vêtements ottomans exhibés aux points les plus visibles des navires. Ces procédés relevaient du dangereux chassé-croisé auquel se livraient toutes les nations sur ces antiques rivages, théâtres du vaste jeu d'échecs et de hasards corsaires. Car quand vous avez huit ou dix canons pointés sur vous, gagner du temps est vital et ne se néglige pas comme une crotte de lapin ; plus encore quand l'artillerie vous bombarde de loin et que l'on peut seulement ramer très fort, en serrant les dents et en espérant arriver vivant à l'abordage pour se faire payer au centuple. Si l'Invincible Armada, dans le détroit de la Manche, avait combattu, comme à Lépante, sans être alourdie par l'infanterie qu'elle transportait, nous aurions aujourd'hui de cette bataille d'Angleterre un souvenir bien différent.

Et donc, avec les plaisanteries que l'on imagine, chacun de ceux qui en avaient reçu l'ordre revêtit son habit de Turc. Grâce au Ciel, je n'en fus pas ; mais d'autres – dont le Maure Gurriato, que son aspect désignait pour l'emploi – durent revêtir culottes bouffantes, longues casaques ou sayons que les Turcs appellent dolmans, tous bien doublés, comme il se doit, et aussi des bonnets, caftans et turbans ; ainsi déguisés, les hommes formaient comme un arc-en-ciel mêlant le bleu, le blanc et le rouge, et il ne leur manquait plus que de faire la prière aux heures convenues pour que, brunis par le soleil comme nous l'étions tous, ils paraissent de vrais Turcs. Il y en eut même un qui, pour se moquer de son déguisement, s'agenouilla en invoquant Allah avec beaucoup d'impudence ; mais comme des galériens mahométans s'étaient mis à crier sur leurs bancs, le capitaine Urdemalas réprimanda très durement l'imbécile en le menaçant de lui faire parcourir toute la coursie à coups de verges s'il provoquait la chiourme. Car, dit-il, mettre ces gens à la rame était une chose, mais les frapper au point sensible en était une autre.

– Allongez la vogue, les enfants !... Dépêchez, ne les laissez pas filer !

Quand le capitaine Urdemalas appelait les forçats de son navire « les enfants », c'était le signe que plus d'un allait laisser sa peau à la rame et sous les coups de fouet. Et c'était bien le cas. Suivant la cadence endiablée que leur imposaient le sifflet du comite, le claquement des lanières sur leurs épaules nues et le tintement des chaînes, les forçats se dressaient de toute leur hauteur et se laissaient retomber sur leurs bancs, sans avoir le temps de reprendre leur souffle, dans les halètements rauques de ceux qui semblaient sur le point de cracher leurs poumons, tandis que le comite et son aide les rouaient de coups.

– Ils sont à nous, ces chiens !... Sur ma foi ! Tenez bon, on les aura !

La longue et fine coque de la *Mulâtre* semblait voler sur la mer ridée. Nous étions au midi de l'île de Samos, dont nous laissions la côte dénudée et hérissée de rochers derrière notre bande gauche. La matinée était bleue et lumineuse, juste voilée par un banc de brume sur le continent que l'on devinait vers le levant. Les cinq galères étaient en pleine chasse à la voile et à la rame, deux plus proches de Samos et deux derrière nous, formant une ligne qui se resserrait de plus en plus à mesure que nous convergions sur la galère et le navire turcs qui tentaient désespérément de s'échapper par le passage entre l'île et le continent, ou de s'échouer sur une plage pour pouvoir se sauver. Mais la journée était à nous, et même le plus inexpérimenté des soldats du bord se rendait compte de la situation. Le vent du nord ne soufflait pas assez fort pour que le navire turc, lourd et lent, puisse manœuvrer avec la rapidité nécessaire, et la galère qui l'escortait ne pouvait rien faire d'autre que se maintenir à son côté ; tandis que l'avancée de nos galères, s'espaçant sur environ un mille, et encore loin les unes des autres, était fulgurante. Nous avions commencé notre approche au moment où, presque en même temps, le caïque et une mince fumée sur Fournoi nous avisaient des voiles ennemies. Les habits à la turque et l'aspect des navires avaient trompé au début les nouveaux venus – nous sûmes par la suite qu'ils nous avaient pris pour des galères de Mytilène envoyées pour les escorter – qui avaient poursuivi leur route sans se douter de rien. Mais notre manière de ramer et notre manœuvre pour remonter le vent finit par leur dessiller les yeux ; de sorte que les Turcs mirent cap au gregal, dans la direction de la passe ou du continent, le navire sous le vent de la galère, celle-ci voulant s'interposer pour couvrir sa fuite. Mais la chasse était déjà acquise : la capitane de Malte leur avait coupé la route de la terre près de la côte de Samos, et elle arriverait avant eux dans la passe, la *Vierge Noire* pointait son éperon vers la galère turque, et la *Mulâtre*, avec la *Notre-Dame du Rosaire* et la *Saint-Jean-Baptiste* un peu plus loin sur notre bande de tribord, naviguait droit sur la mahonne ; laquelle était grande et très haute de poupe, comme les galions, avec trois mâts – mât de misaine et grand mât à voiles carrées, artimon à voile latine – que notre apparition avait fait se couvrir de toile à toutes leurs vergues.

– Soldats, à vos postes !... cria l'enseigne Labajos. On va leur entrer dans le lard !

Sur la poupe, le tambour battit le rassemblement et la trompette sonna la charge. Les coursives étaient en ébullition, remplies de soldats. Le chef artilleur et ses aides alignaient les pièces de coursie et les pierriers montés sur les bandes. Les autres avaient déjà garni les pavesades de rondaches, paillasses, couvertures et sacs qui nous protégeraient des tirs turcs, et nous allions maintenant en bon ordre aux coffres et aux paniers que l'on venait d'ouvrir pour que chacun prenne ses armes de combat. De la proue à la poupe, au bruit des chaînes de la chiourme qui continuait de ramer, ruisselante de sueur et les yeux exorbités, s'ajouta celui des armements dont les soldats de la galère et les mariniers affectés à la défense et à l'abordage s'équipaient pour se battre de près : plastrons, morions, rondaches, épées, arquebuses, mousquets, espontons et demi-piques dont la pointe était graissée pour que l'ennemi ne puisse la saisir. Les mèches fumaient autour des poignets des tireurs et les boutefeux des pièces dans leurs caisses de sable. L'esquif et le canot étaient à l'eau, remorqués à la poupe ; le cuisinier avait éteint le fougon et tous les feux qui brûlaient à bord, et les valets lavaient la couverte à l'eau de mer pour que les pieds nus ou chaussés d'espadrilles ne glissent pas sur les planches. Et à la poupe, sur le carrosse à côté du pilote et du timonier, chaque ordre hurlé par le capitaine Urdemalas, ramez, les enfants, ramez, un quart à bâbord, je chie sur Satan, un peu à tribord maintenant, ramez, maudits, ramez, choquez ce filin, tendez cette drisse, ramez, on les tient ces chiens, ramez, mes jolis, ou je vous arrache la peau, foutredieu, nom d'une hostie – Luther lui-même ne se fût pas mieux exprimé, car personne ne blasphème autant qu'un Espagnol dans la tempête ou au combat –, nous faisait gagner un pouce de plus sur l'ennemi. Et c'est ainsi que nous en vînmes aux mains.

Cette affaire de la mahonne fut chaude. Nous arrivâmes sur elle les premiers, pendant que la *Vierge Noire,* un peu plus près de l'île, éperonnait la galère turque et que nous entendions de loin les détonations de l'arquebusade ainsi que les cris de Machín de Gorostiola et de ses Biscayens se lançant à l'abordage. Cependant, sur la *Mulâtre*, tous les yeux étaient rivés sur les sabords noirs ouverts aux flancs de la mahonne ; elle avait six canons sur chaque bord et, voyant qu'elle ne pouvait éviter le choc, elle fit une embardée de deux ou trois quarts sur la gauche et nous largua une bordée qui, même tirée de biais, emporta notre antenne du trinquet avec quatre mariniers qui, juste à ce moment, la descendaient pour l'arrimer, et dont les tripes restèrent horriblement collées sur la coursie. Une autre bordée du même tabac nous eût fait beaucoup de mal, car les galères ont les côtes fragiles ; mais dès qu'il vit la manœuvre, le capitaine Urdemalas, qui avait l'œil vif, la devança et, comme le timonier hésitait, il le poussa de côté – il fut même à deux doigts de le blesser, car il tenait son épée nue à la main – et mit lui-même la barre à la bande, en cherchant la poupe de la mahonne ; laquelle, je l'ai dit, était haute comme celle des galions ou des hourques, mais présentait l'avantage de ne pas avoir de canons, ce qui permettait de s'en approcher à moindre risque. La salve suivante, tirée de l'autre bord, fut adressée à la *Notre-Dame du Rosaire,* ce qui nous parut justice : car il doit toujours y avoir partage équitable, et Jésus-Christ a dit soyez tous frères, mais pas soyez bonnes poires.

– Prêts pour l'abordage ! hurla l'enseigne Labajos.

Nous étions presque à une portée d'arquebuse ; et si la chiourme faisait bien son travail, les artilleurs turcs n'auraient pas le temps de recharger leurs canons. J'attachai une petite rondache à mon épaule et, le plastron d'acier sur la poitrine, un cabasset sur la tête et l'épée dans sa gaine, je me plaçai à côté d'un groupe de soldats et de mariniers qui attachaient des grappins d'abordage au bout de filins à nœuds. Sur la proue, on avait ramassé la voile de l'antenne brisée, et la grand-voile était ferlée à mi-arbre. Les arbalestrières fourmillaient d'hommes hérissés de fer. Un autre groupe important, concentré autour du trinquet décapité et sur les rambates, attendait que notre artillerie de proue ait tiré pour occuper le tambouret et l'éperon. Parmi eux, je pus voir le capitaine Alatriste qui soufflait sur la mèche de son arquebuse et Sebastián Copons en train de nouer autour de sa tête l'habituel foulard aragonais. J'en portais un, moi aussi, bien serré, sur lequel j'avais ajusté le cabasset qui pesait très lourd et m'infligeait une chaleur infernale ; mais l'abordage devant se faire de bas en haut, c'était une sage précaution que de protéger le clocher au cas où viendraient les cigognes. En tout cas, nous étions déjà tout proches de la mahonne quand mon maître me vit parmi les autres, comme je le voyais, lui ; et avant de détourner les yeux, j'observai qu'il adressait un signe de la tête au Maure Gurriato qui était près de moi, et que celui-ci acquiesçait. Qu'ai-je besoin de ces deux-là ? me dis-je. Mais je n'allai pas plus loin, car au même moment le canon de coursie et les moyennes de proue tirèrent des boulets attachés et des tronçons de chaînes pour faucher le gréement et laisser l'ennemi sans voiles ; les pierriers, les arquebuses et les mousquets crachèrent, la couverte de la galère se couvrit de fumée et, dans cette fumée, commencèrent à pleuvoir des flèches turques et des balles de plomb et de pierres qui s'enfonçaient avec un bruit de craquement dans la charpente ou la chair. Il n'y avait rien d'autre à faire que de serrer les dents et attendre, ce que je fis, l'estomac noué à l'idée d'être touché ne fût-ce que par une infime partie de tout ce qui tombait autour de moi. Puis la galère heurta quelque chose de solide avec un grincement qui nous fit frémir, les galériens lâchèrent les rames en hurlant et en cherchant à se mettre à l'abri entre les bancs et, levant la tête, je vis au-dessus de nous, dans les éclaircies de la fumée, la poupe énorme du navire qui me parut haute comme un château fort.

– *Santiago!... Cierra!... Cierra!... Santiago, cierra España!*

Les hommes criaient, hors d'eux, se bousculant à la proue. Car personne, la chiourme mise à part, n'y allait contraint et forcé; chacun savait, à des degrés divers, qu'une prise comme celle-là était de celles qui rendent tout le monde riche. Enfin les grappins furent lancés, pendant que l'antenne de l'arbre de mestre allait se poser sur le bord de l'ennemi pour que l'on puisse monter dessus, notre galère gîta un peu sur la bande de tribord, tous se précipitèrent en escaladant les préceintes de la mahonne comme de simples marches, et j'y allai aussi, parmi les premiers: ce jour-là, Lope Balboa, soldat du roi notre seigneur mort dans les Flandres avec beaucoup de dignité et d'honneur, n'aurait pas eu honte de son fils en me voyant grimper le long du flanc très élevé de la mahonne turque avec l'agilité de mes dix-sept ans, vers ce lieu où l'on n'a pas d'autre ami que son épée, quand vivre ou mourir dépend du hasard, de Dieu ou du diable.

Comme je l'ai dit, le combat fut violent et dura plus d'une demi-heure. Il y avait cinquante janissaires à bord, qui se défendirent très décemment, comme toujours, et nous tuèrent beaucoup de gens, presque tous sur la proue, en se battant avec l'énergie du désespoir; car cette troupe, chrétienne de naissance, prise depuis sa plus tendre enfance en manière de tribut et élevée ensuite dans l'Islam avec une fidélité aveugle au Grand Turc, se fait un point d'honneur de se laisser tailler en pièces plutôt que de se rendre, étant d'une loyauté et d'une férocité extrêmes. Il fallut les arquebuser à bout portant plusieurs fois – ce qui fut accompli gaiement, car ils ne s'étaient pas privés de nous faire la même chose par les sabords et autres ouvertures pendant que nous grimpions – et les charger ensuite à fond avec rondaches et épées pour les repousser et parvenir au grand mât, qu'ils nous disputèrent comme des chiens enragés. J'allai rudement, sans trop me laisser impressionner par la fureur du combat, me couvrant de ma rondache et attaquant de pointe, regardant tout, comme me l'avait enseigné le capitaine, ne faisant un pas que lorsque je savais que je pouvais le faire, et sans jamais reculer, même quand un coup d'arquebuse projeta sur mon cou la cervelle du caporal Conesa. J'avais à mon côté le Maure Gurriato qui avançait comme un faucheur, et les autres camarades n'étaient pas en reste. Et ainsi, pas à pas, rendant deux coups pour un, nous menâmes la vie dure aux janissaires en les repoussant jusqu'au mât de misaine puis à la proue elle-même – *Sentabajo, cane!* criions-nous en langue franque, pour qu'ils se rendent – où leur tombèrent dessus les hommes de la *Notre-Dame du Rosaire* et de la *Saint-Jean-Baptiste* qui avaient abordé de ce côté-là : les Espagnols invoquant saint Jacques et ceux de Malte saint Jean, comme d'habitude. Une fois les trois galères réunies, la cause était entendue. Les derniers janissaires, presque tous blessés et à bout de forces, qui nous avaient hurlé des gracieusetés comme *guidi imaizir*, qui, en turc, veut dire chiens d'infidèles, ou *bir mum* – enfants de la grande pute –, changèrent de rhétorique pour *efendi* et *sagdic*, qui signifie seigneurs et protecteurs, en nous demandant de leur laisser la vie *Allah'iche*, pour l'amour de Dieu. Et lorsque, enfin, ils jetèrent leurs armes, une bonne partie de notre troupe était déjà en train de fouiller chaque recoin de la mahonne et de transporter des sacs de butin sur les couvertes de nos navires.

Vive Dieu, que nous fîmes là une belle journée, en ramassant du bel et bon argent ! Durant un moment, nous eûmes permission de piller librement pour ramasser l'aubaine, et nous nous exécutâmes comme jamais auparavant, car la mahonne, navire de plus sept cents tonneaux, transportait toutes sortes de marchandises, épices, soies, damas, ballots de toiles fines, tapis turcs et persans, quantité de pierres de valeur et de perles, objets d'argent et cinquante mille sequins d'or, en plus de plusieurs barils d'arak, qui est une liqueur turque, à laquelle nos gens rendirent un vibrant hommage. Moi-même, plus réjoui que Démocrite, je fis bonne récolte, sans tenir compte de la répartition générale, et, sur ma vie, je le méritais, car j'avais été de ceux qui avaient donné du fil à retordre aux Turcs et le premier à planter ma dague dans le grand mât en manière de témoignage ; ce qui me donnait, en tout honneur, le droit d'améliorer mon butin. Pour décrire la manière dont je m'étais battu, il me suffira de dire que, sur les dix-sept Espagnols tués en abordant la mahonne, presque la moitié l'avait été à mes côtés, que mon cabasset et mon plastron en sortirent tout bosselés et que j'eus besoin d'un baquet d'eau pour laver le sang dont j'étais couvert, lequel, par chance, appartenait entièrement à autrui. Je sus après que le capitaine Alatriste avait demandé au Maure Gurriato comment je m'étais comporté – lui et Copons s'étaient battus sur la poupe, d'abord en arquebusant et ensuite avec haches et épées, défonçant les portes et les pavois derrière lesquels s'étaient retranchés les officiers turcs et quelques janissaires –, et que celui-ci avait résumé la chose avec élégance en disant qu'il aurait eu du mal à me garder vivant si je n'avais pas moi-même expédié dans l'autre monde tous ceux qui tentaient de le tuer.

Ceux de la *Vierge Noire* et de la *Croix de Rhodes* ne furent pas en reste de massacre. Après qu'ils eurent abordé, l'une après l'autre, la galère turque, le combat avait été sauvage et sans pitié, car il advint qu'au moment où la *Vierge Noire* enfonçait son éperon dans la bande ennemie, arrachant toute la palamente de ce côté, un boulet tua le sergent Zugastieta, un Biscayen jovial, grand amateur de bonne chère et plus encore de jus de la treille, fort apprécié de la troupe embarquée sur cette galère, laquelle troupe, je l'ai dit, était uniquement composée de natifs de la même terre. Et comme les Basques – et c'en est un du Guipuzcoa qui vous parle – ont la raison parfois un peu courte mais la bourse et l'épée toujours faciles, tout ce monde sauta sur la galère en criant *Koartelik ez!* et aussi *Akatu Gustiak!* et autres gentillesses du même genre qui signifient dans notre langue pas de quartier même pour le chat du raïs. De sorte que tous, jusqu'au dernier mousse, furent trucidés, sans distinction de qui se rendait ou non. Seuls restèrent vivants à bord les galériens qui n'avaient pas péri dans la mêlée, dont on libéra quatre-vingt-seize chrétiens dans l'allégresse que vous pouvez imaginer. Parmi eux, il s'en trouvait un de Trujillo qui comptait vingt-deux ans d'esclavage depuis sa capture en l'an cinq du siècle, lors de la prise de La Mahomette, et qui était resté miraculeusement en vie malgré tout ce temps passé à la rame. Il fallait voir comme le malheureux pleurait en nous embrassant.

De notre côté, nous libérâmes sur la mahonne quinze jeunes esclaves qui étaient enfermés avec le lest ; neuf garçons et six filles encore vierges, dont le plus âgé avait quinze ou dix-sept ans. Tous de bonne tournure, chrétiens capturés par les corsaires sur les côtes espagnoles ou italiennes, et destinés à être vendus à Constantinople avec l'avenir que l'on peut imaginer, connaissant les mœurs luxurieuses de ces gens dans les deux manières. Mais la prise la plus remarquable fut la favorite du pacha de Chypre, qui se révéla être une renégate russe d'environ trente ans aux yeux bleus, grande, aux charmes abondants, la plus belle que j'eusse jamais vue ; don Agustín Pimentel fit placer à la porte de sa chambre, avec le chapelain Nistal, une garde de quatre hommes, avec interdiction de l'offenser sous peine de mort ; nous faisions la queue pour l'admirer, car elle était vêtue de riches habits, accompagnée de deux esclaves croates de belle figure ; et il était fort singulier de voir une femme parmi tous ces hommes rudes, alors que le sang répandu de toutes parts n'avait pas encore séché. De cette créature, nous ne perçûmes rien du butin qu'elle rapporta, car elle fut envoyée le surlendemain avec la mahonne, les captifs libérés et la *Notre-Dame du Rosaire* pour escorte – la galère turque, éventrée lors de l'abordage, avait fini par couler – à Naples, où elle fut rachetée ensuite pour trois cent mille sequins dont nous ne vîmes jamais la couleur, quoique nous les eussions gagnés à la pointe de l'épée au prix de grands efforts et dangers. Plus tard encore, nous sûmes que le pacha, ivre de colère en apprenant sa capture, avait juré de se venger. Et ce fut notre pauvre pilote Branco qui paya pour cela, un an et demi après, lorsque, fait prisonnier à bord d'un de nos navires sur les hauts-fonds de Lemnos, il fut reconnu comme l'un de ceux qui avaient participé à la capture de la mahonne de Chypre. Les Turcs l'écorchèrent vif en prenant leur temps, puis, après avoir bourré sa peau de paille, ils l'exhibèrent sur la gabie d'une galère en passant d'île en île.

Ainsi est la Méditerranée, où, entre ses étroites rives, tous se connaissent et tous ont toujours des comptes à régler ; et tels sont les hasards de la course et de la guerre : c'est éternellement le jeu du chat et de la souris. Le sort a voulu que ce jour-là, près de l'île Fournoi, les souris furent les quelque cent cinquante Turcs que nous jetâmes à la mer ; chiffre incluant les blessés, qui se noyèrent tous. Après quoi, les alguazils de galère enchaînèrent aux rames la demi-centaine de ceux qui restaient en bonne santé, malgré les protestations des Biscayens de la *Vierge Noire* qui prétendaient leur couper les génitoires et les égorger ensuite ; et à la fin, comme ils étaient dans une fureur telle qu'ils n'obéissaient même plus à leur capitaine, don Agustín Pimentel dut leur permettre de trancher les oreilles et le nez de tous les renégats demeurés vivants parmi les Turcs capturés, lesdits renégats étant au nombre de cinq ou six. Quant au butin particulier, il fut bon, comme je l'ai dit ; et lorsque l'ordre vint de cesser le libre pillage, je m'étais rempli les poches de bracelets d'argent, de cinq bons chapelets de perles et d'une poignée de sequins turcs, vénitiens et hongrois. Je n'exagère pas le bonheur que nous eûmes à faire main basse sur tout cela ; il fallait voir ces hommes virils, soldats barbus bardés de fer et de cuir, rire comme des enfants avec leurs poches pleines ; car en fin de compte, nous avions quitté la sécurité de notre terre espagnole, nos foyers et nos familles, acceptant de supporter les hasards, les peines, les intempéries, la fureur des flots et les calamités de la guerre. Et, comme l'avait déjà écrit au siècle précédent, avec beaucoup d'à-propos, Bartolomé de Torres Naharro :

Nous les soldats ne prospérons
Que quand la guerre nous faisons ;
Avec raison la désirons
Comme les pauvres la belle saison.

Tel était le principe : mieux valait être morts ou riches, mais hidalgos envers et contre tout, que pauvres et misérables, courbant la nuque devant le marquis ou l'évêque. Une conception défendue, d'œuvre en œuvre, par le soldat vétéran Cervantès lui-même dans la bouche de son Don Quichotte qui opposait l'honneur de l'épée à la gloire de la plume. Car si la pauvreté est bonne, puisque le Christ l'a aimée, je dis, moi, que c'est à ceux qui la prêchent de jouir de ses bienfaits. Voir d'un mauvais œil qu'un soldat s'approprie l'or qu'il paye de son sang, que ce soit à Tenochtitlán ou à la barbe du Grand Turc comme nous le faisions, c'est méconnaître la dure précarité dans laquelle il vit, et par combien de souffrances il gagne ce qu'il ramasse dans les batailles, exposé aux balles, le corps estropié, endurant le fer et le feu avec l'ardent désir de se forger une réputation, d'acquérir de quoi vivre – ou les deux en même temps, pour imiter la devise des Rois Catholiques.

Nul ici ne meurt dans son lit
Entre amidon et lait d'amande
Autant purgé que bien nourri.
Ici l'on meurt de coups d'épée
Et de balles le cœur troué.

Aussi, celui qui discute le butin ou la solde d'un soldat oublie que la récompense et l'honneur mènent les choses humaines, et que c'est pour se les procurer que les marins naviguent, les paysans labourent, les moines prient et les soldats se battent. Mais l'honneur, quels que soient les dangers et les blessures qui permettent de l'atteindre, ne dure guère, s'il ne s'accompagne pas de la récompense qui le soutient ; car l'aimable image du héros couvert de blessures sur le champ de bataille devient vite misérable, quand tous détournent ensuite les yeux avec horreur en voyant ses mutilations tandis qu'il mendie à la porte d'une église. De plus, en matière de récompenses, l'Espagne a toujours été oublieuse. Si vous voulez manger, vous dit-on, prenez d'assaut ce château. Si vous voulez être payés, abordez cette galère. Et que Dieu vous protège et pourvoie au reste. Après quoi, ils vous regardent vous battre de derrière la barrière, applaudissent à vos prouesses, car applaudir ne coûte pas d'argent et peut en rapporter beaucoup – ils donnent à ce butin des noms plus parfumés que nous –, drapés dans les plis du drapeau déchiqueté par la mitraille qui a mutilé votre corps. Car dans notre malheureuse nation, peu de généraux, et encore moins de rois, se sont conduits comme le général Marius ; lequel, en reconnaissance de l'aide apportée par les mercenaires barbares dans les guerres des Gaules, les fit citoyens romains. Et critiqué pour cela, il répondit : « Avec le bruit de la guerre, je n'entends pas celui des lois. » Pour ne pas parler du Christ lui-même, qui rendit honneur, et surtout donna à manger, à ses douze soldats.

X

LES BOUCHES D'ESCANDERLU

J'ai dit au chapitre précédent que c'était éternellement le jeu du chat et de la souris, et rien n'est plus vrai. Comme l'est aussi ce qu'avait énoncé le Maure Gurriato, que Dieu aveugle ceux qu'il veut perdre. Et j'ajouterai qu'avant de défier le sort il est toujours préférable de penser à la corde qui peut vous attendre au bout. Car cinq jours après avoir arraisonné la grosse mahonne, nous tombâmes dans un piège. Ou peut-être serait-il plus adéquat de dire que nous nous y fourrâmes tout seuls, pour avoir trop voulu forcer la chance. Le fait est, en tout cas, qu'encouragé par la belle prise don Agustín Pimentel décida de monter vers le nord, en suivant la côte du continent, pour mettre à sac Foiavecchia, une petite ville habitée par des Ottomans, située en Anatolie dans le golfe qu'ils appellent Escanderlu. Et donc, après avoir donné sept pieds de terre turque à chacun de nos morts sur Fournoi – là restèrent le sergent Zugastieta, le caporal Conesa et d'autres bons camarades –, nous naviguâmes cap à la tramontane jusqu'au détroit et aux bassins de radoub de Chios, et de là, au levant du cap Nègre et de l'entrée des bouches de Smyrne, nous entrâmes dans ledit golfe où nous mîmes en panne loin de la côte dans l'attente de la nuit. Nous le fîmes avec confiance, malgré un signe de mauvais augure qui nous inquiétait ; lequel fut que, après avoir envoyé la *Saint-Jean-Baptiste* de Malte en reconnaissance et pour prendre langue, nous n'en eûmes plus de nouvelles ; et jusqu'à ce jour, personne ne l'a revue ni rien su d'elle, ignorant toujours si elle a fait naufrage, si elle a été capturée, s'il y a eu des survivants, car même les Turcs n'ont jamais donné d'explications. Comme tant d'autres mystères qui dorment sous les eaux, cette galère avec ses trois cents hommes à bord, chevaliers, soldats, mariniers et forçats a été avalée par la mer et par l'Histoire.

Mais un ennui n'est pas grave quand il se présente seul. Certes la *Saint-Jean-Baptiste* ne nous avait pas rejoints dans le temps prévu, mais don Agustín Pimentel estima qu'elle arriverait en retard et que trois galères suffiraient pour l'expédition, Foiavecchia étant une forteresse médiocre, déjà mise à sac par les gens de Malte en l'an seize du siècle. La nuit tomba sans autre nouveauté, nous nous remplîmes l'estomac de fèves bouillies, froides – nous ne pouvions pas allumer de feux –, d'une poignée d'olives et d'un oignon pour quatre hommes, et à l'heure de l'Ave Maria, sur une mer tranquille, sous un ciel couvert et sans un souffle de vent, nous commençâmes à voguer en nous rapprochant de la terre, fanaux éteints. Il faisait nuit noire, et nous devions nous trouver à un mille de la ville, les trois galères très près les unes des autres, quand la vigie d'une gabie crut voir quelque chose derrière nous, vers le large : des ombres de navires et de voiles, dit-elle, bien qu'elle n'en fût pas sûre, car, à part cette obscure clarté qui tombe des étoiles, nulle lumière ne les trahissait. Nous interrompîmes la vogue, les galères se rapprochèrent, et l'on tint conseil au porte-voix autour de la capitane. Il se pouvait que les ombres fussent des nuages bas éclairés par les dernières lueurs du soir, ou quelques barques mouillées au loin ; mais il pouvait aussi s'agir d'un ou de plusieurs navires ennemis ; en quel cas, savoir qu'ils nous fermaient l'accès du large était à prendre en considération, sans compter l'éventualité que nos galères puissent être attaquées pendant qu'elles seraient à la fonde devant la plage et avec nos hommes à terre. Et donc, très contrarié, notre général détacha son esquif en reconnaissance, pendant que nous attendions avec l'inquiétude que l'on devine. Les hommes de l'esquif revinrent au début du deuxième quart en indiquant qu'il y avait cinq ombres ou plus, apparemment des galères, et qu'ils n'avaient pas osé s'en approcher davantage pour ne pas être découverts et capturés. Ayant reçu cette information, qui fut comme si la foudre était tombée à nos pieds, don Agustín Pimentel décida de poursuivre notre plan. Ce pouvaient être des Turcs de Chios ou de Mytilène, navires marchands naviguant de conserve, ou encore une flottille corsaire qui s'apprêtait à descendre vers le ponant. On discuta âprement chaque possibilité, y compris celle de nous éclipser dans l'obscurité ; mais nous avions peu de chances d'y parvenir sans être repérés, ce qui était dangereux, ne sachant pas à qui nous avions affaire. De sorte que, maintenant la consigne de ne pas allumer de feux à bord, les quarts doublés pour prévenir une attaque nocturne, l'ordre nous fut donné de nous reposer à tour de rôle, tout en restant sur le qui-vive. Et ainsi nous attendîmes sous les armes, ouvrant l'œil, l'inquiétude au cœur, que la lumière du jour vienne éclairer notre destin.

– Messieurs, la journée sera rude, résuma le capitaine Urdemalas.

Il venait de remonter de l'esquif par l'échelle de tribord de la poupe, après avoir tenu conseil dans le carrosse de la *Vierge Noire*. Les trois galères étaient très proches, proues tournées vers la mer, immobiles sur l'eau couleur de plomb. Le ciel était couvert, et il n'y avait toujours pas un souffle de brise.

– C'est simple : ou nous souperons ce soir avec le Christ, ou nous serons à Constantinople.

Diego Alatriste se tourna dans la direction des galères turques, en les étudiant pour la centième fois depuis que l'aube avait commencé à dessiner leurs formes sur l'horizon noir qui, au loin, annonçait l'orage. Elles étaient sept ordinaires, à fanal, et une grande à trois fanaux, probablement leur capitane. Elles devaient compter à leur bord au moins un millier de gens de guerre, sans compter la chiourme. Vingt-quatre pièces d'artillerie sur les huit proues, auxquelles s'ajoutaient les émerillons et les sacres des bandes. Il était impossible de savoir si nous les avions rencontrées parce qu'elles nous cherchaient, ou parce que le hasard avait voulu qu'elles naviguent dans ces eaux au moment opportun. En tout cas, elles étaient à moins d'un mille, déployées en ordre de bataille ; prévenant avec beaucoup d'efficacité toute tentative de fuite des trois galères chrétiennes vers le large, après avoir prudemment patienté toute la nuit, assurées que leurs proies étaient coincées dans le cul-de-sac du golfe. Celui qui les commandait connaissait son métier.

– La galère de Malte ira la première, annonça Urdemalas. Muntaner l'a exigé, car il dit que les statuts de la Religion l'y obligent.

– Mieux vaut eux que nous, dit le comite, soulagé.

– Ça ne fait pas de différence. Nous allons tous recevoir notre dû.

Les officiers et caporaux de la *Mulâtre* se regardaient les uns les autres. Personne ne ressentait le besoin d'exprimer sa pensée, car elle pouvait se lire sur chaque visage. Le capitaine de mer et de guerre confirmait seulement ce que Diego Alatriste et les autres ne savaient que trop : deux galères ennemies pour une chrétienne, et deux en supplément, sans aucune possibilité d'aller s'échouer sur la terre et de se sauver, car celle-ci était aux Turcs. Il n'y avait plus rien à faire que jouer sa vie et sa liberté : morts ou captifs, à moins d'un miracle. Et c'était ce miracle qu'ils devaient accomplir.

– Il faudra aller à la rame tout le temps, poursuivait Urdemalas, sauf si ces nuages noirs qui sont au ponant apportent du vent, en quel cas nos chances seraient meilleures… Mais il ne faut pas compter là-dessus.

– Quel est le plan ? s'enquit l'enseigne Labajos.

– Trop simple, mais il n'y en a pas d'autre possible : la galère de la Religion ira devant, la *Vierge Noire* derrière, et nous fermerons la marche.

– C'est mauvais d'être les derniers, opina Labajos.

– Ça ne changera rien. Je crois qu'aucune ne parviendra à passer, parce que, dès qu'ils nous verront bouger, ces chiens se serreront entre eux. De toute manière, Muntaner essaiera d'ouvrir une brèche, en laissant un passage pour que nous puissions tenter notre chance... Nous ferons une feinte vers le centre ennemi, puis nous tâcherons de couper ou de sortir par son aile gauche, qui semble plus espacée et plus faible.

– On se portera secours mutuellement? voulut savoir le sergent Brûlé.

Le capitaine de la *Mulâtre* fit non de la tête et, en même temps, porta une main à son visage, maudissant tout bas le Ciel et tous les saints, parce que sa molaire continuait de le tourmenter et que la douleur n'avait même fait que croître durant cette longue veille. Diego Alatriste comprenait son état d'esprit. Pour Urdemalas comme pour tous, la nuit avait été trop longue, mais bonne en comparaison de celle qui pouvait venir et se terminer au fond de la mer ou labourant la baille aux poissons sur un navire turc. D'ici peu, la molaire du capitaine n'aurait plus d'importance.

– Personne ne secourra personne, disait celui-ci. Chacun pour soi, et tant pis pour le dernier.

– Le dernier, c'est nous, rappela opportunément le sergent Brûlé.

Urdemalas le foudroya du regard.

– C'était une formule, foutredieu. Sans nous secourir les uns les autres et en forçant sur la vogue, il reste une possibilité de s'échapper.

– Cela condamne les gens de la Religion, constata froidement l'enseigne Labajos. S'ils se présentent les premiers, les Turcs leur tomberont dessus.

Urdemalas fit une moue maussade. Entre gens du métier, disait son expression, ce n'était pas son affaire.

– C'est pour cela qu'ils se disent chevaliers et qu'ils font leurs vœux : quand ils meurent, ils vont droit au Ciel... Nous qui ne sommes pas déjà tout préparés pour ça, nous devons y aller plus doucement.

– C'est là parole d'Évangile, seigneur capitaine, approuva Brûlé. Un jour, j'ai vu l'enfer très bien peint sur un tableau flamand, et je vous jure que je ne suis pas pressé de serper le fer.

C'était le ton habituel, observa Alatriste. Celui qu'on attendait d'eux. Tout se passait conformément aux règlements, jusqu'à cet air dégagé, léger, face à la barbe même du diable. Les appréhensions demeuraient intimes, dans le quant-à-soi de chacun. Huit siècles de guerres contre les Maures et cent cinquante ans à faire trembler le monde avaient décanté le langage et les manières : un soldat espagnol, quoi qu'il puisse lui en coûter, ne se faisait pas tuer n'importe comment, mais conformément à ce que ses amis et ses ennemis attendaient de sa réputation. Les hommes réunis sur le carrosse de la *Mulâtre* savaient cela, et les autres aussi. C'était compris dans leur solde, même si c'était gratuit. Roulant de telles pensées, Alatriste jeta un coup d'œil à la troupe. Chacun eût préféré grelotter de fièvre dans un lit qu'être en bonne santé ici : groupés sur les arbalestrières, les couroirs et la coursie, soldats et marins regardaient leurs officiers dans un silence de mort, conscients de la partie de cartes engagée. Dans la chiourme, cependant, l'appréhension des peureux se mêlait à l'air réjoui de ceux qui se voyaient déjà libres ; car pour le captif enchaîné à la rame par la religion ennemie, chaque voile en vue était toujours un espoir.

– Comment allons-nous disposer les hommes ? questionna Labajos.

Le capitaine de galère fit le geste de se scier une main avec le tranchant de l'autre.

– Pour couper la ligne et repousser de possibles abordages… Et si nous passons, je veux les deux fauconneaux à la poupe. La chasse peut être longue.

– Donnerons-nous à manger, en attendant ?

– Oui, mais sans allumer le fougon. De l'ail cru et du vin, qui réchauffe le ventre.

– La chiourme aura besoin de boire, suggéra le comite.

Urdemalas s'adossa au couronnement, sous le fanal. Il avait des cernes sous les yeux, l'air fatigué, il était sale et graisseux. Son mal de dents et l'incertitude avaient altéré la couleur brune de sa peau. Alatriste ne se demanda pas s'il avait, lui aussi, cet air-là. Même s'il n'avait pas mal aux dents, il savait trop bien que oui.

– Vérifiez les chaînes aux pieds de tous les forçats, et mettez des manilles aux Turcs et aux Maures. Ensuite, donnez-leur un peu de l'arak que nous avons pris sur la mahonne : une mesure par banc. Aujourd'hui, ce sera le meilleur fouet. Mais pas de concessions. Le premier qui se rebelle, on lui coupe la tête, même si c'est moi qui devrai la payer au roi… Ai-je été clair, monsieur le comite ?

– Très clair. Je le dirai à l'alguazil.

– Donner à boire au forçat, intervint le sergent Brûlé avec une mimique salace, c'est lui foutre le feu au cul.

Contrairement à la coutume, personne ne sembla apprécier la grossièreté. Urdemalas regardait le sergent d'un air peu engageant.

– Pour les gens de mer et de guerre, dit-il sèchement,

en plus de l'ail et du vin, également un coup d'arak. Après ça, qu'ils aient à portée de main du vin ordinaire, très baptisé. – Il se tourna vers l'artilleur allemand. – Quant à vous, maître bombardier, vous tirerez avec de la ferraille et des lames de Milan, de près et à mon commandement… Pour le reste, monsieur l'enseigne Labajos sera à la proue, monsieur le sergent Brûlé à la bande de droite et monsieur Alatriste à la bande de gauche.

– Il conviendrait de protéger le plus possible la chiourme, dit Alatriste.

Urdemalas le regarda fixement, sans aménité, un instant de plus que nécessaire.

– C'est vrai, admit-il finalement. Faites pavesade de tout ce que vous trouverez à bord, voiles comprises. S'ils nous tuent beaucoup d'hommes de rame, nous sommes perdus… Pilote, mettez la boussole et tous les instruments bien arrimés et à couvert dans l'escandolat… Je veux avec moi les deux meilleurs timoniers, le pilote et huit bons tireurs avec des mousquets… Des questions ?

– Aucune, résuma Labajos après un silence.

– Bien entendu, pas d'abordages de notre part : rien que mitraille, pierriers, arquebuses et mousquets. Bonjour et adieu. Si nous nous arrêtons, c'est fini. Et si nous passons, il faudra ramer comme des déments.

Il y eut quelques sourires contraints.

– Dieu le veuille, murmura quelqu'un.

Le capitaine de galère haussa les épaules.

– S'il ne le veut pas, qu'il sache au moins où nous trouver au jour du Jugement dernier.

– Et qu'il ne se trompe pas en recollant les morceaux, ajouta le sergent Brûlé.

– Amen, murmura le comite, en se signant.

Et se regardant les uns les autres à la dérobée, tous l'imitèrent. Y compris Alatriste.

C'est mensonge que de dire qu'on n'a jamais connu la peur, car il n'est rien qui ne vienne à son jour. Et ce matin-là, devant les huit galères qui fermaient le passage vers le large, dans les moments précédant l'affrontement qui figure aujourd'hui dans les relations et les livres d'histoire comme le combat naval d'Escanderlu ou du cap Nègre, je pus reconnaître la sensation, déjà familière, qui tordait le creux de mon ventre jusqu'à la nausée et faisait courir un fourmillement désagréable dans mes aines. J'avais grandi depuis mes premiers combats aux côtés du capitaine Alatriste, et les deux années écoulées après le moulin Ruyter, les tranchées de Breda et le réduit de Terheyden, malgré l'arrogance et la suffisance d'une jeunesse insolente, m'avaient mis dans la tête plus de bon sens et d'intelligence du danger. Ce qui allait se passer n'était pas une péripétie abordée avec la légèreté d'un jeune garçon, mais une affaire grave, au résultat indécis, dont la conclusion pouvait être la Camarde – qui n'était pas la pire des fins, tout bien pesé –, mais aussi la captivité ou la mutilation. J'avais suffisamment mûri pour comprendre que, d'ici quelques heures, je pourrais me retrouver à la rame d'une galère turque pour toute la vie – personne n'irait racheter à Constantinople un pauvre petit soldat d'Oñate –, ou mordant un morceau de cuir pendant qu'on m'amputerait d'un bras ou d'une jambe. C'était la peur de la mutilation qui me tenaillait le plus l'esprit, car rien n'est pire que de se voir estropié, avec un œil en moins ou une jambe de bois, transformé en miracle de docilité, défiguré et brisé, condamné à la pitié d'autrui, à l'aumône et à la misère ; et plus encore quand on est dans la pleine force de son corps et de son esprit. Entre bien d'autres choses, ce n'était pas l'image qu'Angélica d'Alquézar voulait trouver de moi si nous arrivions à nous revoir. Et j'avoue que devant cette dernière perspective je sentais mes jambes fléchir.

Bref, telles étaient mes agréables pensées pendant que j'achevais avec mes camarades de disposer des pavois sur les bandes et la proue de la *Mulâtre*, avec des voiles roulées, des paillasses, des manteaux, des sacs, des agrès et toutes les sortes d'obstacles que nous pouvions opposer aux balles et aux flèches turques qui allaient pleuvoir sur nous comme la grêle. Chacun devait avoir ses hantises intimes, comme moi ; mais il est certain que nous faisions contre mauvaise fortune bon cœur du mieux que nous pouvions. Il y avait des mains tremblantes, des paroles incohérentes, des regards absents, des prières à voix basse, des plaisanteries macabres ou des rires inquiets, selon le caractère de chacun : rien de neuf. Les trois galères étaient presque rames contre rames, pointant leurs éperons vers les Turcs, qui semblaient à portée de canon, bien que personne ne tire pour le vérifier, car, dans leur camp comme dans le nôtre, nous savions que l'on aurait l'occasion de brûler de la poudre avec plus de profit en tirant d'un peu plus près : le moment venu, tous essaieraient d'être le premier à le faire, mais le moins loin possible de l'adversaire. Le silence, sur les galères ennemies comme sur les nôtres, était absolu. La mer était toujours aussi plate qu'une chape de plomb, reflétant les nuages, tandis que des traînées noires d'orage défilaient vers le midi, sur la côte de l'Anatolie qui se dessinait derrière nous et sur nos côtés. Nous étions armés et prêts, les mèches des tireurs fumaient, et seul manquait l'ordre de voguer vers notre destin. J'étais affecté au groupe qui, pourvu de demi-piques, pertuisanes et espontons, devait repousser sur la bande de bâbord toute tentative d'abordage turc pendant que nous traverserions la ligne ennemie. Le Maure Gurriato se tenait près de moi – je soupçonne qu'il suivait les instructions du capitaine Alatriste –, si serein qu'il semblait étranger à tout. Il s'apprêtait à se battre et à mourir avec les autres, et pourtant il donnait l'impression d'être là par hasard, témoin indifférent de son propre sort ; et cela, alors que, étant maure, ce sort ne serait certes pas à envier s'il tombait aux mains des Turcs, car il ne tarderait pas à être dénoncé par quelque galérien et même par ses propres camarades. Car l'élan qui rend les hommes héroïques dans la bataille peut parfois tourner à l'abjection dans la défaite, quand il s'agit de sauver sa peau ; et plus encore dans la captivité, où tant d'esprits fiers fléchissaient, reniaient ou se soumettaient en échange de la liberté, de la vie ou d'un misérable quignon de pain. Après tout, nous ne sommes que des humains, et tous ne supportent pas l'adversité avec la même abnégation.

– Nous combattrons ensemble, me dit le Maure Gurriato. Tout le temps.

Cela me consola un peu, même si je savais trop bien que, lorsque l'on se bat sur le seuil de l'autre vie, c'est chacun pour soi, et qu'il n'y a pas de plus grande solitude que celle-là. Mais le mogatace avait prononcé les mots qu'il fallait, et je fus heureux du regard affectueux qui les accompagnait.

– Bien loin de ta terre, observai-je.

Il sourit en haussant les épaules. Torse nu, il portait des culottes et des espadrilles à l'espagnole, sa dague au côté, une épée courte à la ceinture et une hache d'abordage à la main. Je ne l'avais jamais vu aussi serein et aussi féroce.

– Ma terre, c'est le capitaine et toi, dit-il.

J'en fus ému, mais je le cachai du mieux que je pus, en disant la première chose qui me vint aux lèvres :

– Même ainsi, il est de meilleurs endroits pour mourir.

Le mogatace baissa la tête comme s'il réfléchissait.

– Il y a autant de morts que de personnes, répondit-il. En réalité, nul n'attend la sienne, même s'il le croit. Il ne fait que l'accompagner, et c'est elle qui décide.

Il resta un moment à contempler le plancher goudronné entre ses pieds, puis me regarda de nouveau :

– Ta mort voyage avec toi depuis toujours, et la mienne avec moi… Chacun porte la sienne.

Je cherchai des yeux le capitaine Alatriste. Je finis par le distinguer dans la partie du couroir la plus proche de la proue, en train de disposer les arquebusiers sur la rambate. Désigné pour commander la bande de bâbord, il avait pris Sebastián Copons pour adjoint. Il me parut tranquille, froid comme d'habitude, son chapeau incliné sur les yeux et son profil d'aigle, les pouces passés dans son ceinturon d'où pendaient épée et dague, sur le justaucorps de peau de buffle qui portait les marques des anciens combats. Prêt à affronter encore une fois ce que le destin lui réservait, sans emphase, sans bravades et sans gestes inutiles. Avec la calme dignité de l'homme qu'il était, ou qu'il essayait d'être. Il y a autant de morts que de personnes, avait dit le Maure Gurriato. J'enviai le capitaine, quoi qu'il advienne.

La voix du mogatace se fit de nouveau entendre près de moi.

– Un jour, peut-être, tu regretteras de ne pas lui avoir dit adieu.

Je me retournai, affrontant son regard intense et noir, derrière les longs cils presque féminins.

– Dieu nous donne, ajouta-t-il, une brève lumière entre deux nuits.

Je l'étudiai un instant; son crâne rasé, les anneaux d'argent aux oreilles, la barbe en pointe, la croix tatouée sur une pommette. Je le fis le temps que dura son sourire. Ensuite, cédant à l'impulsion que ses paroles avaient mise dans mon cœur, je marchai sur le couroir en évitant les camarades qui l'encombraient, en direction de mon ancien maître. Je parvins jusqu'à lui et ne prononçai pas un mot, car je ne savais que dire. Je me bornai à rester appuyé au filaret de la rambate, regardant du côté des galères turques. Je pensais à Angélica d'Alquézar, à ma mère et à mes petites sœurs en train de coudre près du foyer familial. Je pensais aussi à moi, nouveau venu à Madrid, assis à la porte de la taverne de Caridad la Lebrijana, un matin de soleil hivernal. Je pensais aux nombreux hommes que je pourrais être un jour et qui resteraient peut-être ici à jamais, dans cette contrée où je demeurerais inachevé, nourriture pour les poissons, sans arriver à être aucun d'eux.

C'est alors que je sentis la main du capitaine Alatriste se poser sur mon épaule.

– Ne leur permets pas de te prendre vivant, mon fils.

– Je le jure, répondis-je.

J'eus envie de pleurer, mais pas de chagrin ni de peur. C'était une étrange et tranquille mélancolie. Au loin, dans le calme et le silence absolu de la mer, brilla un éclair, si distant que le bruit du tonnerre ne parvint pas jusqu'à nous. Alors, comme si ce zigzag de lumière brisé avait été un signal, il y eut un roulement de tambour. Debout sur le couronnement de poupe de la *Vierge Noire*, près du fanal et brandissant le crucifix, le frère Francisco Nistal leva une main et nous bénit tous ; nous découvrant, à genoux, nous priâmes pendant que nous parvenaient, entrecoupées, les paroles du chapelain : « *In nomine... et filii... Amen.* » Nous étions encore agenouillés quand, hissant à la poupe de la capitane le pavillon royal, à celle de Malte la croix d'argent à huit pointes, et à la nôtre le drapeau blanc avec l'antique croix de Saint-André, chaque galère salua sa bannière d'un coup de trompette.

– Torses nus ! ordonna le comite.

Puis, dans un silence impressionnant, chacun occupa son poste et nous commençâmes à voguer vers les Turcs.

Au loin, l'orage silencieux continuait. La lueur des éclairs zébrait l'horizon gris, avec des reflets sur l'eau calme couleur de plomb. En silence aussi, la vogue progressait, encore modérée, avec seulement la respiration des rameurs et le tintement des chaînes au rythme des rames. Ils ramaient par quartiers, économisant leurs forces pour la dernière ligne droite, et même le comite ne se servait pas de son sifflet. Nous nous taisions, les yeux rivés sur les galères turques, bardés de fer et prêts pour la guerre. Et à la moitié du parcours, alors que nous déviions un peu vers la gauche, la galère de Malte commença à se détacher sur notre bande droite. De très près, nous la vîmes prendre de l'avance, hérissée de mousquets, d'arquebuses et de piques, les rames frappant en cadence les flots harmonieux, les voiles ferlées et les antennes basses ; et à la poupe, le frère Fulco Muntaner, son capitaine, debout et bien en vue, corselet blanc sous la tunique de taffetas rouge et la croix, tête nue, longue barbe grise, l'épée à la main, entouré de ses hommes de confiance : frère Juan de Mañas, de la langue d'Aragon et fils des comtes de Bolea, frère Luciano Canfora, de la langue d'Italie, et le chevalier de caravane Ghislain Barrois, de la langue de Provence. A leur passage, nos rames et les leurs se frôlant presque, le capitaine Urdemalas salua en ôtant son chapeau. « Bonne chance ! » cria-t-il. Le vieux corsaire de la Religion, tranquille comme s'il était au port et désignant calmement les galères turques, haussa les épaules et répondit avec son fort accent majorquin : « C'est si peu de chose ! »

Quand la *Croix de Rhodes* nous eut définitivement dépassés, prenant la tête de la file, la *Vierge Noire* suivit au même rythme de vogue, l'étendard aux armes royales ondoyant faiblement à la poupe, car la seule brise était celle que produisait le navire dans sa course. Nous vîmes donc nous dépasser les Biscayens qui devaient nous précéder dans l'attaque, en les saluant avec nos mains, nos chapeaux et nos casques. Le capitaine Machín de Gorostiola et les siens étaient sombres et muets, mousquets et arquebuses fumant de la proue à la poupe, et don Agustín Pimentel très raide et résolu sur le carrosse, revêtu de son armure milanaise de grand prix, un poing sur le pommeau de son épée et le morion porté par un valet, dans l'attitude qui correspondait à son rang, à sa nation, au roi et au Dieu pour lequel nous allions nous faire tailler en pièces.

– Que la Vierge les aide! murmura quelqu'un près de moi.

– Qu'elle nous aide tous! dit un autre.

Les trois galères voguaient maintenant en file, très proches, l'éperon contre le fanal de la précédente, tandis que continuaient de briller les éclairs silencieux sur la mer de plomb sans une ride. J'étais à mon poste, entre le Maure Gurriato et l'homme chargé de servir un pierrier, qui tenait dans une main le boutefeu fumant et dans l'autre un chapelet qu'il égrenait en remuant les lèvres. Je voulus avaler ma salive, mais je ne pus. La gorgée d'arak et le vin baptisé m'avaient depuis longtemps desséché la gorge.

– Appuyez la vogue! ordonna le capitaine Urdemalas.

A l'instant même où il le disait, le sifflet du comite retentit, le fouet s'abattit sur les dos des galériens. En essayant de dissimuler la tension de mes doigts, je nouai mon foulard autour de ma tête et mis par-dessus mon cabasset, en l'assujettissant avec la mentonnière. Je vérifiai que je pouvais défaire facilement les lanières du plastron si je tombais à la mer. Mes espadrilles à semelles de sparte étaient bien attachées à mes chevilles, j'avais en main le manche de la demi-pique aiguisée comme une navaja, le tiers supérieur graissé, et à la ceinture mon épée de Tolède et la dague biscayenne. Je respirai profondément plusieurs fois. Tout était en ordre, sauf que je sentais dans mon ventre comme un creux d'un empan. Défaisant mes culottes, bien que n'en ayant que peu envie, j'urinai du haut du baccalat sans me soucier de personne, entre les rameurs qui se mouvaient en cadence, et presque tous mes voisins m'imitèrent. Nous étions des gens expérimentés.

– Tous à la rame!... Maintenant! Allongez la vogue!

Un coup de canon retentit à la proue et nous nous dressâmes sur la pointe des pieds pour mieux voir. Les galères turques, de plus en plus proches et jusque-là immobiles, commençaient à se déplacer, fourmillant de turbans, de bonnets rouges, de hautes coiffes de janissaires, de toques et de djellabas maures, de haïks de couleurs. Un petit nuage de fumée blanche s'éleva de la proue de la plus proche. Après la détonation, le silence fut rompu par une cacophonie de fifres, chalumeaux et trompes maures, et, des navires ottomans, montèrent les trois grands cris ou hurlements par lesquels ces gens ont coutume de s'encourager à la tuerie. En réponse, de la *Croix de Rhodes* arrivèrent trois brefs coups de trompette, suivis d'un roulement de tambour et les cris de : « Saint Jean ! Saint Jean ! » et « Souvenez-vous de Saint-Elme ! »

– Ça, c'est la Religion ! dit un vieux soldat.

Un chapelet de coups de feu et de flèches jaillit des galères turques : canons et moyennes de proue commençaient à tirer sur celle de Malte, et des balles perdues passaient au-dessus de nos têtes. Sur la coursie, le comite, le sous-comite et l'alguazil couraient de la proue à la poupe en écorchant les dos à coups de lanières.

– Forcez la vogue ! hurla le capitaine Urdemalas. Ramez à mort, les enfants !

La fumée s'épaississait par moments, tandis que se multipliaient les coups de feu et que les flèches turques traversaient l'air en vrombissant dans toutes les directions. Les navires ennemis entouraient étroitement notre tête de file, leurs raïs déjà certains de la folie de sa tentative. Et nous vîmes ainsi la *Croix de Rhodes* pénétrer, impavide, dans le nuage de fumée, s'enfonçant comme un coin entre les deux galères les plus proches, avec une telle décision que nous entendîmes le craquement du bordage et des rames qui se brisaient. Notre capitane la suivit en déviant sur la bande gauche – nous entendîmes devant nous Machín de Gorostiola crier « Saint Jacques ! *Ekin, Ekin !* Espagne et saint Jacques ! » –, et la *Mulâtre* prit la suite, dans le fracas du combat et les vociférations des hommes qui luttaient pour leur vie.

Le sifflet du comite nous martyrisait les oreilles, son fouet martyrisait les épaules de la chiourme, et la galère volait sur les flots ; car ce sifflement intermittent, rapide, marquait la distance qui nous séparait de la mort ou de la captivité. Encore incrédules devant notre chance momentanée, nous regardions les galères qui nous donnaient la chasse : nous avions traversé la ligne turque, bien que l'écart avec nos poursuivants fût minime. La mer plombée continuait d'être calme comme de l'huile, et les éclairs silencieux de l'orage demeuraient au ponant : aucun vent sauveur ne soufflerait. La *Vierge Noire*, qui était passée avant nous, ramait, elle aussi, désespérément, devant la proue et sur la bande gauche de la *Mulâtre*, cherchant à distancer les cinq galères turques qui nous talonnaient. Derrière, encore à portée d'un tir de moyenne, immobile et enchevêtrée dans les trois galères qu'elle avait attirées sur elle, la capitane de Malte combattait férocement, enveloppée de fumée, et les cris de « Saint Jean ! Saint Jean ! » parvenaient, lointains, jusqu'à nous, dans le fracas de son combat sans espoir.

Un miracle s'était produit, quoique de peu de durée. La *Croix de Rhodes* était donc entrée dans la ligne turque, et au moment où elle se voyait bloquée par celle-ci, la *Vierge Noire* avait profité de l'espace laissé libre par la manœuvre pour traverser la formation ennemie, non sans encaisser une belle canonnade qui lui avait abattu l'arbre de trinquet et brisé une partie de sa palamente en passant entre la galère de Malte et le navire turc le plus voisin. Ce qui avait présenté pour nous, qui étions collés à sa poupe, l'avantage que les canons ennemis avaient déjà tiré lorsque notre tour était venu, et que nous n'avions reçu que des flèches et des balles. Nous étions passés, les rames de la bande droite touchant celles de la *Croix de Rhodes* qui, irrémédiablement clouée au milieu des galères ennemies pendant que d'autres s'approchaient à toute allure, subissait trois abordages simultanés, deux par une bande et un par la proue. Nous étions trop occupés pour apprécier son sacrifice – sur le carrosse submergé par les Turcs, nous avions vu le capitaine Muntaner et ses chevaliers combattre corps à corps, vendant cher leur vie –, car nous n'avions pas assez de nos cinq sens pour esquiver une galère qui nous menaçait sur notre gauche. C'était un pandémonium de balles, de flèches qui filaient et s'enfonçaient dans les pavois, les arbres ou les chairs, de cris et de malédictions; et au moment où notre timonier, avec le capitaine Urdemalas qui lui hurlait des ordres tout contre l'oreille – il ressemblait au diable des carnavals religieux –, mettait la barre à la bande pour ne pas heurter la *Vierge Noire* qui gîtait en traînant dans l'eau l'antenne de son arbre tronqué, la galère ennemie nous avait atteints, son éperon presque jusqu'aux bancs de poupe. Trois ou quatre rames avaient volé en morceaux, dans un grand vacarme de cris turcs, de gémissements de galériens et des « Saint Jacques ! » que nous lancions en nous précipitant pour repousser l'abordage. Le contact avait duré un instant, mais c'était suffisant pour qu'un parti de janissaires vociférants vienne sur nous avec beaucoup de courage et d'audace. Nos demi-piques, arquebuses, mousquets et pierriers en avaient eu raison, les mousses avaient lancé du haut des gabies des pots de feu et des bouteilles de goudron, et cette averse avait balayé le tambouret de nos ennemis en les obligeant à se replier pendant que nous poursuivions notre route sans autre dommage.

– Allez, les enfants ! hurlait le capitaine Urdemalas !... On y est presque ! Allez !

Notre capitaine de mer et de guerre péchait par optimisme ; mais, vu les circonstances, cela faisait partie des devoirs de son métier : stimuler la vogue de la chiourme, qui, fouettée jusqu'au sang, vomissait son âme sur les rames.

– Alguazil, encore un coup d'arak pour les hommes !... Ramez ! Ramez, foutredieu !

Mais même la force de l'alcool turc ne pouvait accomplir des miracles. Les galériens, rendus fous par l'effort, suppliciés par les lanières qui s'abattaient sur leurs dos couverts de sueur, étaient à la limite de leurs forces. La galère volait, je l'ai dit ; mais les cinq turques aussi, que nous avions collées à notre fanal et dont les canons nous envoyaient régulièrement un boulet qui faisait mouche dans un craquement de planches brisées et des cris de douleur ou qui passait en déchirant l'air comme un drap, pour se perdre dans la mer en soulevant une colonne d'écume sous notre proue.

– La *Vierge Noire* reste en arrière !

Nous nous précipitâmes sur la bande de droite pour voir, et une clameur désolée parcourut le navire. Mal en point après le franchissement de la ligne turque, avec beaucoup de rames brisées et trop de galériens tués, blessés et épuisés, la capitane perdait son rythme de vogue tandis que nous la dépassions petit à petit. En peu de temps, elle ne fut plus qu'à une portée de pistolet de notre proue, puis par notre travers. Nous voyions sur son carrosse don Agustín Pimentel, Machín de Gorostiola et les autres officiers qui regardaient désespérément derrière eux, en direction des galères turques qui gagnaient du terrain à chaque coup de rames. La palamente de la *Vierge Noire* frappait l'eau hors de toute cadence, une rame cognant parfois une autre, et l'on en voyait plusieurs qui restaient immobiles, traînant dans la mer. Nous observâmes aussi que des cadavres de galériens, libérés de leurs fers, étaient jetés à l'eau.

– Ceux-là sont tranquilles, dit un soldat.

– Mieux vaut eux que nous, ajouta un autre.

– Il y en aura pour tout le monde.

Notre conserve resta par notre travers, puis par l'arrière de notre bande. Nous fûmes quelques-uns à crier pour les encourager, mais c'était inutile. Nous pressant sur le bord, au-dessus des pavois, nous la vîmes désemparée sans remède, sa vogue décomposée, les Turcs presque sur elle, et ses hommes impuissants, nous regardant nous éloigner. A l'avant, de leurs rambates, des Biscayens criaient des mots que nous ne pouvions déjà plus entendre et agitaient les mains pour nous dire adieu, avant de se précipiter à la poupe, arquebuses et mousquets fumants. Au moins, avec Machín de Gorostiola et ses gens, les Turcs paieraient cher leur prise.

– Les chefs au fanal ! crièrent des voix, en faisant passer l'ordre.

Sur la galère, il se fit un silence total. Je me souvins d'un vieux dicton : Qui dit réunion de bergers, dit mort de brebis. Nous vîmes le sergent Brûlé, le comite et l'enseigne Labajos se diriger d'un air sombre vers l'espale de la galère, les hommes s'écartant pour les laisser passer. Le capitaine Alatriste suivit, lui aussi, en longeant le couroir. Il passa près de moi sans me voir, ou du moins eus-je cette impression. Ses yeux étaient froids et inexpressifs, comme s'ils contemplaient quelque chose au-delà de la mer et de tout. Je connaissais ce regard. Et je compris alors que les Biscayens de l'autre galère ne faisaient que nous précéder dans le désastre.

– La chiourme n'en peut plus, dit le capitaine Urdemalas.

Diego Alatriste regarda du côté de la chambre de vogue. Épuisés, désormais insensibles aux coups de fouet de l'alguazil et du sous-comite, les galériens étaient incapables de maintenir le rythme de vogue nécessaire. Comme la *Vierge Noire*, la *Mulâtre* faiblissait à son tour pendant que les Turcs se rapprochaient.

– Dans une demi-ampoulette, nous les aurons sur nous.

– On pourrait faire ramer la troupe, proposa le comite. Ou au moins une partie.

Furieux, l'enseigne Labajos rétorqua qu'il n'en était pas question. Il en avait déjà parlé avec des hommes, dit-il, et personne n'était disposé à se mettre à la rame, même dans une telle situation. Adressez-vous à Dieu, répondaient-ils.

Aussi près de la fin qu'on semblait l'être, nul ne souhaitait quitter ce monde dans la peau d'un galérien.

– Et puis, avec ces cinq galères collées au cul, ce serait nous crever pour rien... Mes gens sont des soldats, et leur force, ils la mettent dans leur métier. Qui est de se battre, et non de ramer.

– C'est que beaucoup d'entre nous rameront enchaînés, s'ils nous rattrapent, dit le comite, de mauvaise foi.

– Se laisser mettre à la rame sera alors l'affaire de chacun.

Alatriste observa les hommes groupés dans les coursives et à l'avant. Labajos disait la vérité. Même dans les affres où ils se trouvaient, attendant l'exécution d'une sentence sans appel, les hommes gardaient leur aspect féroce, dangereux et formidable. Cette infanterie était la meilleure du monde, et Alatriste savait très bien pourquoi. De tels soldats – « Messieurs les soldats », comme ils exigeaient qu'on les appelle – étaient ainsi depuis presque un siècle et demi et le resteraient jusqu'au jour où le mot « réputation » disparaîtrait de leur mince vocabulaire militaire. Ils pouvaient supporter la misère, s'exposer au feu et au fer, se voir mutilés ou tués, sans solde et sans gloire ; mais jamais ils ne cesseraient de combattre tant qu'il y aurait un camarade devant qui garder sa dignité et ses manières. C'était évident, ils ne rameraient pas pour se sauver. Individuellement, oui, naturellement. Pour leur vie et leur liberté, à condition que personne ne soit jamais au courant. Alatriste lui-même était capable, si le cas se présentait, de se mettre à un banc et de poser la main sur la rame, lui le premier. Mais ni lui, ni le plus scélérat de ceux qui étaient à bord n'accepterait cela si, de ce fait – et telle était cette nation, en fin de compte –, il perdait à la face du monde la seule chose que ni rois, ni ministres, ni prêtres, ni ennemis, ni même la maladie et la mort, ne pourraient jamais lui enlever : l'image de lui-même qu'il s'était forgée, la chimère de celui qui se proclamait hidalgo avant de se reconnaître le serf de qui que ce soit. Pour un soldat espagnol, son métier se confondait avec son honneur. Toutes choses fort contraires au sens commun, comme le disait bien la tirade du corsaire barbaresque que Diego Alatriste se rappelait avoir entendue dans les cours de comédie et qui fut sur le point, à cet instant, de lui venir aux lèvres :

Le chrétien porte son honneur
A de telles extrémités
Que mettre la main pour ramer
Serait pour lui un déshonneur.
Et tandis que chez eux, là-bas,
On les honore avec éclat,
Nous revenons dans nos États
Sans honneur mais en chantant
Les portant à pleins chargements.

Cependant, il se garda bien de rien dire. Le moment n'était pas à réciter des vers, et ce n'était pas non plus dans sa nature de tenir ce genre de propos. A coup sûr, conclut-il pour lui-même, voilà qui scellait la fin de la *Mulâtre,* comme aussi, au fil du temps, la ruine de l'Espagne et de tous ; mais alors, ce ne serait plus son affaire. Au moins une telle arrogance apportait-elle une certaine consolation à des hommes comme lui. Il n'y avait pas d'autre règle à laquelle se raccrocher, quand on savait de quelle étoffe étaient faits les drapeaux.

– Putain d'honneur, résuma le sergent Brûlé.

Tous se regardèrent, graves, solennels, comme si ce qu'il venait de dire était davantage que quelques mots. Ils auraient donné n'importe quoi pour en trouver d'autres, mais ils n'en avaient pas. Ils étaient militaires de métier, rudes hommes d'armes, et la rhétorique n'était pas leur fort. Le seul luxe qu'ils pouvaient se donner était de choisir le lieu et la manière de finir leur vie. Et le moment était venu.

– Il faut faire face et combattre, proposa l'enseigne Labajos. Cela vaut toujours mieux que de courir pour rien.

– Je l'ai déjà dit, affirma le sergent Brûlé. La seule question est de savoir si on soupera avec le Christ ou à Constantinople.

– Eh bien, ce sera avec le Christ, trancha Labajos d'un air sombre.

Tous se tournèrent vers le capitaine Urdemalas, qui continuait à tripoter sa molaire malade sous sa barbe. Celui-ci haussa les épaules, comme s'il les laissait prendre la décision. Puis il regarda par-dessus le couronnement. Là-bas, très en arrière et encore collée à ses trois galères turques, la capitane de Malte continuait à combattre entourée de fumée et d'éclairs. Entre elle et la *Mulâtre*, la *Vierge Noire*, sur le point d'être rejointe par ses poursuivantes – les tambourets et les rambates ennemis grouillaient d'hommes prêts pour l'abordage –, virait de bord pour leur faire face, résignée à l'inévitable.

– Il y a cinq galères, risqua le pilote Branco, lugubre. Plus celles qui viendront quand ils en auront fini avec celle de la Religion.

Labajos ôta son chapeau et le jeta par terre.

– Et même si elles étaient cinquante, nom de Dieu !

Le capitaine Urdemalas observait Alatriste. De toute évidence, il attendait son avis, car c'était le seul qui n'avait pas ouvert la bouche. Alatriste acquiesça, sobre et sans desserrer les dents, économisant sa parole. Ce n'étaient pas des mots que l'on attendait de lui.

– Très bien, conclut Urdemalas. Nous allons secourir les Biscayens... Ils seront contents de savoir qu'ils ne meurent pas seuls.

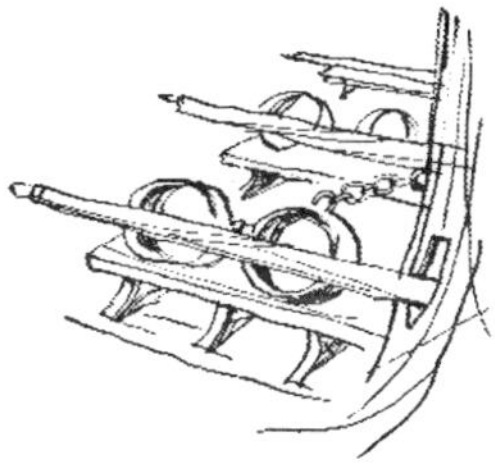

XI

LA DERNIÈRE GALÈRE

Je ne sais comment fut Lépante, mais je n'oublierai jamais les bouches d'Escanderlu : le sol mouvant des planches, la mer guettant au-dessous, prête à nous engloutir en cas de chute, les cris des hommes qui tuaient et mouraient, le sang coulant sur les flancs des galères, la fumée épaisse et le feu. L'eau était toujours immobile et grise comme une plaque d'étain, sans brise, et l'étrange orage silencieux continuait de lancer des éclairs au loin, comme une imitation de ce que les hommes étaient capables de faire par leur seule volonté.

Une fois la décision prise par les officiers, et la barre mise à la bande, nous avions fait contre mauvaise fortune bon cœur en opérant une volte-face pour aller au secours de la *Vierge Noire*, qui se trouvait maintenant enclavée entre les premières galères turques, combattant sur toute sa couverte dans un tohu-bohu infernal au milieu des coups de feu.

Comme il était préférable de se battre ensemble que séparés, le capitaine Urdemalas, aidé par la vogue efficace qu'imposaient les coups de lanière du comite et de ses hommes, exécuta une savante manœuvre qui plaça notre proue tout contre la poupe de la capitane, de manière à ce que les deux navires restent presque bord à bord et que l'on puisse passer de l'un à l'autre en cas de nécessité. Inutile de m'étendre sur le soulagement et les cris des Biscayens du capitaine Machín de Gorostiola – « *Ekin!* En avant! *Ekin!* » hurlaient-ils, en reprenant courage – qui accueillirent notre arrivée, car, lorsque nous collâmes éperon et amure contre leur poupe, ils luttaient sans espoir, supportant de pied ferme et tous crocs dehors l'abordage de deux galères ennemies. Deux autres vinrent sur nous, tandis que la cinquième cherchait à se placer dans notre dos afin de nous bombarder avant de donner l'assaut par ce côté. Nos deux galères espagnoles formaient finalement – nous avions passé des câbles et des filins autour des arbres pour les maintenir attachées – une manière de place forte assiégée de toutes parts, à cette différence près que nous étions en pleine mer et qu'au lieu de remparts nous n'avions pour nous protéger des tirs et des assauts ennemis que notre propre feu, nos piques et nos épées, et les pavois disposés sur les bandes et les rambates, de plus en plus démantelés par l'averse de balles et de flèches.

– *Bir mum kafir!... Baxá kes...* – *Allahou Allah!...*

Les janissaires étaient d'un courage extrême. Ils bondissaient à l'abordage par vagues, s'encourageant mutuellement, au nom de Dieu et du Grand Turc, à couper les têtes de ces chiens d'infidèles. Et ils le faisaient avec autant de mépris de la mort que si les houris du paradis de Mahomet se tenaient derrière nous. Ils arrivaient par leurs éperons et même en courant sur les antennes et les rames de leurs galères. Ils nous impressionnaient par leurs cris de guerre et les hurlements dont ils sont coutumiers, qui partent du fond de la gorge. Leurs casaques colorées, leurs crânes rasés ou leurs bonnets pointus, leurs énormes moustaches et les cimeterres qu'ils maniaient avec une précision mortelle pour tenter de briser notre résistance ne nous faisaient pas moins d'effet. Mais ce que nous leur opposions pour servir Dieu et le roi était tout le contraire, car face à leur absence de protection et à leur mépris de la mort, la vieille discipline de l'infanterie espagnole continuait à jouer pleinement. Chaque vague turque s'écrasait contre le mur de notre escopetterie : arquebuses et mousquets expédiaient décharge après décharge, et il fallait voir, au milieu de cette folie, nos vieux soldats garder leur calme, comme toujours, faisant très bien leur office de tireurs, demandant, impavides, poudre et balles aux valets et aux mousses quand celles-ci venaient à leur manquer. Et pendant ce temps, mobiles et agiles, les jeunes soldats, dont j'étais, et les mariniers contre-attaquaient en bon ordre, d'abord avec piques et espontons, et ensuite, au corps à corps, avec épées, dagues et haches ; de sorte que cette combinaison de plomb, d'acier et de vaillance tenait l'ennemi en respect en lui donnant plus de coups de crocs qu'un chien à ses puces. Et après un long moment de combat impitoyable, le fragile fortin de la *Vierge Noire* et de la *Mulâtre*, attachées l'une à l'autre et crachant le feu entourées de cinq galères turques, les unes s'approchant et les autres prenant de la distance pour donner à leurs hommes le temps de se remettre, faire usage de leur artillerie et revenir de nouveau à l'abordage, laissait clairement entendre à l'ennemi qu'il paierait sa victoire de beaucoup de sang versé, le sien et le nôtre.

– *Santiago!... Santiago!... Cierra España, cierra!...*

Le bal, comme on dit, ne faisait que commencer, et nous étions déjà enroués, malades de trop de fumée et de sang. D'autres, moins conventionnels, insultaient les Turcs comme ceux-ci nous insultaient, dans toutes les langues qu'ils connaissaient, castillane, basque, grecque, turque ou franque, en les traitant de chiens et d'enfants de putains à n'en plus pouvoir, et de *bardajes*, qui signifie invertis dans leur idiome, sans oublier l'inévitable porc accusé d'avoir engrossé leurs mères mahométanes et autre gracieusetés sur la secte perverse d'Allah; les Ottomans répondaient dans leur langue par des variantes plus imaginatives les unes que les autres – la Méditerranée a toujours été fertile dans ce domaine – concernant la discutable virginité de la Très Sainte Marie ou la douteuse virilité du Christ, en y incluant à leur tour des considérations acerbes sur l'honnêteté des mères qui nous avaient enfantés. Tout cela, enfin, selon les usages bien établis en de tels parages et de telles situations.

De toute manière, bravades mises à part, nous savions les uns comme les autres que, pour les Turcs, ce n'était qu'une question de patience et de volonté. Ils étaient au moins trois fois plus nombreux que nous, ils pouvaient encaisser leurs pertes et reprendre leur souffle en se relayant pour ne pas nous laisser de trêve, tandis que, pour nous, il n'était pas question de répit. De plus, chaque fois que nous parvenions à repousser une galère ennemie, celle-ci en profitait pour nous bombarder avec son canon de cinquante livres et ses pièces d'appoint, faisant un vaste carnage; aux morceaux de fer tranchants venaient s'ajouter les éclats de bois et les débris qui volaient dans toutes les directions et démolissaient nos pavois, seule protection derrière laquelle nous pouvions nous accroupir quand tonnait une décharge. Ce n'était partout que corps déchiquetés, tripes, sang et décombres, et dans l'eau, entre les navires, flottaient des douzaines de cadavres tombés pendant les abordages ou jetés pardessus bord pour dégager les couvertes. Nombreux étaient aussi les morts et les blessés parmi les galériens des deux camps qui, attachés à leurs chaînes ensanglantées, incapables de se protéger, se couchaient, entassés les uns sur les autres, entre les bancs et les pédagnes sous les rames brisées, en poussant des hurlements, épouvantés par la furie des uns et des autres, et implorant miséricorde.

– *Allahou Allah!... Allahou Allah!*

Cela devait faire deux longues heures que nous combattions, quand l'une des galères turques, par une habile manœuvre de son raïs, parvint à mener son éperon presque jusqu'à l'arbre de trinquet de la *Mulâtre*, ce qui nous valut une grande avalanche de janissaires et de soldats turcs, bien résolus à pousser jusqu'à notre proue. Les nôtres se défendaient comme une meute de loups, disputant chaque planche avec un courage que j'admirais, mais la pression était trop forte, et, avec beaucoup de dommages, nous commençâmes à céder les bancs de conille et les rambates. Je savais que le capitaine Alatriste et Sebastián Copons se trouvaient de ce côté, mais avec la fumée, la mousqueterie et la confusion, je ne pouvais les voir. L'ordre fut alors crié de combler la brèche, tous ceux qui le purent se précipitèrent par la coursie et les couroirs des bandes, moi parmi les premiers, car pour rien au monde je n'eusse accepté de rester en arrière pendant qu'on taillait le capitaine en pièces. Nous trouvâmes les Turcs un peu en avant de l'arbre de mestre, dont l'antenne était tombée sur la couverte. Je sautai sur celle-ci comme je pus, rondache et épée devant moi, piétinant les misérables forçats couchés entre les bancs et les madriers brisés, et il y en eut même un qui, dans ses convulsions, m'attrapa par une jambe: il me parut turc d'aspect et je lui donnai en passant un coup d'épée qui lui trancha presque la main attachée à la manille; preuve que, dans des dangers si pressants, toute raison finit par s'égarer.

– *España y Santiago!... Cierra!* En avant!

Nous chargeâmes enfin les ennemis, moi toujours en tête, sans trop me soucier de ma personne; car la fureur du combat me mettait hors de moi et me faisait négliger toute précaution. Je fus assailli par un Turc noir et poilu comme un sanglier, portant bonnet de cuir, rondache et épée; et sans lui laisser assez d'espace pour qu'il puisse se servir de ses mains, je l'étreignis, rondache contre rondache, tirai mon épée et, lui agrippant la gorge malgré sa sueur qui faisait glisser mes doigts, je pus lui faire un croche-pied et lui porter deux coups, ce qui nous envoya rouler au sol sur les planches d'une arbalestrière. Je voulus lui arracher son épée mais je n'y parvins pas, car elle était attachée à son poignet, et il attrapa mon casque par le bord en tentant de me faire renverser la tête pour découvrir mon cou et m'égorger, tout en poussant des rugissements effroyables. Moi, sans ouvrir la bouche et toujours serré contre lui en palpant mes reins à tâtons, je réussis à dégainer ma biscayenne et à lui faire deux ou trois petites blessures qu'il parut sentir, car ses cris changèrent de registre. Mais il cessa de couiner quand une main lui tira la tête en arrière et une lame lui trancha la gorge. Je me relevai, endolori, essuyant le sang qui avait giclé dans mes yeux : mais avant que je puisse dire merci, le Maure Gurriato était déjà en train d'en découdre à coups de poignard avec un autre Turc. De sorte que je rengainai ma dague, récupérai mon épée, attrapai la rondache et retournai au combat.

– *Sentabajo, cane !* Rendez-vous, chiens ! vociféraient les Turcs, en nous chargeant. *Allahou Allah !... Allahou Allah !*

C'est là que je vis mourir le sergent Brûlé. Le va-et-vient du combat m'avait conduit près de lui, qui menait un groupe d'hommes à l'assaut des janissaires des rambates. Sautant sur les bancs de conille – où ne restaient que quelques galériens vivants – et par le couroir de la bande droite, nous les enfonçâmes très durement, en leur reprenant petit à petit ce qu'ils nous avaient ôté, et nous nous battîmes bientôt autour de notre arbre de trinquet, puis sur l'éperon même de leur galère. Ce fut alors que le sergent Brûlé, qui nous encourageait beaucoup en soutenant ceux qui faiblissaient, fut blessé par une flèche qui lui traversa les joues de part en part ; et pendant qu'il tentait de l'arracher, il fut atteint à la poitrine par une balle d'arquebuse qui le fit tomber raide mort. Cette disgrâce sema le trouble chez certains des nôtres, et nous faillîmes un instant perdre ce que nous avions gagné avec tant de courage et tant de sang ; mais nous relevâmes la tête vers le ciel – et pas exactement pour prier – en repartant à l'attaque comme des bêtes sauvages, bien décidés à venger Brûlé ou à laisser notre peau sur l'éperon turc. Ce qui se passa ensuite, nulle plume ne pourrait le décrire, et ce ne sera pas moi qui dirai ce que je fis ; seul Dieu et moi le savons. Il suffira de dire que nous achevâmes la reconquête de la proue de la *Mulâtre* et que, lorsque la galère turque fort mal en point se retira en scievogue, dégageant son éperon de notre bande, aucun des Turcs qui étaient venus à l'abordage ne put regagner son bord.

Ce fut ainsi que nous passâmes le reste du jour, obstinés comme des Aragonais, essuyant les boulets de l'artillerie et repoussant les abordages successifs des galères qui, maintenant, n'étaient plus cinq mais sept ; car la capitane à trois fanaux et un autre navire turc se joignirent vers le soir au combat, exhibant, attachées à leurs antennes, les têtes de frère Fulco Muntaner et de ses chevaliers. En manière de trophée, car cette carcasse ne pouvait plus guère leur servir, les Turcs remorquaient aussi la *Croix de Rhodes* transformée en charpie, ensanglantée et rase comme un ponton. Leur victoire n'avait pas été une mince affaire, car les gens de la Religion avaient lutté avec tant de férocité que, selon ce que nous sûmes plus tard, les Turcs n'en avaient pas pris un seul vivant. Par chance pour nous, et du fait des dégâts qu'elles avaient subis, ni la capitane turque ni sa conserve n'étaient en état de combattre encore, et elles se bornèrent à s'approcher de temps en temps, relayant les autres, pour nous bombarder de loin. Quant à la troisième galère turque, très endommagée dans son combat avec celle de Malte, elle était partie par le fond sans qu'ils ne puissent rien y faire.

A la dernière heure de l'après-midi, Ottomans et Espagnols étaient épuisés : nous, confortés dans notre résistance à un si grand nombre d'ennemis, et eux, se vouant au diable pour ne pas réussir à nous briser l'échine. Le ciel continuait d'être couvert et la mer de plomb, ce qui accentuait le caractère sinistre de la scène. Avec la lumière qui diminuait, une légère brise de ponant s'était levée, soufflant par intermittence, mais elle ne nous servait à rien, puisqu'elle allait vers la terre. De toute manière, même un vent favorable n'eût rien changé, car l'état de nos navires était lamentable : après tous les tirs que nous avions essuyés, notre gréement était en morceaux, les antennes tombées, les voiles déchiquetées, et la *Vierge Noire* avait perdu une partie de son grand arbre qui flottait près de nous parmi les cadavres, les câbles, les planches, les vêtements et les rames brisées. Les plaintes des blessés et les râles des mourants montaient comme un chœur monotone des deux galères toujours attachées l'une à l'autre, immobiles. Les Turcs s'étaient légèrement retirés vers la terre, restant à portée de tir de moyenne, et jetaient leurs morts à la mer, rajustaient leur gréement, réparaient les avaries, leurs raïs tenant conseil, pendant que les Espagnols n'avaient rien d'autre à faire que de lécher leurs plaies et attendre. C'était un bien triste tableau que nous offrions là, couchés et mélangés aux galériens entre les bancs cassés ou sur la coursie, les couroirs et les rambates, épuisés, estropiés, souffrant de membres brisés ou de mauvaises blessures, noirs de fumée, les cheveux, les habits et les armes couverts de sang séché, le nôtre ou celui des autres. Pour nous redonner le moral, le capitaine Urdemalas ordonna qu'on nous distribue le peu qui restait d'arak et qu'on nous donne à manger – le fougon était détruit et le cuisinier mort –, avec une tranche de requin séché, du vin baptisé, un peu d'huile et du biscuit. Les Biscayens eurent la même chose sur l'autre galère, et nous passâmes la nuit à aller de l'une à l'autre en commentant les événements de la journée, nous enquérant de tel ou tel camarade, pleurant les morts et nous réjouissant de la présence des vivants. Cela réconforta un peu les hommes, et certains en arrivèrent à penser que les Turcs finiraient par partir, ou que nous pourrions résister aux abordages que, selon d'autres, ils poursuivraient le lendemain, s'ils n'essayaient pas cette nuit même. Mais nous avions vu tous les dégâts qu'ils avaient subis, eux aussi, et cela nous redonnait espoir : car, en de telles extrémités, l'homme qui se voit perdu se cramponne à n'importe quelle illusion. Ce qui est certain, c'est que notre vaillante défense fortifiait les plus résolus, et certains, même, eurent l'idée de braver ironiquement les Turcs ; profitant de la légère brise qui soufflait par moments, ils prirent dans la cage de la cambuse deux poules vivantes, dont la chair et les œufs – bien qu'elles fussent mauvaises pondeuses à bord – servaient ordinairement aux potages et bouillons des malades, et, après les avoir attachées avec beaucoup d'habileté sur un radeau agrémenté d'une petite voile, ils les laissèrent dériver vers les galères ennemies en lançant force éclats de rire et cris de défi ; ce qui réjouit tous nos hommes, et plus encore quand les Turcs, tout furieux de la plaisanterie qu'ils fussent, les prirent néanmoins et les montèrent à leur bord. Cela nous mit du cœur au ventre – et nous en avions bien besoin ! A tel point que certains commencèrent à chanter, pour que l'ennemi les entende, cette litanie que les gens de mer avaient l'habitude de réciter quand ils tiraient sur les drisses pour hisser l'antenne, et qu'à la fin de nombreuses voix cassées mais pas vaincues reprirent en chœur, tous les hommes debout et tournés vers les Turcs :

Lo pagano
Escofondi
Y sarracin
Turqui e mori
Gran mastin
Le fiolioli
De Abrahim...

Et nous finîmes les dernières paroles tous rassemblés sur les bords, menant grand vacarme et hurlant de toutes nos forces à ces chiens qu'ils se rapprochent un peu plus, que nous avions encore envie de nous donner du bon temps avec un ou deux abordages avant d'aller dormir; et que s'ils ne se sentaient pas assez nombreux pour oser le faire, qu'ils aillent à Constantinople chercher leurs frères et leurs pères, s'ils les connaissaient, accompagnés de leurs putains de mères et de sœurs, auxquelles nous réservions, bien entendu, un traitement particulier. Il fallait voir nos blessés se redresser sur leurs coudes, enveloppés de bandages sanglants, et crier eux aussi, en libérant toute la rage et l'angoisse qu'ils avaient en eux, nous renforçant dans nos provocations à tel point que ni don Agustín Pimentel, ni les capitaines ne voulurent y mettre un frein. Bien au contraire, ils les encourageaient et y participaient, conscients que, condamnés à mort comme nous l'étions, tout était bon pour nous engager à faire payer nos têtes le plus cher possible aux Turcs. Car si ceux-ci voulaient les pendre aussi à leurs antennes, ils devraient d'abord venir nous les couper.

Il y eut encore cette nuit-là un autre geste de défi, car nos chefs firent allumer les fanaux de poupe, afin que les Turcs sachent bien où nous étions. Nous renforçâmes les amarres qui maintenaient ensemble les deux galères, on mouilla les fers – la profondeur était faible – pour éviter qu'un vent imprévu ou le courant ne nous fassent dériver, on permit aux hommes de se reposer, tout en les gardant sous les armes par quarts de veille au cas où l'ennemi viendrait à tenter quelque chose dans l'obscurité. Mais la nuit s'écoula tranquillement, sans vent, le ciel se dégageant peu à peu pour montrer quelques étoiles. Je fus relevé de mon quart, tombant de sommeil, et, marchant à tâtons entre les hommes entassés sur la couverte – sur les deux galères planait un concert de gémissements et de pleurs de blessés, que l'on eût dit venir de mendiants français –, je parvins dans l'obscurité sur l'arbalestrière où, dans une espèce de bastion formé de couvertures déchirées et de débris de filins et de voiles, le capitaine Alatriste, le Maure Gurriato et Sebastián Copons s'étaient retranchés, ronflant comme s'ils attendaient le jour du Jugement dernier. Tous avaient eu, comme moi, la chance de sortir indemne de la terrible journée, si nous exceptons une légère entaille de cimeterre au côté reçue par le Maure Gurriato, que mon ancien maître, après l'avoir nettoyée avec du vin, avait recousue avec une grosse aiguille et du fil à voile, laissant un point libre pour drainer les humeurs mauvaises.

Je parvins, comme je l'ai dit, jusqu'à eux, et m'installant sans un mot – fatigué au point de ne pouvoir ouvrir la bouche – je restai là sans réussir à trouver le sommeil, tout le corps douloureux et comme disloqué après la lutte que j'avais livrée contre le Turc à la rondache et tous ceux qui étaient venus ensuite. Je pensais, comme chacun je suppose, à ce que nous réservait le lever du soleil. Je ne pouvais m'imaginer à la rame d'une galère turque ou dans une tour de la mer Noire; aussi, notre victoire étant plus que douteuse, mon avenir me semblait court. Je me demandai quel aspect aurait ma tête accrochée à une antenne, et ce qu'en penserait Angélica d'Alquézar, si, par quelque étonnant don de seconde vue, il lui était permis de la contempler. Vos seigneuries diront que c'étaient là des idées bien propres à vous plonger dans le plus amer désespoir, et elles n'auront pas tort; mais le cheval pense différemment de celui qui le monte. On ne voit pas ces choses de la même façon près de la chaleur d'un foyer et d'une table bien servie que dans la boue d'une tranchée ou sur la fragile couverte d'une galère, quand jouer sa liberté et sa vie est le pain de munition quotidien. Certes, nous étions désespérés. Mais nous avions été élevés comme de jeunes taureaux pour la corrida, et cette absence d'espoir dans la vie nous semblait naturelle. Espagnols, notre familiarité avec la mort nous permettait de l'attendre debout, et nous y obligeait; car à la différence d'autres nations, nous nous jugions mutuellement sur la manière de nous comporter face au danger. Telle était la raison pour laquelle cruauté, honneur et réputation se confondaient si fort dans notre caractère. Comme l'avait bien dit Jorge Manrique, des siècles de lutte contre l'Islam avaient fait de nous des hommes libres, orgueilleux et convaincus de nos droits et privilèges :

Ce que les bons religieux
Gagnent par leurs oraisons

Et leurs supplications
Pour les gentilshommes fameux
C'est par travaux et afflictions
Contre les Maures.

Ce qui explique que, formés à l'âpreté du hasard, toujours le Christ à la bouche et l'âme sur le tranchant d'une épée, dans la triste situation où nous étions, nous acceptions notre sort, quand bien même celui-ci serait de connaître demain notre dernier jour, comme nous avions fait face à tant d'autres jours semblables, annonciateurs de celui-là : avec la résignation du paysan devant la grêle qui détruit sa récolte, du pêcheur devant ses filets vides, ou d'une mère certaine que son enfant mourra dans l'accouchement ou sera emporté par les fièvres dès le berceau. Car seuls les nantis, les insouciants, les pusillanimes qui vivent en tournant le dos à la réalité de l'existence se rebellent contre le prix sévère que tôt ou tard tous doivent payer.

Un tir d'arquebuse retentit et nous nous relevâmes à demi, inquiets. Même les blessés avaient arrêté de gémir. Mais seul suivit le silence, et nous nous détendîmes de nouveau.

– Fausse alarme, grogna Copons.

– Le destin, ajouta, stoïque, le Maure Gurriato.

Je revins m'étendre près du capitaine, sans autre protection que mon plastron d'acier et mon pourpoint déchiré. La fraîcheur nocturne mouillait déjà le plancher de l'arbalestrière et nous transperçait tous. J'eus froid et me pressai contre lui en quête de chaleur : il sentait comme toujours le cuir, le métal et la sueur séchée de la dure journée ; je savais qu'il ne prendrait pas mon tremblement pour de la peur. Je compris qu'il était éveillé, même s'il demeura immobile durant un long moment. Et puis, avec beaucoup de précautions, il se défit du lambeau de voile qui le couvrait et l'étendit sur moi. Je n'étais plus un enfant, comme dans les Flandres, et cela me réchauffa moins le corps – la voile n'était en fait qu'un mince abri – que le cœur.

A l'aube, il y eut encore distribution d'un peu de vin et de biscuit ; et pendant que nous mangions ce maigre déjeuner, l'ordre vint de détacher la chiourme qui était prête à combattre. Nous nous regardâmes les uns les autres d'un air consterné : nous devions être tombés bien bas pour en arriver à de telles extrémités. La mesure excluait les forçats turcs, maures et de nations ennemies comme les Anglais et les Hollandais ; mais elle donnait aux autres la chance, s'ils se battaient bien et en sortaient vivants, de gagner leur liberté ou une remise de peine, sur la recommandation de notre général. Et ce n'était pas une mauvaise affaire pour les forçats espagnols et d'autres nations catholiques : leur sort, s'ils restaient à la rame, était de partir par le fond si la galère sombrait, car on ne se préoccupait guère de leur ôter leurs chaînes dans le désordre d'un naufrage, ou de continuer à être esclaves en ramant pour les Turcs, situation qu'ils ne pouvaient éviter qu'en reniant leur religion pour acquérir leur liberté – en Espagne, en revanche, un esclave baptisé restait toujours un esclave –, extrémité à laquelle certains se laissaient porter, surtout les jeunes, pour des raisons faciles à comprendre ; mais qui était moins fréquente qu'on ne le croit, car même chez les forçats la religion était chose enracinée et grave, et la plupart des Espagnols capturés par les Barbaresques et les Turcs se maintenaient dans la vraie foi, en dépit de la captivité et de la misère, pour qu'on ne leur attribue pas ce que Miguel de Cervantès, soldat captif qui ne céda jamais, disait d'eux :

La vie peut-être les ennuie
Militaire et affligeante ;
Et comme le vice les pourrit
Prennent celle de Mahomet
Plus aisée et amusante.

En tout cas, comme je l'ai dit, on ôta leurs chaînes à tous les galériens espagnols, italiens et portugais qui le demandèrent, et on leur donna des espontons et des demi-piques ; ce qui permit aux galères, qui avaient déjà perdu un tiers de leurs gens de mer et de guerre, de se voir renforcées de soixante ou soixante-dix hommes, résolus à mourir en combattant au lieu d'être noyés de triste façon ou mis en pièces par la furie des uns et des autres. Parmi eux, l'un des premiers qui demanda à être libéré de ses fers et à prendre une arme fut certain espalier de la *Mulâtre*, un gitan, fleur du Perchel de Malaga, appelé Joaquín Ronquillo, bien connu du capitaine Alatriste et de moi, très dangereux et redouté à bord ; à tel point que, durant quelque temps, il avait gardé nos économies dans sa pédagne, plus en sécurité là que dans la maison d'un Génois. Ce Ronquillo – crâne rasé, casaque noire bordée de rouge, regard torve – vint s'incorporer à notre groupe avec une fine équipe de trois ou quatre acolytes d'aspect aussi honorable que le sien, juste au moment où nous recevions de l'enseigne Labajos l'ordre de former un détachement de renfort, sous le commandement de mon ancien maître – lui et Labajos étaient les seuls caporaux qui restaient debout parmi les gens de guerre de la *Mulâtre* –, afin de venir à la rescousse là où les Turcs menaceraient le plus, en surveillant particulièrement le bastion de l'esquif et les échelles de chaque côté de la poupe, par où l'ennemi pourrait vouloir nous prendre les couroirs menant à l'avant et aux rambates. En exhortant chacun à défendre sa galère planche par planche, le père Nistal nous bénit de nouveau depuis la *Vierge Noire*, nous souhaitâmes bonne chance aux Biscayens de Machín de Gorostiola – qui nous rendirent la pareille – auxquels nous restions amarrés pour le meilleur et pour le pire, et nous occupâmes nos postes à l'instant même où le soleil apparaissait dans un ciel dégagé et sur la même bonace que la veille, et où les sept galères turques, dans un grand concert de vociférations et de cymbales, fifres et chalumeaux, se mettaient à ramer vers nous.

L'enseigne Labajos était mort à la moitié du combat, submergé par les Turcs, en repoussant encore un abordage sur le carrosse de la *Mulâtre*, où le capitaine Urdemalas avait été également blessé. Adossé à l'estanterol, tout le corps douloureux, nettoyant le sang sur sa figure et ses mains avec de l'eau de mer – qui le brûlait sur les griffures et les entailles –, Diego Alatriste contempla les hommes en train de jeter pardessus bord les morts qui encombraient la couverte ravagée, chaos de planches brisées, de cordages coupés, de sang et d'hommes épuisés. Le combat avait duré quatre heures, et lorsque les Turcs s'étaient retirés pour se reformer et réparer les rames de leurs galères emmêlées et brisées dans les abordages, les deux arbres de la *Mulâtre* étaient abattus, les antennes et les voiles déchiquetées à la mer ou tombées sur la *Vierge Noire*, qui avait également perdu son trinquet et les deux tiers de l'arbre de mestre. Les deux galères restaient amarrées et à flot, bien qu'ayant subi l'une et l'autre des pertes effrayantes. Sur la *Mulâtre*, le comite, le sous-comite étaient morts, et l'artilleur allemand et ses aides avaient été tués par l'explosion du canon de coursie. Quant au capitaine Urdemalas, Alatriste venait de le laisser dans la chambre de poupe ou ce qui en restait, à plat ventre sur le plancher pendant que le barbier et le pilote extirpaient, avec les doigts, des caillots de sang de la plaie qu'un cimeterre turc avait ouverte d'un rein à l'autre.

– Vous êtes... monsieur... au commandement... avait réussi à proférer Urdemalas entre deux grognements de douleur, en blasphémant contre l'auteur de la blessure.

Au commandement. Ces mots étaient d'une ironie macabre, se dit Alatriste, en contemplant le débris sanglant qu'était devenue la *Mulâtre*. Tous les paillols, y compris celui de la poudre, étaient pleins de blessés qui s'amoncelaient corps sur corps, suppliant qu'on leur donne une gorgée d'eau ou de quoi panser leurs blessures. Mais l'on n'avait ni l'une ni l'autre. Au-dessus, dans ce qui avait été la chambre de vogue et n'était plus maintenant qu'un fouillis de décombres ensanglantés, des galériens vivants mêlés aux morts gémissaient enchaînés entre les restes de leurs bancs et les tronçons d'arbres, de cordages et de rames. Et sur les courroirs, le carrosse et les rambates de la galère, sous un soleil éclatant qui chauffait à blanc l'acier des plastrons et des armes, les soldats, les mariniers et les forçats libérés survivants bandaient leurs blessures ou celles de leurs camarades, passaient des pierres à aiguiser sur le fil ébréché de leurs lames et rassemblaient ce qui restait de poudre et de balles pour le peu de mousquets et d'arquebuses encore en état de tirer.

Pour éloigner tout cela de son esprit pendant quelques instants, Alatriste se laissa glisser pour s'asseoir, le dos contre le pilier, et ouvrit son justaucorps d'un geste machinal pour tirer de la poche de son pourpoint le livre des *Songes* de don Francisco de Quevedo. Il aimait le feuilleter dans les moments de calme : mais maintenant, il eut beau insister, il ne put en lire une ligne, car elles semblaient toutes danser devant ses yeux, pendant que ses tympans vibraient encore du fracas du récent combat.

– Vous êtes appelé au conseil sur la capitane, monsieur le commandant.

Alatriste regarda le valet qui lui transmettait cet ordre, sans d'abord comprendre. Puis, à regret et sans hâte, il remit le livre dans sa poche, écarta son dos de l'estanterol, se releva, marcha par le couroir de la bande de droite parmi les gens qui étaient allongés là et, passant une jambe puis l'autre, attrapa un filin qui pendait pour gagner la *Vierge Noire*. Ce faisant, il dirigea son regard vers les galères ottomanes : elles s'étaient retirées à la distance d'un tir de moyenne pour préparer l'assaut suivant. L'une d'elles, qui avait particulièrement souffert dans le dernier abordage, avait le bord au ras de l'eau, à demi submergée, et l'on voyait un grand remue-ménage de gens sur sa couverte ; la capitane à trois fanaux avait perdu son arbre de trinquet. Les Turcs aussi payaient le prix fort, ce jour-là.

Il constata que la situation à bord de la *Vierge Noire* n'était pas plus brillante que sur la *Mulâtre.* Les galériens enchaînés avaient subi une terrible boucherie, et les Biscayens du capitaine Machín de Gorostiola, noirs de poudre et le regard perdu dans le vide, profitaient du répit pour se reposer et se remettre autant qu'ils le pouvaient. Nul ne rompit leur sombre silence ni ne leva même les yeux quand Alatriste passa parmi eux, en direction du carrosse. De là, il descendit dans la chambre de conseil. Le plancher était couvert de papiers piétinés et de linges sales, et, debout autour de la table, se passant de l'un à l'autre un pichet de vin, se tenaient don Agustín Pimentel, blessé à la tête et un bras en écharpe, Machín de Gorostiola, le comite de la *Vierge Noire* et un caporal nommé Zenarruzabeitia. Le pilote Gorgos et frère Francisco Nistal avaient tiré leur révérence dans l'ultime abordage : Gorgos fendu en deux et le frère tué d'une balle de mousquet pendant que, le crucifix dans une main et l'épée dans l'autre, sans se soucier de se protéger, il parcourait la coursie au nom du Christ en annonçant à chacun une gloire éternelle dont lui-même, désormais, ne devait pas manquer de jouir.

– Comment va le capitaine Urdemalas ? demanda Pimentel.

Alatriste haussa les épaules. Il n'était pas chirurgien. Et s'il se trouvait seul ici, c'était bien la preuve qu'il ne restait plus personne d'un rang supérieur, à bord de la *Mulâtre,* capable de tenir debout.

– Seigneur général que nous nous rendions est d'avis, ou tout comme, dit Machín de Gorostiola, à brûle-pourpoint, interrompant la conversation comme seuls savent le faire les Basques.

Beaucoup soupçonnaient qu'il le faisait exprès, pour ressembler à ses hommes qui l'adoraient.

Alatriste regarda le Biscayen dans les yeux. Je dis bien le Biscayen, et non don Agustín Pimentel. Il avait d'épais sourcils, il était petit, noir de barbe et blanc de peau, avec un grand nez et des mains rudes de soldat. Un Basque dur, paysan, avec peu d'instruction mais beaucoup d'expérience. Tout l'opposé de la délicate image qu'offrait le général qui, malgré sa pâleur et le sang perdu, avait encore blêmi en entendant ces mots.

– La question n'est pas si simple, protesta Pimentel.

Alatriste regarda de nouveau le noble. Il se sentait soudain fatigué. Extrêmement.

– Question simple ou question du diable, poursuivit Gorostiola sur un ton neutre, seigneur général considère très convenablement nous nous sommes battus, et amener pavillon honorable serait.

– Honorable, répéta Alatriste.

– Ou tout comme.

– Devant les Turcs.

– Devant les Turcs, évidemment.

Alatriste haussa de nouveau les épaules. Juger de l'honneur d'une reddition après de tels sacrifices n'était pas non plus son affaire. Gorostiola le dévisageait avec beaucoup d'intérêt. Ils n'avaient jamais été amis, mais ils se connaissaient et se respectaient, chacun dans sa sphère. Puis Alatriste regarda le comite et le caporal. Leurs expressions étaient dures ; gênées, aussi.

– Gens de la *Mulâtre* comme ça te rendre ? demanda Gorostiola en lui tendant le pichet de vin.

Alatriste avait une soif d'enfer, il but et passa la main sur sa moustache.

– Je suppose qu'ils accepteraient n'importe quoi. Se rendre ou se battre… Ils sont hors de toute raison.

– Ils en ont déjà fait plus qu'ils ne pouvaient, opina Pimentel.

Alatriste posa le pichet sur la table et observa attentivement le général, car il ne l'avait jamais vu d'aussi près. Il rappelait un peu le comte de Guadalmedina : même allure, taille bien prise sous le riche plastron milanais, mince moustache et barbiche, mains soignées, chaîne d'or au cou, épée avec un rubis au pommeau. Même race d'aristocrates espagnols raffinés, encore que la situation en tempérait un peu l'arrogance – on devrait toujours traiter avec les nobles, se dit-il, quand ils viennent de recevoir un bon coup dans la figure. Malgré tout, le général conservait un aspect séduisant, en dépit de la pâleur due à ses blessures, des pansements et du sang qui tachait son habit. Il rappelait Guadalmedina, en effet : sauf qu'Álvaro de la Marca n'eût jamais pensé se rendre aux Turcs. Malgré tout, Pimentel s'était plutôt bien comporté. Mieux que d'autres, de classe et de caractère identiques. Mais le courage aussi s'ébréchait, Alatriste le savait d'expérience ; et plus encore chez un homme qui se voyait blessé et avec tant de responsabilités. Ce n'était pas lui, conclut-il, qui porterait un jugement sur un homme qui se battait depuis deux jours l'épée à la main, comme tous les autres. Chacun avait ses limites.

– Vous avez un livre avec vous, monsieur ?

Alatriste regarda le livre qui dépassait de sa poche, et il y porta la main distraitement. Puis il le sortit, le tendit au général. Celui-ci feuilleta quelques pages avec curiosité.

– Quevedo ? interrogea-t-il enfin, en le lui rendant. A quoi sert un livre de cette sorte sur une galère ?

– A supporter des jours comme celui-ci.

Il rangea le livre dans son pourpoint. Gorostiola et les autres le regardaient, déconcertés. Pour eux, un livre religieux aurait eu un sens, mais pas celui-là. Bien entendu, aucun n'avait jamais entendu parler d'un dénommé Quevedo.

– Je suis certain, dit le général en saisissant le pichet, que je pourrais obtenir des conditions satisfaisantes.

Ces deux derniers mots suscitèrent un échange de coups d'œil significatifs entre Alatriste et Machín de Gorostiola. Il ne comportait ni surprise ni mépris pour le propos de Pimentel ; c'était un regard entendu, entre vétérans. Tous savaient ce qu'étaient les conditions qu'évoquait le général : une rançon raisonnable pour lui, qui se verrait bien traité à Constantinople dans l'attente que l'argent arrive d'Espagne. On rachèterait peut-être aussi deux ou trois officiers. Pour le reste, soldats et mariniers, ils resteraient à la rame et captifs toute leur vie, pendant que Pimentel retournerait à Naples et à la Cour, admiré par les dames et félicité par les hommes, en racontant par le menu son combat homérique. Mieux eût valu dans ce cas, pensa Alatriste, se rendre la veille, avant de déchaîner l'enfer. Les morts seraient toujours là, et les blessés et les mutilés ne s'entasseraient pas dans les galères en hurlant de douleur.

Machín de Gorostiola le tira de ses réflexions.

– Seigneur Alatriste doit savoir que son avis demandons. Seul officier de la *Mulâtre*, ou tout comme.

– Je ne suis pas officier.

– Comme si c'était. Pas jouer sur les mots.

Alatriste regarda les papiers et le linge piétinés sous ses espadrilles déchirées, souillées de sang séché. Qu'il ait son opinion était une chose. Qu'on la lui demande, une autre. Et qu'il la donne.

– Ce que je pense… murmura-t-il.

En réalité, se dit-il, il l'avait toujours su, depuis qu'il était entré dans la chambre et avait vu ces visages. Tous, sauf le général, le savaient aussi.

– Non, dit-il.

– Pardon ? s'enquit Pimentel.

Ce n'était pas lui qu'Alatriste regardait, mais Machín de Gorostiola. Ce n'était pas l'affaire de Pimentel, c'était une affaire de soldats.

– Je dis que les gens de la *Mulâtre* n'acceptent pas de se rendre.

Il y eut un long silence. On entendait seulement, à travers les cloisons, gémir les blessés, amoncelés dans les entrailles de la galère.

– Il faudra le leur demander, finit par dire Pimentel.

Alatriste tourna la tête avec beaucoup de sang-froid. Plus glacés encore, ses yeux se plantèrent dans ceux du général.

– Votre Excellence vient de le faire.

L'esquisse d'un sourire apparut sur le visage barbu de Machín de Gorostiola, pendant que le général faisait une moue de déception.

– Et donc ? questionna-t-il sèchement.

– Nous avons eu des jours pour tuer. Aujourd'hui, c'est peut-être celui d'être tués.

Du coin de l'œil, il vit que le comite et le caporal hochaient la tête, approbateurs. Machín de Gorostiola s'était tourné vers don Agustín Pimentel. Le Biscayen paraissait satisfait ; soulagé d'un poids pénible.

– Votre Excellence peut voir tous d'accord nous sommes. Biscayens pour la mer, hidalgos pour le diable.

Pimentel portait le pichet de vin à ses lèvres avec sa main valide qui, en arrivant à sa bouche, trembla un peu. Finalement, d'un air mi-furieux mi-résigné, il reposa le pichet sur la table, comme s'il avait bu du vinaigre. Aucun général, si bien vu qu'il fût à la Cour, ne pouvait se rendre sans l'accord de ses officiers. Il en allait de sa réputation. Et parfois de sa tête.

– La moitié de nos gens sont morts, dit-il.

– Eh bien, répliqua Alatriste, vengeons-la avec l'autre moitié.

L'assaut qu'ils nous donnèrent l'après-midi fut comme la fin du monde. Une des galères turques avait définitivement sombré, mais les six autres vinrent ensemble, ramant contre la brise de ponant, la capitane en tête, cherchant à passer à l'abordage toutes en même temps; ce qui supposait déverser sur nous six ou sept cents hommes – dont plus d'un tiers était des janissaires – contre un peu plus de la centaine d'Espagnols que nous pouvions encore nous compter. Et ainsi, après nous avoir bombardés en chemin, ils nous abordèrent à fond, faisant craquer la palamente sous le choc, cherchant à s'ouvrir des brèches sur les bandes avec leurs éperons pour tenter de nous envoyer par le fond. Nous pûmes en repousser une à l'arme blanche et avec les mousquets, mais les autres nous lancèrent des grappins et s'amarrèrent. Leur élan était tel que, tandis que sur la *Vierge Noire* les Biscayens combattaient à ce point mêlés aux Turcs qu'il était impossible de tirer un coup de mousquet avec la certitude d'atteindre les uns et non les autres, sur la nôtre ils nous prirent la rambate gauche, l'arbre de trinquet, et arrivèrent jusqu'au pied de l'arbre de mestre et du bastion de l'esquif, se rendant maîtres ainsi de la moitié du navire. Mais, je ne sais comment, nous pûmes tenir bon et leur mener ensuite la vie dure, car nous eûmes la chance que l'assaut fût mené par un janissaire grand comme un Philistin qui poussait des cris terribles et portait des coups féroces – nous sûmes par la suite que c'était un capitaine fameux de cette troupe, très estimé du Grand Turc, répondant au nom d'Uluch Cimarra ; et il advint que, ce chien étant arrivé jusqu'au bastion de l'esquif où nos gens recommençaient à reculer, le groupe de galériens détachés composé du gitan Ronquillo et de ses compères armés d'espontons, de demi-piques, de cimeterres et d'épées prises sur ceux qui gisaient de toutes parts, s'abattit sur lui avec une telle fougue qu'au premier choc ledit Ronquillo planta un esponton dans un œil du colosse ; et celui-ci, poussant un hurlement effroyable, porta ses mains à sa figure et s'écroula sur le plancher, où toute la bande, sortant d'on ne sait où des couteaux de boucher à manches jaunes, le débitèrent en rondelles en un clin d'œil, s'acharnant sur lui comme une meute sur un sanglier. Cela arrêta les Turcs, très déconcertés de voir traiter leur paladin de la sorte. Et ils en étaient encore à hésiter, brandissant leurs cimeterres, quand le capitaine Alatriste décida de profiter de la situation pour appeler à la charge, réunissant en les bousculant tous ceux qui étaient là, et, du bastion de l'esquif, nous nous lançâmes en avant : nous étions une vingtaine d'hommes qui savaient qu'ils devaient frapper sans répit ou que tout serait fini pour eux. Et comme, arrivés à ce point, tuer ou mourir n'avait pas plus d'importance que de se faire cuire un œuf, nous chargeâmes épaule contre épaule, le capitaine Alatriste, Sebastián Copons, le Maure Gurriato et moi, avec la troupe à Ronquillo et d'autres qui, à nous voir marcher avec un tel visage, se joignirent à nous en bon ordre, les plus épouvantés reprenant du courage. Et comme rien ne console plus dans le désastre qu'un groupe qui conserve la discipline, ne se démonte pas et passe à l'attaque, tous ceux qui luttaient en ordre dispersé ou seuls se réfugièrent au milieu de nous comme on court se mettre dans le dernier carré d'infanterie. De la sorte, grossissant à mesure que nous avancions sur la galère et que les Turcs commençaient à éviter la tuerie au point de nous tourner carrément le dos, piétinant les galériens qui, entre les bancs déchiquetés, étaient presque tous morts ou accablés de blessures et de souffrances, nous arrivâmes à l'éperon de la galère turque, faisant un grand carnage d'ennemis. Et comme beaucoup se jetaient à la mer, certains d'entre nous s'aventurèrent sur l'éperon et les servioles jusqu'à la galère elle-même, sur laquelle nous prîmes pied en passant à l'abordage avec l'intrépidité que l'on peut imaginer, car, au cri de « Saint Jacques, à l'abordage, à l'abordage ! » – pour ma part, je criais « Angélica, Angélica ! » –, les quatre chats que nous étions prirent les rambates turques comme on entre dans une vigne vendangée ; et lorsqu'ils nous virent apparaître noirs de poudre et rouges de sang, aussi désespérés et féroces que Satan en personne, les Turcs se mirent à se jeter en plus grand nombre à l'eau et à courir vers le carrosse pour s'y barricader. Nous gagnâmes ainsi le trinquet sans effort, et nous aurions poursuivi jusqu'à l'arbre de mestre si nous avions osé.

Le capitaine Alatriste était resté sur la bande de notre galère, pour exhorter les hommes à se retourner contre les autres navires qui nous encerclaient, mais j'étais passé, en tête brûlée que j'étais, sur la galère turque que nous abordions, avec les plus audacieux des nôtres ; et, me retrouvant au milieu d'une meute de Turcs, j'eus la malchance que l'un d'eux m'assène un terrible coup d'épée et brise la lame de la mienne. Avec le tronçon restant, je me précipitai sur le plus proche et lui fis une superbe blessure au poitrail. Un autre me frappa avec un cimeterre – par chance, sa lame tourna et je n'en reçus que le plat – mais il ne put me porter le second coup, car, d'un coup de hache, le Maure Gurriato lui avait fendu la tête en deux, du turban jusqu'à la gorge. Un autre encore qui était au sol voulut m'attraper par les jambes, je tombai sur lui, et il chercha à me poignarder avec sa dague, de sorte qu'il m'eût tué si les forces ne lui avaient manqué. Si bien que quand j'entrepris de lui taillader la face avec ma lame brisée, il finit par lâcher prise et sauta par-dessus bord.

Toute une galère pour nous, c'était énorme ; et l'adversité tue moins que trop d'audace. Nous empoignâmes donc par leurs vêtements deux des nôtres blessés et, en les traînant, nous reculâmes prudemment, tandis que, de leur carrosse, les autres nous expédiaient des flèches et des balles de mousquets. Il advint alors que, profitant de la présence de feu, de poudre et de mèches allumées dans le château avant de la galère turque, quelqu'un eut l'idée d'y mettre le feu – ce qui fut une imprudence, car elle était amarrée à la nôtre, et cela eût pu faire beaucoup de mal à tous. A ce moment, ce fut une grande pitié d'entendre les cris que poussaient les galériens chrétiens enchaînés aux bancs, dont beaucoup étaient espagnols, car, avec notre irruption, ils s'étaient crus sûrs d'être libérés ; et maintenant, en nous voyant incendier la galère, ils nous imploraient, désespérés, de ne pas les laisser là, de les défaire de leurs chaînes et de ne pas mettre le feu car ils brûleraient tous. Mais nous ne pouvions nous attarder ni rien entreprendre pour ces malheureux, et, faisant fi des sentiments, nous restâmes sourds à leurs supplications. De sorte que, quand les flammes commencèrent à s'élever, nous retournâmes sur la *Mulâtre* et coupâmes les câbles d'abordage qui nous unissaient au navire turc, que nous repoussâmes comme nous pûmes, profitant de la brise favorable, l'écartant avec des piques et des tronçons de rames ; si bien qu'il s'éloigna petit à petit, crachant une fumée noire et des flammes de plus en plus hautes qui dévoraient son arbre de trinquet tandis que parvenaient jusqu'à nous, bouleversants, les cris des galériens qui grillaient vifs.

Au milieu de l'après-midi, la *Vierge Noire*, éventrée sur un côté et sombrant lentement, subit un assaut turc si effroyable que les survivants, après avoir perdu la proue et presque toute la chambre de vogue, durent se retrancher dans le carrosse, malgré l'aide que nous leur apportions par la bande collée à la leur. Le général Pimentel avait été de nouveau blessé, par des flèches, et ils nous l'amenèrent transformé en saint Sébastien sur la *Mulâtre* pour qu'il soit mieux protégé. Puis ce fut le capitaine Machín de Gorostiola qui tomba blessé par un coup de mousquet qui lui emporta une main, ne laissant qu'un lambeau qui pendait ; il voulut l'arracher pour continuer à se battre, mais les forces lui manquèrent et il tomba à genoux de telle façon qu'il fut achevé par les Turcs avant que les siens aient pu le secourir. Cette mort, qui en eût découragé d'autres, produisit chez les Biscayens l'effet contraire, car tous, hors d'eux, firent grand tapage en voulant le venger, comme c'est leur habitude; et aux cris de «*Mendekua! Cierra España! Ekin! Ekin!*», s'encourageant mutuellement en langue basque et blasphémant en bon parler castillan, jusqu'au dernier qui tenait encore debout se battit avec une rage telle qu'on n'en vit jamais dans aucune annale. Et ainsi, non seulement ils balayèrent leur couverte, mais ils finirent par prendre pied sur la galère ennemie; et soit du fait de ses avaries, soit parce qu'elle avait été atteinte par des coups de canon dans ses œuvres vives, la turque se mit à donner de la bande, arrimée à la *Vierge Noire* qui continuait de sombrer. De sorte que les Biscayens revinrent sur celle-ci et, voyant qu'ils finiraient également par couler à pic sans remède, commencèrent à passer sur la nôtre en sautant d'un bord à l'autre, emmenant autant de blessés qu'ils le pouvaient, sans oublier le pavillon. Nous dûmes bientôt couper grappins et amarres, laissant le navire s'enfoncer; ce qu'il fit, en effet, en même temps que le turc qui finit par se retourner, la quille vers le ciel, avant de partir par le fond. Et ce fut un dur moment que de voir la mer couverte de débris et les Turcs se débattant, avec les galériens hurlant à la mort et se noyant en essayant inutilement de se détacher de leurs chaînes. Nous interrompîmes le combat sur ce spectacle lamentable, car les Turcs s'occupaient de repêcher leurs naufragés. Finalement, les cinq galères turques survivantes se retirèrent à portée de tir de moyenne, comme les autres fois, toutes mal en point et le sang coulant entre les baccalats et les rames, dont beaucoup étaient brisées ou ne voguaient plus, les hommes de leurs bancs étant morts.

Il n'y eut plus d'autres attaques ce jour-là. Au coucher du soleil, immobile et seule sur la mer, entourée de galères ennemies et de cadavres qui flottaient sur l'eau calme, avec cent trente blessés entassés sous la couverte et soixante-deux hommes sains et saufs scrutant l'obscurité, la *Mulâtre* alluma de nouveau son fanal de défi. Mais il n'y eut pas de chansons cette nuit-là.

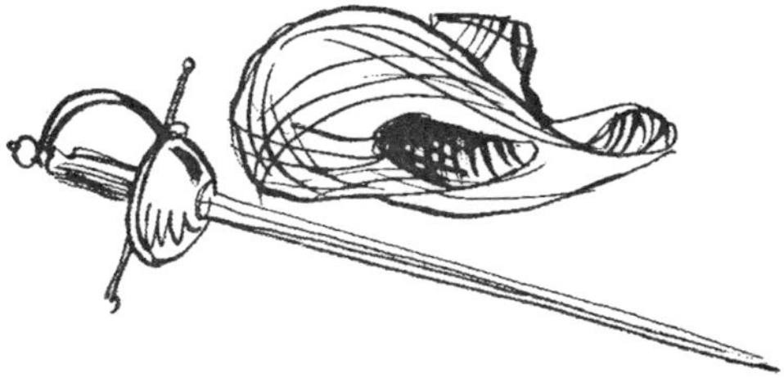

ÉPILOGUE

Le lendemain matin, quand Dieu fit se lever le jour, les Turcs n'étaient plus là. Les hommes de quart nous réveillèrent aux premières lumières de l'aube en nous montrant la mer déserte où seules flottaient autour de nous des épaves du combat. Les galères ennemies s'en étaient allées à la faveur de l'obscurité, au milieu de la nuit, décidant que la capture d'une misérable galère désemparée ne compensait pas le coût en vies qu'il faudrait payer pour cela. Et encore incrédules, regardant dans toutes les directions sans trouver trace des Ottomans, il fallait voir comment nous nous embrassions, pleurant de bonheur en rendant grâce au Ciel pour tant de générosité – que nous eussions appelée miracle, s'il n'y avait eu tellement de souffrances et de sang versé pour conserver notre vie et notre liberté.

Plus de deux cent cinquante camarades, en comptant les gens de Malte, avaient laissé leur vie dans le combat ; et des quatre cents galériens de toutes races et religions qui composaient la chiourme de la *Mulâtre* et de la *Vierge Noire*, il restait à peine une demi-centaine. Des capitaines et officiers, seuls don Agustín Pimentel et le capitaine Urdemalas, qui put se rétablir de sa grave blessure, avaient survécu. Des caporaux de mer et de guerre restèrent vivants le capitaine Alatriste, le pilote Braco et le caporal Zenarruzabeitia qui, avec le général Pimentel et une vingtaine de Biscayens, avait pu se réfugier sur notre galère. Survécut également le galérien Ronquillo qui, sur recommandation de notre général informé de son exploit contre le janissaire, se vit par la suite réduire à un seul les six ans qu'il devait encore purger à la rame. Et en ce qui me concerne, je sortis de tout cela à peu près indemne, si l'on excepte la blessure causée par une flèche turque dans le dernier combat, qui, en traversant ma cuisse gauche, ne me fit pas d'autre mal que de me laisser boiteux pour deux mois.

Comme je l'ai dit, la *Mulâtre* se maintenait à flot, tout en nécessitant la réparation d'innombrables avaries ; notre gréement avait été à ce point détruit que nous eûmes besoin des cordages des filarets pour le suppléer. Avec les hommes manœuvrant les pompes de cale, nous colmatâmes les voies d'eau dans la coque ; et après avoir improvisé un arbre et récupéré quelques rames, nous confectionnâmes une voile en cousant des lambeaux de toile, ce qui, s'ajoutant à un peu de vogue, nous permit de nous rapprocher du continent. Là, en instituant des tours de garde pour nous garantir d'incidents avec les habitants de la côte qui, par chance, était rocheuse et dépeuplée, deux jours de travail nous permirent de mettre la galère en état de reprendre la mer. Pendant ce temps, beaucoup de nos blessés moururent, que nous ensevelîmes avec les autres Espagnols qui étaient morts à bord et ceux dont nous trouvâmes les cadavres dans la mer et sur les plages ; et avant d'appareiller, nous leur donnâmes à tous une sépulture sur le cap Nègre, avec beaucoup de mélancolie. Après les avoir portés en terre, comme notre général Pimentel et le capitaine Urdemalas étaient tous deux alités sur la galère, il revint à mon ancien maître d'improviser une oraison sur les tombes. Et donc, réunis autour d'elles, têtes nues et courbées, nous récitâmes un Pater Noster, puis le capitaine Alatriste, après avoir avalé sa salive et s'être éclairci la gorge, dit, faute de mieux, quelques vers qui, bien que tirés d'une comédie militaire ou de quelque œuvre du même répertoire, parurent à tous fort bien trouvés et opportuns :

De toute faute libérés
Ils gagnent la gloire éternelle
Plus largement récompensés
Qu'ils ne le furent sur la terre.

Tout cela advint dans le mois de septembre de l'an mil six cent vingt-sept, et ce fut au cap Nègre, comme je l'ai dit, qui est sur la côte d'Anatolie, face aux bouches d'Escanderlu. Et tandis que le capitaine Alatriste prononçait ce singulier répons, le soleil au ponant découpait nos silhouettes autour des tombes de tant de bons camarades, chacune avec une croix – ultime défi en leur mémoire – faite de bois turc. De sorte qu'ils demeurèrent tous en ce lieu, accompagnés par la rumeur des vagues et le cri des oiseaux marins, dans l'attente de la résurrection de la chair, quand il leur sera peut-être permis de se lever de terre revêtus de leurs armes, avec l'orgueil et la gloire d'avoir été de si loyaux soldats. Et jusqu'à ce jour lointain ils seront là, immobiles près de la mer où ils vendirent si cher leur vie, combattant par goût de l'or et des butins, mais aussi pour leur patrie, pour leur Dieu et pour leur roi, car toutes choses doivent être également comptées. Dormant, dans l'honneur, du long sommeil dont jouissent les hommes courageux.

La Navata, octobre 2006

EXTRAITS DU

FLORILÈGE DE POÉSIE DE DIVERS ESPRITS DE CETTE COUR

Imprimé en ce XVIIe siècle, sans lieu ni date, conservé dans la section « Comté de Guadalmedina » des Archives et Bibliothèque des Ducs del Nuevo Extremo à Séville

☞ De Don Miguel de Cervantes Saavedra

A LA MÉMOIRE DES SOLDATS ESPAGNOLS MORTS DANS LA PERTE DE LA GOULETTE

De cette terre-là, stérile et ravagée
Et de tous ces bastions aux pierres renversées
Vers un meilleur séjour les âmes sanctifiées
De trois mille soldats vivantes sont montées.

Après avoir d'abord vainement exercé
La force de leurs bras et leur témérité,
Réduits à quelques-uns, à la fin épuisés,
Ils ont livré leur vie au tranchant des épées.

Or ce sol est celui qui a toujours été
Tristement, par milliers, de mémoires gorgé
Dans les siècles présents et les siècles passés.

Mais de son âpre sein tant d'âmes élevées
Jamais n'auront monté vers le ciel, qui jamais
De corps si courageux n'avait eu à porter.

☞ De Maitre Don Miguel de Serrano de Santa Fe de Bogota

AU JEUNE SOLDAT IÑIGO BALBOA

En Flandres envoyé par un fatal destin,
Ombre du capitaine il a dû devenir.
Jeune, élève zélé, lecteur avec entrain
Dans Quichotte et Lope il a appris à lire.

Il fut le plus fidèle et, dans sa loyauté
D'amour il a souffert par fatale beauté
Surgie sur son chemin, ennemie sans pitié :
D'amours et d'Alquézar il devra se venger.

Un temps est pour la dague, un temps pour la vaillance
Et dans la nuit obscure un temps pour l'amitié :
Sans de faux compliments, tu n'as jamais fauté.

Et pour cela l'on a pu dire sans outrances
Que, si jeune il était et d'amour tant blessé,
Jamais ne fut vaincu aux côtés d'Alatriste.

Du même

AU CAPITAINE DON DIEGO ALATRISTE Y TENORIO, VÉTÉRAN DES FLANDRES, ITALIE ET LEVANT

D'Atocha à l'Arquebuse l'ombre
Du vaillant capitaine rôde.
Qui la nomme est menacé
Et mourra qui l'a blessée.

En loyal vassal de son roi
Il sauve rois et favoris.
Et sa trace est toujours là
Où son roi le voua à l'oubli.

Il n'aura jamais de repos :
Il loue l'épée mais non l'honneur :
Car sans honneur, rien ne demeure.

A la gloire toujours fidèle
Il fit face au destin cruel.
Son cœur trembla, non son épée.

☞ De Don Francisco de Quevedo

A LA MÉMOIRE DU DUC D'OSUNA VICE-ROI DE NAPLES, MORT EN PRISON

Le grand Osuna fut renié par sa patrie,
Mais ses exploits toujours resteront sa défense ;
Dans sa prison d'Espagne il a perdu la vie,
Celui qui enchaîna la Fortune à sa lance.

Il n'est point de nations qui dans leur déchéance
N'aient des larmes versé d'amère jalousie ;
Les campagnes de Flandre en sont la tombe immense,
Où la lune de sang son épitaphe inscrit.

A son enterrement le Vésuve a flambé
L'Etna et la Sicile et Naples ont tremblé
Plus fort que le déluge étaient les pleurs guerriers.

Puisse Mars en son ciel réparer son destin ;
La Meuse et le Danube et le Tage et le Rhin
Murmurent leur douleur, toujours inconsolés.

☞ DE SŒUR AMAYA ELEZCANO

ABBESSE DU COUVENT DES ADORATRICES BÉNITES A LA FIGURE DU CAPITAINE ALATRISTE

La Renommée suit les lauriers
Sur le fil de ton épée,
Capitaine aventurier
Hidalgo et soldat fidèle.
Et pauvre de tout ce qui
Risquerait de démentir
La vie que tu as choisie
Ou les travaux accomplis.
Car qui sait bien rester muet
Sait se battre encore mieux.

TABLE

DU MÊME AUTEUR

Le Tableau du maître flamand
Jean-Claude Lattès, 1993
« Le Livre de poche », n° 7625

Le Club Dumas ou l'ombre de Richelieu
Jean-Claude Lattès, 1994
« Le Livre de poche », n° 7656

Le Maître d'escrime
Éditions du Seuil, 1994
et « Points », n° P154

La Peau du tambour
Éditions du Seuil, 1997
et « Points », n° P518

La Neuvième Porte
Jean-Claude Lattès, 1999

Le Cimetière des bateaux sans nom
Éditions du Seuil, 2001
et « Points », n° P995

La Reine du Sud
Éditions du Seuil, 2003
et « Points », n° P1221

Le Hussard
Éditions du Seuil, 2005
et « Points », n° P1460

Le Peintre de batailles
Éditions du Seuil, 2007
et « Points », n° P1877

LES AVENTURES DU CAPITAINE ALATRISTE

déjà parus

Le Capitaine Alatriste
Éditions du Seuil, 1998
et « Points », n° P725

Les Bûchers de Bocanegra
Éditions du Seuil, 1998
et « Points », n° P740

Le Soleil de Breda
Éditions du Seuil, 1999
et « Points », n° P753

L'Or du roi
Éditions du Seuil, 2002
et « Points », n° P1108

Le Gentilhomme au pourpoint jaune
Éditions du Seuil, 2004
et « Points », n° P1388

RÉALISATION : PAO ÉDITIONS DU SEUIL
IMPRESSION : S.N. FIRMIN-DIDOT AU MESNIL-SUR-L'ESTRÉE (EURE)
DÉPÔT LÉGAL : AVRIL 2008. N° 96129 (88699)
IMPRIMÉ EN FRANCE